# MADRUGADAS COM VOCÊ

CLARE OSONGCO

# MADRUGADAS COM VOCÊ

Tradução

**Ana Beatriz Omuro**

Título original: *Midnights With You*

Editora responsável **Paula Drummond**
Editora de produção **Agatha Machado**
Assistentes editoriais **Giselle Brito e Mariana Gonçalves**
Preparação de texto **Yonghui Qio**
Revisão **Vanessa Raposo**
Diagramação **Carolinne de Oliveira**
Projeto gráfico original **Laboratório Secreto**
Ilustração de capa **Dana Lédl**
Design de capa original **Marci Senders**

**Texto fixado conforme as regras do Acordo Ortográfico da Língua Portuguesa (Decreto Legislativo nº 54, de 1995)**

CIP-BRASIL. CATALOGAÇÃO NA PUBLICAÇÃO
SINDICATO NACIONAL DOS EDITORES DE LIVROS, RJ

O92m
Osongco, Clare
Madrugadas com você / Clare Osongco ; tradução Ana Beatriz Omuro. - 1. ed. - Rio de Janeiro : Globo Alt, 2025.

Tradução de: Midnights with you
ISBN 978-65-5226-039-0

1. Romance americano. I. Omuro, Ana Beatriz. II. Título.

25-96399 CDD: 813
CDU: 82-31(73)

Gabriela Faray Ferreira Lopes - Bibliotecária - CRB-7/6643

1ª edição, 2025

Direitos de edição em língua portuguesa para o Brasil
adquiridos por Editora Globo S.A.
R. Marquês de Pombal, 25
20.230-240 – Rio de Janeiro – RJ – Brasil
www.globolivros.com.br

*Para as crianças da diáspora, para as filhas*

Esta história retrata uma mãe emocionalmente abusiva e inclui cenas de agressões físicas, depressão, luto e racismo. Também menciona as mortes de duas figuras parentais e violência doméstica, além de descrever uma breve cena de assédio sexual.

# UM

**Ao longo de noites insones,** memorizei a vista da minha janela. Uma faixa de lua suspensa na escuridão espia por entre os galhos de uma árvore. O telhado da casa do outro lado da rua, enquadrado dentro da moldura.

Luzes de faróis atravessam o vidro, varrendo o teto. Deitada na cama, eu as sigo com os olhos, com braços e pernas emaranhados nos lençóis molhados de suor. Aqui é sempre muito quieto, e meus pensamentos estão barulhentos demais.

Pego o celular e tiro uma foto da angulação da luz. Fotos ajudam a me fixar no momento, longe dos meus pensamentos incessantes.

Mas a voz de mamãe rasga minha mente, afiada, reluzente. As brigas que tivemos ontem, semana passada, toda semana, há anos. A decepção esmagadora em sua voz quando diz: *O que tem de errado aí dentro, Deedee? Você tem um parafuso a menos? É como se Deus estivesse me punindo e agora estou presa a você.*

Não vamos à igreja desde que papai morreu, mas ela provavelmente vai continuar falando isso pelo resto da vida.

Desde que a ambulância partiu, temos sido só mamãe e eu contra o mundo, mas não somos exatamente uma equipe. Sou seu peso morto, que a atrasa enquanto luta contra todos.

Minha mãe tem muitas regras, que eu acabo descobrindo ao quebrá-las. Algo deixado fora do lugar, a camisa para fora da calça, minha expressão desgostosa demais. Todas as coisinhas que podem deixá-la irritada vibram ao meu redor, me confinando.

Aquele pânico que sinto ao ouvir ela gritar — não consigo respirar, e jamais vou conseguir explicar esse sentimento; é quente, pegajoso e preenche minhas veias. Isso me lembra que estou contaminada, que sou incompreensível para qualquer pessoa fora desta casa. Apenas minha mãe me conhece de verdade, e o que ela vê é podridão.

*Só dê um jeito nessa cara!*, foi o que me disse hoje à noite, enxugando as lágrimas sob os olhos. *Não é justo comigo, ter que olhar pra isso o dia inteiro. Quem vai amar um rosto desses?*

Certa vez, ouvi uma garota branca da escola falando sobre a mãe dela. *Nossa, ela é tão dramática,* foi o que ela falou, criando um movimento com o rabo de cavalo. Era como se a garota tivesse lançado laser pelos olhos ou feito pombas voarem da manga com um comando. Não consegui parar de encará-la.

Não sei como ela consegue menosprezar a mãe com tanta facilidade. As palavras de mamãe estão sempre ali, golpeando meus ossos, me perguntando quem vai amar um rosto como o meu.

Dizendo: *Você não sabe o que é sofrer de verdade, levando essa vida confortável.*

E, assim como a água que espirala em direção ao ralo, minha mente me mantém presa.

À ambulância que se afasta com meu pai, desaparecendo por trás das árvores ao final da rua. Eu era pequena na época e fiquei nas pontas dos pés para conseguir olhar pela janela.

Ao que mamãe disse mais tarde, depois do funeral. Suas palavras flutuam na escuridão, fazendo meu sangue gelar em meio ao calor de agosto. Estou me revirando no colchão, enterrando o rosto no travesseiro — *não posso pensar nisso, não posso voltar para lá!*

Só que sempre que eu cometo um erro, volto para lá na hora. Tudo é arruinado com muita facilidade e o verdadeiro sofrimento continua lá fora — agachado, à espreita, como as criaturas nas histórias dela. Contos de fantasmas e monstros que mamãe conta depois de brigarmos, do tipo que ela deve ter ouvido na infância. Todos eles ambientados nas Filipinas. O lugar sobre o qual ela nunca quer falar.

Depois que brigamos, minha mãe não diz *me desculpe*, ou que está tudo bem e que me perdoa. Mas ela sabe que sou obcecada por suas histórias e, quando ela começa a contá-las, é o mais próximo que tenho de um perdão.

Elas sempre começam mais ou menos do mesmo jeito:

*Sua Lola Ines ouviu uma coisa estranhíssima de uma moça na igreja* ou *sua Tita Lena ouviu isso de umas amigas que ela encontra pra jogar mahjong* ou *seu Tito Andoy me contou que a viu flutuando sobre o campo tarde da noite*.

Mamãe me conta sobre fantasmas de mulheres, todas vestidas de branco, que vagam pelas ruas à procura de vingança. Sobre kapres sinistros que fumam cigarros que brilham em vermelho nas árvores à noite. Sobre o tikbalang, um demônio metade homem, metade cavalo, que ajuda sua plantação se você o agradar. (*Tito Roger jura que aconteceu de verdade!*)

Tem também todos os diferentes tipos de aswang — criaturas metamorfas e seres que se escondem nas sombras. Mas quando mamãe fala *da* aswang, sei em qual ela está pensando.

Durante o dia, a criatura tem a aparência de uma linda mulher. À noite, sua metade superior se desprende do resto do corpo e sai voando por aí, aterrorizando as pessoas, enquanto a metade inferior fica jogada em algum lugar, relaxando. (*Tito Andoy jura que a viu, logo antes de ela se partir em duas!*) Eu só conseguia imaginar como suas entranhas penderiam soltas atrás dela, o sangue escorrendo, as asas coriáceas de morcego fazendo *flap flap* enquanto abrem e fecham feito um acordeão. Voando noite adentro para sugar as vísceras das pessoas com sua longa e tenebrosa língua de mosquito.

Sempre ouço a palavra *víscera* do jeito que minha mãe a pronuncia, com muito cuidado e precisão, com seu inglês claríssimo. Como se tivesse batido as palavras no tanque, lavando--as à mão, esfregando-as, dando duro para eliminar todos os rastros filipinos.

Na maior parte do tempo, mamãe não gosta de falar sobre a família. Mas, ao narrar essas histórias, é como se ela estivesse me contando sobre o mundo de sua infância e das pessoas que faziam parte dela, tenham existido de verdade ou não.

Conheci alguns dos irmãos de mamãe, há muito tempo — os que vieram para os Estados Unidos antes dela, que vivem do outro lado do país, na Califórnia. Já faz um tempo que não nos falamos e as coisas não correram muito bem quando tentei descobrir o porquê. *Se você continuar fazendo esse tipo de pergunta*, disse minha mãe, *não vou mais contar essas histórias*.

Agora, nossa família consiste basicamente em mamãe e eu, embora a internet me diga que isso é incomum. Que todos os filipinos têm famílias gigantescas, que você cresce sem nunca estar sozinho. Parece que era assim que era a vida da minha mãe nas Filipinas. Uma vez tentei lhe dizer que estava me sentindo solitária e ela respondeu: *Você tem noção do luxo que é isso?*

Meus olhos percorrem as paredes brancas nas quais não posso pendurar nada, nuas exceto por alguns certificados emoldurados. Pela escrivaninha que precisa ficar livre de bagunça, sem nada em cima além das folhas de papel almaço que mamãe deixa ali para eu escrever cartas para meu avô.

Com exceção das histórias, Lolo Ric é o único da família de quem minha mãe ainda fala. Ela conta como ele ergueu o próprio negócio de construção, o quão grande é a casa da família, como ele foi convidado para o casamento do primo do presidente certa vez. Detalhes que deveriam significar algo para mim, mas só me deixam com uma sensação de vazio.

Ela me faz escrever para Lolo Ric semana sim, semana não, já faz anos. *Ele quer saber tudo de você*, diz minha mãe, *confie em mim*. Mas meu avô nunca respondeu, nem uma vez.

*Não faz sentido!* Ando respondendo desse jeito cada vez mais na minha cabeça. (Não *em voz alta*, Deus do céu, imagina se eu faço isso?)

A inquietação dentro de mim não para de aumentar. Uma que se projeta para fora, que quer mais do que isso. Uma que vai me meter em encrenca.

Preciso sair da cama, atravessar o quarto com os pés descalços, abrir a janela para deixar um pouco de ar entrar. Contemplo a rua silenciosa e a luz ainda acesa no segundo andar do outro lado da calçada. Aquela casa passou os últimos meses vazia, à venda. Alguém deve ter se mudado durante o dia, quando eu não estava prestando atenção.

# DOIS

**Se eu soubesse dirigir,** poderia dar um jeito nisso.

A ideia não para de passar pela minha cabeça, insistindo em se manifestar. Isso nem faz sentido. Minha mãe nunca me deixaria chegar perto do carro dela.

Mesmo assim, continuo revivendo pela milionésima vez a cena que ocorreu mais cedo. Como mamãe ficou furiosa quando percebeu que eu estava chorando. A luz forte na cozinha, acentuando suas maçãs do rosto e os côncavos abaixo delas. A pele marrom-clara que tanto a incomoda, o nariz largo do qual ela reclama quando se olha no espelho.

A forma como a luz do sol poente tocava os vasos amontoados pela sala de estar, sobre a mesa, a bancada, o topo do armário. Suas formas curvas, cores suaves, sempre vazios, nunca com flores. Sua estranha coleção de objetos que foram feitos para conter coisas, mas nunca contêm.

Se eu soubesse dirigir, poderia ter voltado para a loja e pegado o corte correto de frango e substituído aquele que a fez irromper em lágrimas ao abrir a geladeira.

Quando ela o jogou na bancada e gritou "Que merda é essa? Eu pedi frango sem pele e sem osso!", quase quis responder alguma coisa, em voz alta dessa vez.

Minha mãe me deixou tirar uma habilitação provisória, mas depois mudou de ideia. *É perigoso demais*, declarou ela, sem mais explicações. Como quando me ensinou a andar de bicicleta, mesmo sem saber andar — empurrando a ponta do banco, correndo atrás de mim, me ajudando a manter o equilíbrio até eu conseguir sozinha e ela me soltar. Então mamãe se livrou da bicicleta, alguns anos depois. Ela fica estressada com coisas assim de repente.

*Você pegou carona com a Suzy?*, questionou dessa vez. *Estava se divertindo demais para prestar atenção?*

Pegar carona com Suzy é o único jeito de eu chegar à loja! Foi quase uma sensação física, a vontade de responder tensa contra o resto do meu corpo.

*Você passa tempo demais com aquela família desqualificada!* Ela apontou um dedo trêmulo para mim. *Amizades vêm e vão. Família é o mais importante, lembre-se disso.*

Fiquei morrendo de medo e tudo foi ficando da cor de água suja quando imaginei minha vida sem Suzy Jang. A garota que me encontrou lendo num canto do parquinho da escola. Que olhou para todas as outras crianças que corriam pelo lugar, suadas e felizes e normais, e decidiu se sentar comigo, a garota desprezível.

Então mamãe arrancou o celular da minha mão, com os ombros tensos enquanto passava pelas fotos, deletando todas elas: o borrão de árvores ao longo da via expressa. Suzy às gargalhadas na seção de comida congelada. Carros reluzindo feito besouros brilhantes no estacionamento no lado de fora.

Eu deveria ter esperado por isso, porque é o que minha mãe faz o tempo todo. Deveria ter mandado as fotos por e-mail para mim mesma, mas esqueci. Não tenho senha no celular, porque ela me mataria se eu tivesse.

*Vá para o seu quarto*, mandou mamãe, empurrando o celular de volta para mim. *Não quero mais olhar pra sua cara.*

Respiro fundo e me concentro na noite diante de mim. No ar mais fresco que entra no quarto abafado, através da janela aberta. Meu coração desacelera um pouco, e encaro o céu escuro e a luz acesa do outro lado da rua por tanto tempo que perco a noção do tempo.

Enfim olho para o celular, que brilha em uma das minhas mãos, com mensagens de Suzy de horas atrás na tela. Envios de um outro planeta.

Suzy Jang: ai meu deus deedee

Suzy Jang: você não vai acreditar no que aconteceu no trabalho

Suzy Jang: oieee tá aí?

Eu as vi mais cedo, mas tento não conversar com ela quando estou triste demais, para o caso de não mostrar uma versão de mim da qual Suzy gosta.

E, na escuridão, um par de faróis aparece outra vez, virando a esquina, sua luz brilhando direto nos meus olhos.

Pneus cantam quando o carro entra na garagem do outro lado da rua.

Os faróis se apagam, mas a lua está cheia e brilhante lá em cima, no céu negro feito tinta. Os trilhos de metal beliscam meus cotovelos quando me apoio no peitoril da janela.

O motorista sai e uma luz automática acima da garagem se acende. É um garoto com mais ou menos a minha idade, talvez. Ele se demora olhando para as estrelas. Leva as mãos à nuca, com os cotovelos erguidos, alongando as costas.

A sensação ruim recua por um segundo, do mesmo jeito que acontece quando estou pensando na composição de uma foto. Imagino como eu capturaria aquela figura solitária sob o céu imenso.

Isso se eu tivesse uma câmera de verdade. Meu celular não vai fazer nada que preste com essa iluminação.

Sinto um formigamento ao olhar para o garoto. Invejo essa capacidade de ir e vir. De decidir as coisas por conta própria.

*Por que você mesma não pode?*, pergunta aquela inquietação, com uma voz que parece a de Suzy. *Você pode ir e vir, se quiser. Vá lá para fora por um minuto. Dê uma volta no quarteirão.*

Como no parquinho da escola, quando eu não podia brincar no trepa-trepa porque minha mãe não deixava.

*O quê? Você acha que ela vai ficar sabendo?* O rosto de Suzy se ilumina de pura travessura. *O que você acha que vai acontecer?*

Minha mãe sempre fica sabendo, de alguma forma.

Nunca saí escondida, sozinha, sem um bom motivo. Mas aquela inquietação me faz trocar de roupa e meu coração palpita das pontas dos dedos até o pescoço. Pego uma lanterna e desço as escadas, calço os sapatos e abro devagar a porta da frente, em alerta máximo para qualquer ruído.

Então estou do lado de fora, fechando a porta com delicadeza. Rindo baixinho, como se tivesse acabado de concluir um roubo com sucesso.

O silêncio é aterrorizante. Estou me preparando, à espera do soar de um alarme, ou de que minha mãe saia correndo aos gritos.

Mas não acontece nada. Apenas grilos chilreando, o vento soprando por entre os pinheiros, o cheiro fresco de orvalho.

Nossa cidade parece adormecida praticamente o tempo todo, mas há algo de diferente na tranquilidade da noite. Tudo é um pouco estranho, com as cores e paixões do dia tendo se esvaído.

Me sinto mais leve, apenas minha respiração e as batidas do meu coração, flutuando no meio da rua. Como se eu fosse o fantasma da história, não a pessoa que precisa ter medo.

Contorno o quarteirão só para provar que posso. E, quando volto para perto de casa, algo na casa do outro lado da calçada chama minha atenção.

Tem alguém ali.

A janela do andar de cima está aberta e — ah, merda! — *aquele garoto* está lá, sentado no pedaço de telhado que se projeta sobre a varanda, com uma luz amarela e suave brilhando às suas costas. Iluminado por trás, é difícil ver seu rosto, mas posso ver sua silhueta, o corpo esguio e o cabelo escuro. Está sentado com os pés apoiados, os cotovelos sobre os joelhos dobrados e as mãos relaxadas entre eles.

Meus braços se arrepiam. Não estava esperando que ele estivesse ali.

Aparentemente, o garoto também não esperava me ver, porque quase perde o equilíbrio. Na verdade, ele até solta um gritinho constrangedor ao se apoiar, tentando se recompor.

*Eu* assustei *ele*? Me dobro de tanto rir, esquecendo meu coração assustado por um segundo. Não é igual a lá em casa, onde estou sempre tensa e à espera da próxima crise surgir.

Então acendo a lanterna debaixo do rosto, como se estivesse prestes a contar uma história de terror.

— Bu! — exclamo, e o garoto ri. É um som com um centro de gravidade baixo, um som que lembra roupas quentes recém-lavadas e as folhas secas de outono. Um que diz que acrescentei algo à vida dele por um segundo.

Os ombros dele tremem.

— Pensei que você fosse um fantasma!

— Ah, ops.

A forma como falo isso o faz rir de novo. É viciante.

O garoto coça a nuca com uma das mãos e se inclina para a frente, como se estivesse tentando ver melhor.

*Quem vai amar um rosto desses?*

Desligo a lanterna, me escondendo na escuridão.

— O que você tá fazendo aqui fora? — pergunta o garoto.

Ele parece tão misterioso, uma sombra emoldurada pela luz do quarto. Queria poder tirar uma foto.

*É melhor você não começar a pensar que é algum tipo de artista! Esse celular é pra sua segurança, não é um brinquedo!*

E eu entendo. Ser artista é para outras pessoas.

Só quero poder guardar as coisas, todos os momentos felizes que já escorreram pelos meus dedos. Para ter algo a que me agarrar mais tarde. Tenho apenas um punhado de fotos do meu pai.

— Olá? — diz o garoto no telhado. Acho que fiquei em silêncio por tempo demais.

— Oi!

Rio como se fosse a coisa mais engraçada. Isso é mesmo real? A parte do meu cérebro que vive preocupada e alerta está sonolenta demais para se importar.

Foda-se, por que não? Tiro uma foto dele.

— Ei! — O garoto está gargalhando tanto que mal consegue falar. — Não me faça ir até aí!

— Eu fiquei inspirada!

Vivo me esforçando para soar normal quando há outras pessoas por perto. Ser bizarra assim é meio que empolgante.

O garoto me encara, e o silêncio se alonga por mais tempo que o normal; ele lá em cima, eu aqui embaixo. É quase insuportável.

— Ok, beleza — diz ele, como se tivesse chegado a uma decisão. — Boa noite, fantasminha.

Ele acena, e eu aceno de volta. O calor se esvai das minhas bochechas quando o garoto volta para dentro e fecha a janela atrás de si. É engraçado como fico decepcionada ao vê-lo partir.

# TRÊS

**A risada daquele garoto** continua reverberando nos meus ouvidos no dia seguinte, quando Suzy para o carro na frente da garagem. Passei a manhã inteira esperando por ela na casa vazia, com meus pensamentos incessantes e o canto das cigarras me fazendo companhia.

O sol brilha sobre o velho Honda Civic branco. Suzy o comprou da mãe no começo do verão, e o carro é a menina dos olhos dela.

— Você já comeu? — pergunta minha amiga quando me jogo no banco do passageiro, com os olhos grudados no espelho do quebra-sol.

Ela tira um tubo de corretivo da bolsa de maquiagem que está em seu colo e passa uma leve camada sob os olhos. Hoje está quente o bastante para derreter o rosto de qualquer pessoa, mas o delineado de Suzy continua certeiro e intacto.

— Meu pai falou pra eu trazer isso pra você — diz ela, se esticando para pegar um pote de kimbap no banco de trás. A mãe de Suzy os faz para deixar à venda nas geladeiras perto do caixa na loja. *Ferramentas Jang, uma marca de família*, como o pai dela gosta de dizer, *que vende mais do que ferramentas*. É a versão dele da loja aberta pelo próprio pai, alguns anos depois de chegar aos Estados Unidos.

— Ele ainda pensa em nós pobres mortais — acrescenta Suzy. — A fama ainda não subiu à cabeça dele.

Ela acha hilário que o pai tenha se tornado uma celebridade extremamente nichada da internet depois que um TikTok da conta da loja viralizou. As pessoas começaram a reconhecê-lo em supermercados asiáticos.

Acho que são os contrastes dele. Os braços cobertos de tatuagens sob a camisa de um Respeitável Homem de Negócios. Seu rosto é sempre austero e o cabelo é grisalho e rente, mas, quando fala, sua voz é mais gentil do que se espera. Ele irradia um certo charme, mesmo quando está só fazendo coisas mundanas, como cantarolar as músicas do rádio da loja enquanto usa a empilhadeira. Ele sempre me corrige quando o chamo de sr. Jang, insistindo que eu o chame de Charlie. *Sr. Jang é meu pai*, diz ele, como se pensar nisso o deixasse estressado.

Suzy boceja e dá uma mordida em um kimbap.

— Você teve que abrir a loja hoje? — pergunto.

Ela assente, massageando as têmporas.

— Você tem tanta sorte de não precisar lidar com pessoas.

Faço que sim com a cabeça, mesmo que sinta um pouco de inveja.

Quando eu era mais nova, minha mãe costumava dizer que queria que eu *arranjasse um emprego e deixasse de ser um estorvo*. Mas, quando cheguei à idade em que podia trabalhar, ela mudou de ideia. *Depois do tanto que eu trabalhei pra te dar essa vida, a ideia de você servir outras pessoas...!*

Então passo o verão em casa, me sentindo um saco de pedras.

— Vi um tipo de maquiagem que quero tentar fazer em você — comenta Suzy, me olhando de relance. — Ficaria tão bem no seu tom de pele.

— Hmm... talvez, e olhe lá.

Suzy ri e cutuca meu ombro.

— Mas o que é que isso quer dizer?

Ela vive tentando compartilhar as alegrias do mundo da maquiagem comigo, mas tenho uma questão com meu rosto. Só não quero lidar com ele.

Sei que meu rosto é confuso porque pessoas aleatórias sempre perguntam — *o que você é, de onde você é, você é mestiça de quê?* — e, quando fico na frente do espelho, começo a procurar defeitos até não conseguir mais me ver. Vejo apenas fragmentos de estranhos que conheço de fotos.

O nariz e as sardas do meu pai. Ele era branco, daqui — não *aqui* aqui, mas era norte-americano. As maçãs do rosto e os lábios carnudos da minha avó das Filipinas, que parece muito triste e glamorosa nas fotos antigas e granuladas que tenho dela. A pele de sabe-se-lá-onde, de alguma forma mais escura que a da minha mãe. Talvez seja só porque ela evita o sol.

Todos chutam o que eu posso ser: chinesa, japonesa, mexicana. Já me perguntaram se era coreana uma vez, e eu senti um calorzinho estranho dentro de mim, como se eu tivesse feito alguém acreditar que Suzy e eu temos alguma outra coisa em comum. Acho que as pessoas não sabem o que significa "filipino" por aqui.

Suzy faz um som com os lábios, como se estivesse murchando, e joga a bolsa de maquiagem no banco de trás.

— Quer ir pra algum lugar? — pergunta ela. Minha linguagem do amor.

As opções de sempre passam pela minha mente. Pegar um café na lanchonete. Assistir a um filme no cinema antigo da cidade. Levar os irmãozinhos dela ao parque, onde eles vão correr como se estivessem possuídos — Ben e Jake têm oito e dez anos, e basicamente nunca param no mesmo lugar.

Tudo que costumamos fazer parece sem graça e mais do mesmo. Sinto uma pressão no ar, como se não quisesse que o verão acabasse, mesmo que os dias sejam meio torturantes.

— Pra praia!

É óbvio que estou brincando. Fica, tipo, a uma hora daqui, e Suzy não tem muita experiência na estrada.

Ela sorri.

— Genial.

— Sério?

— Óbvio.

O rosto da minha amiga ganha uma aura de pura travessura, e ela põe o carro em movimento.

Disparamos pelas ruas de pista dupla que contornam os bosques, passando por casas de madeira e árvores com folhas exuberantes que chacoalham ao sabor da brisa. Suzy aumenta o volume ao fazer uma curva na estrada, e acordes bruscos ressoam dos alto-falantes. Ela acelera e olha por cima do ombro, nervosa — uma vez, depois outra, até estar na extremidade esquerda — e força uma risada tensa.

— Não é tão assustador quanto era antes! — exclama, com os nós dos dedos brancos, grudados ao volante.

A música muda. Agora toca GBH, e Suzy aumenta ainda mais o volume para podermos gritar o refrão de "City Baby Attacked by Rats". Diferente do que o título da música sugere, não somos bebês da cidade e é mais provável sermos atacadas por esquilos por aqui, mas acho que isso chega perto o suficiente.

Amo momentos como este, quando acelero por aí com ela, entre um lugar e outro. Quando nossas vozes falham e se misturam, gritando junto ao som das antigas fitas do pai dela, e não importa o quanto soamos ridículas.

O porta-luvas de Suzy está cheio delas, com uma seleção de músicas que sabemos de cor. A música punk que o pai dela costumava ouvir na escola que ficava onde Judas perdeu as botas, no Meio-Oeste, durante o ensino médio. Quase torço para que ela nunca compre um carro mais novo, sem um toca-fitas.

Sob o céu azul vibrante, viadutos e placas verde e brancas passam rapidamente por nós na estrada, e a luz reflete nos carros que correm do outro lado da pista.

Minha mãe não ia gostar de saber que estou aqui agora. Ela sempre me diz para não ir muito longe e este passeio deve estar quebrando mais algumas regras que ainda desconheço. Mas ela não vai voltar até tarde da noite. Não precisa saber que eu saí.

Abro um pouco a janela, sentindo o ar quente na ponta dos dedos. Parece que a vida está lá fora, só esperando que a encontremos.

— Você me ensinaria a dirigir? — deixo escapar.

Suzy tira a franja da testa com uma das mãos.

— Acho que... — Ela aperta a buzina quando outro carro entra na pista diante de nós, um pouco perto demais. — Acho que não consigo? Tipo, ainda mal consigo me virar.

Eu não deveria ter perguntado. Foi demais. Estou chegando perto do ponto em que Suzy vai ficar cansada de mim, como mamãe diz que vai acontecer com todos.

Vejo o aplicativo de calendário à procura de uma distração, pensando em checar para quem vou dar aula de reforço esta semana.

Minha mãe não gostou da ideia quando eu comentei que havia um espaço no mercado para ajudar com trabalhos escolares que não envolvesse cola ou plágio. *Você deveria focar nos próprios estudos. Não faço o suficiente pra você? Você não tem o bastante?* Mas eu precisava sentir que podia fazer algo por mim mesma.

"Em três quilômetros, pegue a saída...", anuncia o celular de Suzy no porta-copos. Ela se inclina para a frente ao levar o carro para a extremidade direita.

Logo estamos disparando pelas ruas vazias de uma cidade litorânea, com suas vias estreitas e casas de telhas cinza. O estacionamento em frente à praia não está tão cheio quanto eu esperava. Suzy entra em uma vaga e se joga sobre o volante.

O cheiro da maresia nos atinge assim que saímos do carro. Na areia, tiramos os sapatos e corremos até a beira d'água, gritando quando percebemos o quão gelada está. De braços cruzados, ficamos paradas onde as ondas quebram, com a água envolvendo nossas pernas e recuando outra vez.

— Então, quando é o próximo jantar de domingo? — pergunta Suzy.

Minha mãe insiste em convidar Suzy para o jantar uma vez por mês. *Precisamos retribuir*, diz ela, balançando a cabeça. *Você vive lá. Come tanto a comida deles.*

Eu costumava ansiar por esses jantares, essa tradição que fez com que Suzy fizesse parte de nossas vidas. Mas ultimamente parece que são apenas oportunidades para mamãe entrevistar minha amiga e falar merda a respeito dela mais tarde.

— Acho que em breve? — digo, tentando manter a voz leve. — Preciso perguntar.

— Afinal, como vai sua mãe?

*O que eu fiz pra ter que aguentar você?*

*Eu devo ser amaldiçoada.*

*Não tem como amar você.*

*Falta em você algo que todo mundo tem.*

Não posso explicar isso para Suzy. Enterro os dedos dos pés na areia, sentindo o ar salgado na língua.

Já tentei uma vez, mas ela não pareceu ter entendido. Suzy presume que tudo deve ser um mal-entendido, como se fôssemos apenas uma versão diferente dela e da mãe, lá no fundo.

Não quero que ela saiba que é minha culpa. Que saiba o que fiz para merecer isso.

Então tento falar como se fosse uma piada:

— Ela me odeia.

Suzy ri.

— Sei como é, minha mãe ficou uma fera comigo outro dia...

Eu me forço a rir junto, prestando atenção para ver o quão normal minha voz soa.

Quando estudamos o contrato social na aula de história ano passado, pensei em como todo mundo na escola deve ter concordado em ser extremamente casual e tranquilo em relação a tudo. E eu vivo tentando desesperadamente não violar esse contrato, tentando me segurar. Mas às vezes minha boca se precipita.

— Tipo, sabe como ela me faz escrever cartas pro meu avô toda hora?

A praia é tão aberta e ensolarada, curvada para abraçar as ondas. De repente, parece exposta demais, tão brilhante que chega a doer.

— Mesmo que ele nunca responda — completo.

— Essas famílias, cara. Meu avô é igualzinho, ele é extremamente fechado.

O avô que Suzy vê algumas vezes por ano, que aparece de cara fechada no Instagram dela, junto do pai com um braço desconfortável ao redor dos ombros dele.

Nunca vi sequer uma foto do meu.

— O que era a coisa que você queria me contar? — pergunto. — A que aconteceu no seu trabalho.

Tem algo de errado agora, na forma como ela hesita. Sinto um gosto azedo na boca quando Suzy balança a cabeça.

— Não foi tão engraçado quanto eu pensei.

A água recua e a areia está ficando mais macia sob meus pés, cedendo aos pouquinhos. O sol ofusca meus olhos com a forma como se reflete nas ondas, e sei que eu deveria me sentir bem, com o calor na pele e o mar cintilante à nossa frente. Talvez, se eu tirar uma foto, vou conseguir sentir isso mais tarde. Ergo o celular e Suzy põe a língua para fora, posando para a câmera. Então tiro algumas fotos dela em vez disso.

Quase quero lhe contar sobre o garoto do telhado, mas sinto um aperto no estômago. Lembro de quando contei uma história sobre um garoto, e Suzy mencionou alguma coisa quando minha mãe estava por perto. Mamãe entrou em pânico e me tirou da equipe de debate, bem quando eu estava começando a fazer disso minha personalidade inteira.

Isso foi ano passado, quando minha mãe nos levava para os lugares. Ela costumava fazer esse tipo de coisa antes de Suzy comprar o próprio carro. Estávamos falando sobre a viagem da equipe de debate que se aproximava, e Suzy comentou que eu devia estar animada porque Matt Gilbert também ia. Ela me provocava do jeito que a sra. Jang, uma romântica assumida, provavelmente brincava com a filha no jantar.

Minha mãe não reagiu na hora — ela sabe se conter quando temos companhia —, mas ouviu. Notou. Ela ligou para a escola no dia seguinte e avisou que eu não participaria, nem da viagem, nem da equipe.

— O que essas pessoas têm na cabeça? Um bando de adolescentes viajando juntos, *dormindo em quartos de hotel*?! — Mamãe balançou a cabeça, enojada, e apontou para mim. — Lembre-se disso. Os corpos das mulheres são bombas-relógio. Você tem muito mais a perder do que ele. Tem uma vida toda de consequências, só esperando para explodir.

*Ela está falando de você. Você é a consequência de uma vida toda. Você explodiu tudo.*

— Esses norte-americanos perderam a cabeça — continuou minha mãe. — Você não vai crescer desse jeito.

Havia tantas coisas que eu queria dizer. Mas, se não sou norte-americana, então o que eu sou? Será que pertenço ao lugar sobre o qual só ouço falar em histórias de fantasmas?

Mas foi então que eu entendi. Que muitas coisas não são temas de discussão. Que não fazia sentido e que era melhor ficar quieta.

Extingo a pequena chama de raiva que sinto subir na minha espinha — porque *o que eu posso fazer* se estou brava com a única pessoa no mundo inteiro que está do meu lado? Ficar sozinha? E, quando minha mãe parar de gritar e deixar a casa em um silêncio gélido mais uma vez, não vou sequer ter mensagens de Suzy que eu possa ignorar.

Tento lembrar da risada daquele garoto, mas ela é engolida pelo rugido das ondas.

# QUATRO

**Não pensei direito** em quanto tempo levaria para ir e voltar da praia. Vamos chegar só um pouquinho antes de mamãe voltar para casa.

Suzy está cantarolando com o rádio, ao meu lado no banco do motorista. Estou uma pilha de nervos, mas não quero dizer nada. Uma vez, um tempinho atrás, fiquei falando sem parar que estava com medo de não chegar em casa a tempo e ela me interrompeu, rindo. *Calma, menina! É só sua mãe, tá tudo bem. Você tá sendo meio chata.*

Suzy acha que a conhece porque minha mãe é legal na frente dela durante os jantares. Então espio pela janela, calculando em silêncio quanto tempo mais vai levar o trajeto.

Porém, quando estamos a poucos quilômetros da minha casa, Suzy exclama:

— Ah! Esqueci. — Ela entra no estacionamento da loja de conveniência 24 horas. — Prometi pro Ben e pro Jake que ia levar Hot Cheetos pra eles.

Alguns garotos estão parados no estacionamento, agrupados entre os carros. Levo um segundo, mas os reconheço.

— Olha lá o Alex — digo.

Quando olho para ele agora, não sinto nada. O que é um alívio, considerando que Alex Lavoie fez meu coração dar cambalhotas durante a maior parte do ano passado, quando fizemos dupla no laboratório de química. Todo mundo é meio obcecado por ele — Alex joga futebol americano no outono e lacrosse na primavera, e tem uns olhos verdes e ternos que o fazem parecer sensível. Houve uma época do ano passado em que eu não conseguia parar de falar sobre ele. Ainda não tinha aprendido a lição, depois do Grande Incidente da Equipe de Debate. E, naqueles dias, conversar com Suzy sobre ter um crush era mais divertido do que o crush em si.

Suzy começa a tossir quando o vê.

— Ah, merda!

Ela ri e se encolhe no banco.

Conheço essa cara, quando o nariz dela fica um pouco rosado. Está envergonhada.

Suzy olha para mim, com as bochechas coradas.

— Você... ainda gosta do Alex? Você falou, hã... um tempinho atrás, você falou que já tinha superado, mas...

Meu Deus, agora é *ela* que gosta dele? É isso que está acontecendo?

— É — digo. — Já superei.

E estou falando sério. Então por que isso me deixa tão ansiosa?

— Ah... — Suzy desvia o olhar, para o bosque, e passa os dedos pelo cabelo. — Sabe aquela coisa engraçada que eu ia te contar? Que não era tão engraçada. Ele, hã... — Ela endireita a postura de novo e pigarreia. — Ele apareceu lá na loja. Umas semanas atrás.

*Umas semanas atrás?*

Nós costumávamos contar uma para a outra cada atualizaçãozinha sobre nossos crushes. Cada encontro inesperado e olhar possivelmente significativo.

Por que Suzy não me contaria isso? Parece que tem algo escorrendo pelos meus dedos, areia cedendo sob meus pés conforme a maré recua. E, em vez de me debater neste sentimento desagradável, simplesmente preciso fazer alguma coisa.

— Então vamos falar com ele! — sugiro, saltando para fora do carro.

— O quê? Espera…

Mas fecho a porta na cara dela.

Suzy me alcança e tenta me puxar pelo braço.

— O que deu em você hoje? Desde quando você gosta de falar com as pessoas?

Mas é tarde demais, porque já estamos basicamente na frente dele.

— Deedee! — exclama Alex. — Faz tempo que não te vejo por aí.

Então ele olha para Suzy e… É coisa da minha cabeça ou ele parece nervoso?

— Ei, procurei aquele filme que você falou — diz Alex. — Aquele em que o piano come uma pessoa.

Ah. Então tá.

Os dois com certeza andam conversando.

E tudo bem, tanto faz, mas… O fato de Suzy não ter me contado…

— Quem é essa? — pergunta um garoto à esquerda.

Kevin Harper. Conheço de vista esses caras desde o fundamental, mas a maioria deles provavelmente nem sabe que eu existo.

— Ah, é a garota que me ajudou a corrigir meu trabalho de inglês — conta Ted. Ele é um cliente recorrente das minhas aulas de reforço. Nem o melhor, nem o pior.

Kevin bufa, debochado.

— Não acredito que você pagou uma pessoa pra fazer isso quando uma IA pode fazer de graça.

— Ei, sei lá! Ensine um homem a pescar…

— Mano — intervém Suzy, irritada. — Ela tá bem aqui. A gente tá te ouvindo!

Essa é a Suzy que eu conheço, sempre saindo em defesa de todos. Certa vez, ela quase deu um soco no caixa de um banco que tirou sarro do sotaque da mãe dela. E, no oitavo ano, não hesitou quando um carinha cismou comigo.

— Ei, menina indonésia! — gritara ele.

Nós só continuamos andando. Sinceramente, fiquei surpresa pelo garoto saber que a Indonésia existia.

— Que foi, acha que é melhor do que eu? Você e seus *lábios gordos*? — continuara ele.

Suzy tinha se virado de súbito, com aquela energia de "tá me tirando, cara?" na postura dos ombros, aquela expressão de "tô de saco cheio das suas merdas" que talvez seja a cara que ela tem sempre.

— Pelo menos ela *tem* lábios, diferente de você, seu otário! Quem ia querer beijar essa sua boquinha fina? — rebatera.

Tenho que reconhecer, ele nos deixou em paz depois dessa.

— Perdoe-me, madame — diz Ted agora, debochado.

— Ignora esses palhaços — fala Alex, depois pergunta para Suzy alguma coisa sobre o filme que eu não assisti.

Todas essas conversas acontecem ao meu redor. As risadas aumentam, como o calor, e estou sumindo no fundo. E tanto faz, tudo bem. Posso apreciar o cenário. A placa de néon da loja de conveniência, as letras emanando um brilho azul. Os pinheiros densos às margens do estacionamento, montes de verde-escuro onde o bosque começa. As nuvens tingidas de rosa conforme o dia dá lugar à noite.

Então algo mais perto da Terra chama minha atenção.

Alguém está atravessando o estacionamento na nossa direção, um garoto esguio de cabelo escuro e bagunçado.

Os outros meninos também o notam.

— Falaaaa! — exclamam alguns deles ao mesmo tempo.

— Ah, esse cara! — comenta Ted, dando ao rapaz misterioso uma daquelas batidas que viram um aperto de mãos vigoroso.

— Jason, seu merdinha — diz Kevin, do jeito mais afetuoso possível.

Caramba, quem é esse? Nunca o vi antes, mas de alguma forma ele já conhece todo mundo.

Talvez ele seja meio familiar. Eu me viro para ver melhor o rosto do garoto.

Sobrancelhas grossas, nariz largo, lábios cheios e taciturnos. Há algo no formato dos traços dele, no tom quente da pele. A sensação de reconhecimento me atinge de uma vez só. É difícil explicar exatamente como eu sei, mas — *ele é como eu*. Asiático na maior parte dos ângulos. Asiático o suficiente para as pessoas comentarem, ambíguo o suficiente para fazerem perguntas. Em minha vida medíocre nesta cidadezinha, nunca conheci mais ninguém assim.

E, de repente, ele está olhando diretamente para mim, e sinto como se estivesse pulando no trampolim do quintal de Suzy, no ponto mais alto da parábola do salto, leve feito uma pena por um segundo, prestes a cair.

Josh Dean dá um tapinha nas costas dele.

— Jason, meu bróder, faz um tempão que não te vejo.

— Cara, agora é Jay, já te falei — corrige Alex.

— Ahhh, uma repaginada — diz Ted. — Por que a mudança?

— Crise de um quarto de vida. — A voz de Jay é grave e vigorosa, com um quê de sarcasmo no meio. — Tipo quando você raspou a cabeça no verão passado, sabe.

Acho que isso deve ser uma piada interna, porque todo mundo cai na gargalhada.

— Ei, minha cabeça tem uns calombos naturais, tá bom? — explica Ted, de mãos erguidas.

— Pois é. Ano novo, vida nova, eu acho? — Jay sorri. — Agora eu moro aqui. Surpresa.

— Fala sério! — exclama Josh. — Mano, eu não te vejo desde aquela festa no verão passado. Aquilo foi doido.

Suzy e Alex estão falando pelos cotovelos agora, do meu outro lado, e estou nervosa mais uma vez, checando o horário no celular.

Quando ergo os olhos, Jay está me observando em sua rodinha de pessoas. Como se também pensasse que eu pareço familiar.

Será que ele...

Não importa. Não tenho tempo para pensar nisso.

— Ei — digo, tocando o braço de Suzy. — Vou pegar o Cheetos, tá? Volto já.

Lá dentro, a iluminação é forte, ofuscando tudo. Quando chego ao corredor de salgadinhos, ouço o sinete da porta. Ergo a cabeça e vejo Jay entrando, então puxo o short de leve para baixo para que fique mais óbvio que estou usando um cropped.

O garoto vai até as geladeiras que brilham nos fundos da loja e parece não ter a menor pressa para escolher o que vai comprar.

Enfim ele se aproxima do caixa e eu entro na fila atrás dele com o Cheetos e umas batatinhas para mim mesma. Quase sinto vontade de rir diante do número de energéticos que o funcionário do caixa está embalando agora.

— Fala, Jay! E aí? Como é que vai a sua mãe? — pergunta o funcionário entre os bipes do leitor de código de barras. — Tudo bem com a casa?

Ele conhece mesmo todo mundo.

— Tudo, aquela gambiarra que você sugeriu com silver tape deu supercerto.

— Imagina, é um prazer ajudar. Ela tem sorte de ter você pra dar uma mãozinha. Se cuida, beleza?

Jay se vira de novo e me lança um olhar um pouco confuso. Ele pega a sacola e fica ali parado, esperando enquanto o caixa passa minhas coisas, e me acompanha enquanto nos dirigimos até as portas deslizantes. Aponto para a sacola dele, tentando ignorar as palpitações no peito.

— Vai virar a noite?

Ele dá de ombros.

— Tenho que acompanhar o ritmo desses caras.

Jay para logo que saímos, então faço o mesmo. Ele tem os ombros tensos, como se tivesse acabado de passar por um pico de crescimento e ainda não tivesse se acostumado com a vida naquela altitude.

Meio que não quero voltar para o grupo amontoado do outro lado do asfalto. Suzy está gesticulando com os braços, superempolgada sobre o que quer que esteja contando para Alex.

— O que você comprou? — pergunta Jay, se inclinando para olhar.

Minhas bochechas esquentam quando ele pega minha sacola e espia dentro.

— Hot Cheetos, boa escolha — comenta, assentindo. Então suas sobrancelhas se arqueiam. — Sal e vinagre? *Interessante.*

— O que é que isso quer dizer?

Ele só sorri e balança a cabeça, devolvendo a sacola para mim. Seus dedos roçam os meus quando me atrapalho com as alças de plástico, o que lança uma corrente elétrica pela minha espinha.

— Então, hã... você acabou de se mudar pra cá?

Espero não soar envergonhada.

— Isso. Do Maine.

Jay joga o peso de um pé para o outro.

— Mas você já conhece aqueles caras?

— É uma longa história. Ei, isso vai soar estranho, mas... Você... — As sobrancelhas dele se aproximam. — Você mora perto da Grove Street?

— Quê? — De repente, minha camisa parece apertada demais nas axilas, de onde brota suor. — Por quê?

— Puta merda. — Jay está sorrindo como se tivesse feito uma descoberta incrível. — É a Garota Fantasma.

As palavras dele me atingem devagar, como uma gota de tinta mudando a cor da água. Encaixo as linhas do rosto dele com o que mal consegui ver na penumbra.

O rosto dele que, deste ângulo, é tão lindo que chega a me deixar estressada.

— Caramba, ok. Desculpa. — Os cantos da boca de Jay se viram para baixo, como se ele estivesse se esforçando para não rir. — Acabei de perceber como isso deve parecer esquisito, se eu estiver errado.

— Não, hã, eu me lembro. No telhado, e... — Movo as mãos em um gesto vago. — *Bu!*

Os olhos dele se voltam para baixo, a boca se alargando em um sorriso rápido. Então ele volta a olhar para mim, como se estivesse de olhos semicerrados diante do sol.

— Eu sou o Jay. Prazer.

— Deedee.

Estendo uma das mãos e ele a aperta com firmeza.

— Você não pode sair assustando as pessoas daquele jeito. Uma garota de cabelo preto, aparecendo do nada no escuro? Vai causar um infarto em alguém.

— Eita, desculpa. — Mal consigo dizer as palavras com o riso que se forma no meu peito. — Como está o seu coração agora?

— Bem, obrigado.

Jay está fazendo um movimento repetitivo com uma das mãos, pressionando as pontas dos dedos com o polegar, uma após a outra. Como se fosse um atleta em aquecimento, mas o esporte fosse digitação competitiva.

Ele volta os olhos para o céu e suspira.

— Tem muita coisa rolando.

Quero questioná-lo sobre isso, mas as palavras ficam presas na minha garganta, então encaro o mesmo ponto adiante. As nuvens estão tão lindas agora — sem pensar muito a respeito, ergo o celular para tirar uma foto.

Jay se aproxima para olhar.

— Você tem um olho bom.

— Será? — De repente, sinto um calor e um formigamento no corpo todo. — Isso é, tipo, a coisa mais clichê de se tirar foto.

Ele ri um pouco ao ouvir isso.

— Lembra quando você tirou uma foto minha por sei lá que motivo? Foi meio falta de educação, sinceramente.

— Eu...

— Você tem um Instagram que eu possa seguir ou coisa do tipo?

— Ah, hã...

Tenho uma conta fechada na qual raramente posto, que Suzy me convenceu a criar fazendo um pouquinho de bullying. Não gosto muito que outras pessoas vejam minhas fotos. E não tenho muitos amigos mesmo.

O sol está atrás das árvores agora. Merda, vou ficar tão encrencada.

— Na verdade, não. Hã... Preciso ir. — Aponto para Suzy com a cabeça. — Eu, hã, te vejo por aí?

— Acho provável. — Jay pisca algumas vezes, como se tivesse acabado de se lembrar onde está. — Coisas mais estranhas já me aconteceram.

Saio correndo e agarro Suzy, entrelaçando nossos braços por trás.

— Ei, preciso ir pra casa!

— Ah, verdade, desculpa! — diz ela, esgotada. — Tchau, meninos.

Dou uma olhada por cima do ombro enquanto andamos de braços dados até o carro dela. Alex está ao lado de Jay agora, contando uma história. Mas Jay ainda está me observando partir.

# CINCO

**Ai, meu Deus,** o carro da minha mãe está na garagem. O Mercedes bege do qual ela tem tanto orgulho.

Depois que Suzy vai embora, enfio a camisa no short — a cintura é alta o bastante para eu me adequar às regras por pouco, se eu relaxar um pouco a postura. Também amarro a sacola plástica com os salgadinhos e a guardo debaixo de um arbusto perto da porta da frente. Vou voltar para buscá-los mais tarde.

Ela está me esperando no sofá cinza da sala de estar, de costas rígidas como as almofadas.

— *Por onde você andou, ha?!*

A voz que mamãe usa na maior parte do tempo é como a de um locutor de rádio, cuidadosamente moldada em seu sotaque norte-americano ideal. Mas há vezes em que sua voz real aparece um pouco mais. Quando fica muito envolvida em uma história, quando está morrendo de rir. Quando fica brava.

— Por que você estava fora a uma hora dessas?

Todas as luzes no cômodo amplo que contém cozinha, sala de estar e de jantar estão acesas, iluminando as paredes brancas e nuas e os vasos vazios e cintilantes. Parece que um interrogatório está prestes a acontecer.

— Hã. — O pânico sobe minha garganta. Será que ela percebe, de alguma forma, que estive com *garotos*? — Eu tava com a Suzy.

— Eu perguntei *onde*.

Dá para ver na minha cara? Estou bronzeada? Mamãe sempre diz coisas zoadas sobre o que vai acontecer se minha pele ficar mais escura.

— Na praia — murmuro.

— Na praia?! — Ela se levanta em um salto e cruza a sala. Sou alguns centímetros mais alta, mas minha mãe ainda parece imponente sobre mim. — Você foi longe assim sem me avisar?

Pelo menos lembrei de esconder os salgadinhos, ou teria sido pior.

Minha mãe suspira feito o ar saindo de um pneu.

— Você anda passando muito tempo com a Suzy. É o seu último ano do ensino médio. É hora de estudar sério. Quer acabar trabalhando numa *loja* qualquer, igual ela?

*O que é que isso quer dizer?* Quero falar alguma coisa, defender Suzy, mas todos os meus pensamentos estão tentando emergir ao mesmo tempo, e há um engarrafamento na saída.

— Por acaso já escreveu para o seu Lolo? Já imaginou o que vai dizer pra ele se nenhuma faculdade te aceitar?

Minha cabeça fica quente demais só de pensar nessas cartas.

— Minhas redações para as faculdades estão basicamente todas feitas.

Múltiplas versões escritas e reescritas, vídeos do YouTube consultados, planilhas elaboradas.

As pessoas agem como se eu devesse estar animada para a faculdade, mas a ideia só me enche de pavor. Ou vou ficar em dívida com um banco — o pai de Suzy diz que eles ainda estão pagando seu financiamento estudantil — ou aumentar minha dívida com minha mãe. A dívida impossível que jamais serei capaz de pagar.

Há uma outra opção, mas essa significa que provavelmente vou continuar morando aqui: estudar na Eastleigh, a pouco mais de uma hora de distância. Minhas notas me garantiriam uma bolsa integral porque ficaria no mesmo estado.

— Então as releia outra vez! — exclama mamãe. — Desculpa, isso é *trabalho* demais pra você? — Ela desenha um círculo largo com a mão, como se estivesse gesticulando para minha vida inteira. — Sabe o quão duro eu trabalho por você? Tudo que faço é pra que possamos sobreviver. Tem que começar a pensar nisso pra você mesma também. Comece a tomar boas decisões.

Quero circular a palavra *sobreviver* e escrever "não é a melhor palavra" ao lado a lápis.

O que é que sobrevivência tem a ver com encontrar Suzy? Por que é sempre a razão que minha mãe usa para explicar tudo que não faz sentido? *Sobreviver sobreviver sobreviver*. Parece que o problema é alguma outra coisa, mas não sei do que chamá-la.

— E sua cabeça é uma bagunça só! — A voz de mamãe fica anasalada, debochada. — Pensando em arte, pensando em garotos!

— Não estou pensando em garotos! — respondo involuntariamente, com a risada de Jay soando nos ouvidos.

Estou tentando não pensar nos olhos dele à luz dourada do entardecer.

Ou nas mãos dele, a forma como fazem aquele gesto de nervosismo.

Ou na boca dele curvada em um sorrisinho.

— É bom mesmo! — Minha mãe estala a língua. — *Ay*, você me cansa. Vive sugando minha energia.

Ela fecha os olhos e faz um gesto de enxotar com as mãos na direção do teto. É o sinal para eu ir para o meu quarto.

Corro escada acima, para longe da voz dela, que grita: "Porta aberta!" Como se eu pudesse me esquecer de que não tenho permissão para fechá-la.

Encolhida na cama debaixo das cobertas, abro a foto que tirei no meio da noite. Não dá para ver o rosto de Jay, mas é reconfortante mesmo assim. A sensação do momento está lá, de alguma forma.

Minha mente volta para a aparência dele hoje à tarde e mordo os lábios, pensando em como sempre me senti insegura em relação a eles. Os de Jay são mais cheios que os meus, mas nele isso não parece um defeito.

De repente, ouço passos do lado de fora, se aproximando. Então entro em pânico e deleto a foto.

A cama afunda quando minha mãe se senta na beirada e coloco a cabeça para fora das cobertas. Ela parece mesmo exausta.

— Sua Tita Loleng me contou uma história — começa ela. — Sobre a Dama Branca.

Esse fantasma vive aparecendo nas histórias dela; é uma mulher de branco que vaga por aí, com os longos cabelos pretos cobrindo o rosto. Os detalhes mudam: os locais, as causas da morte. Minha mãe enfeita, acrescenta detalhes à história. Acho que ela simplesmente inventa coisas quando fica entediada.

*Kuya Manny jura que a viu no meio da estrada, onde ela morreu em um acidente de carro.*

*Ate Tricia a viu em um dos banheiros da universidade. Dizem que ela se enforcou depois que o amante se recusou a deixar a esposa.*

*Tito Jesse avistou a dita cuja na lateral de uma passagem sinuosa na montanha, onde ela se jogou de um penhasco.*

Minha mãe a chama de Dama Branca, mas fico constrangida quando digo o nome em voz alta. Rosemore, no estado de Massachusetts, tem uma população 95% branca de acordo com o último censo dos Estados Unidos. Há muitas damas brancas por aqui. Você precisa ser mais específico.

— Isso aconteceu com um homem que o marido de Loleng conhecia do trabalho — conta minha mãe, alisando as dobras do cobertor com as mãos. — Carros não paravam de bater numa árvore do lado de fora da casa dele. As pessoas diziam que era porque o espírito de uma mulher estava preso lá dentro. Ela morreu ali, por direção imprudente depois de descobrir que o marido a traiu.

Minha mãe arqueia as sobrancelhas de um jeito sugestivo para mim. O peso parece sair dos ombros dela quando está contando uma história, no modo fofoca. A tsismosa dentro dela não tem ninguém com quem conversar por aqui.

— O que ela queria?

— *Vingança*. Diziam que a mulher fazia qualquer homem parecido com o marido dela bater naquela árvore. — Mamãe se aproxima para dar um efeito dramático. — Então, certo dia, o amigo do marido de Loleng pensou consigo mesmo: "Vou derrubar essa árvore." Ele tentou com um machado, mas a lâmina rachou. Pegou emprestada a serra elétrica de um colega, mas o motor falhou. Então, naquela noite, ele teve uma febre misteriosa.

Nesse ponto, minha mãe está tão absorta na história que o sotaque vem à tona. Os sons de *k* vêm de um lugar mais fundo na garganta, e a ênfase recai de um jeito um pouco inusitado nas sílabas, aterrissando com força no final de *febre*.

— Ele estava com sede, mas não conseguia se forçar a beber. Estava com fome, mas não conseguia comer. Virava de um lado para o outro, incapaz de dormir. — Ela avança a cada frase, pouco a pouco, uma onda prestes a quebrar. — Depois de três dias desse jeito, ele faleceu. As ranhuras e sulcos que o sujeito tinha feito na árvore desapareceram. Ela continua de pé até hoje — acrescenta com um floreio assustador. — Sem um arranhão sequer.

Mamãe belisca meu braço com dois dedos, como a mais fraca das pinças.

— Não é assustador? — Ela alisa mais um pouco o cobertor. — É engraçado como você gostava tanto dessas histórias quando era pequena. Sempre te faziam dormir na hora.

Ela desliga a luz e se levanta.

— Mãe — sussurro, e mamãe para na soleira, o corpo tenso iluminado por trás. — A senhora quer que eu pare de sair com a Suzy?

Ela hesita, repousando uma das mãos na maçaneta.

Meu corpo todo está encolhido de horror, à espera da resposta. Eu perguntei, mas não sei quem vou ser depois disso se ela disser que sim.

Ela suspira, e suas feições duras se suavizam, impactadas pela exaustão.

— Não. É bom. Saber que você pode ir lá. Está tudo bem.

Minha mãe apoia uma das mãos no batente e volta a se virar na minha direção.

— Já te contei sobre a vez em que vi uma aswang?

Sinto um vazio no estômago, como quando Suzy vira uma esquina rápido demais no Civic. Mamãe sempre conta essas histórias como se tivessem acontecido com outra pessoa.

— Eu estava no nosso quintal dos fundos. Era tarde da noite. Então eu a vi. — Ela me lança um olhar incisivo. — Eu tinha mais ou menos a sua idade.

Há um quê acusatório na voz dela que é quase engraçado. *Quando eu tinha a sua idade, vi uma aswang*, quase um primo distante de *Quando eu tinha a sua idade, caminhava quinze quilômetros até a escola.*

— Foi logo depois que minha mãe morreu — acrescenta ela, tão baixinho que quase não escuto.

Um arrepio percorre meu corpo. Ela nunca fala sobre a própria mãe.

— Vi uma moça caminhando na estrada. Fiquei me perguntando o que ela estava fazendo fora de casa tão tarde. Então, quando dei por mim, asas saíram das costas dela! A metade de cima do corpo se ergueu, e os intestinos dela escorreram pra fora!

O celular dela começa a tocar e mamãe se atrapalha para pegá-lo. Conheço esse toque a essa altura, o que ela usa apenas para o chefe.

— Sim? Pensei ter enviado para o senhor. O que ele disse? Hã, ok. Interessante.

A voz dela está diferente agora. *Hã?* com aquele "a" grave e calmo, como se tivesse sido ensaiado. Não o *ha?* que eu conheço — ríspido e assustador às vezes, de fato, mas em outras questionador, afetuoso, vigoroso. Cheio de vida. Um lembrete de quem ela costumava ser, talvez.

Com a cabeça curvada para manter o celular preso ao ombro, mamãe desaparece de vista, deslizando os chinelos rapidamente pelo corredor.

Estou sozinha de novo, no escuro.

Não acredito que deletei aquela foto. Nem a mandei por e-mail para mim mesma primeiro, como de costume.

Já fiz muitos endereços de e-mail ao longo dos anos, porque minha mãe não os olha e aí eles ficam cheios. São diversas contas antigas flutuando por aí, cheias de fotos aleatórias e capturas de tela das mensagens de Suzy, coisas que apago do celular antes que minha mãe possa encontrá-las.

Por que estou com vontade de chorar agora? É só uma foto tremida e desfocada que nem sequer mostra o rosto dele.

Mas e se não nos falarmos outra vez?

Aquela leveza que eu não estava esperando, aquele momento estranho no tempo. Quero lembrar que isso aconteceu.

Abro a gaveta da mesa de cabeceira e, devagar, desprendo a foto que fica colada no topo com fita adesiva, onde é difícil ver.

A foto em que estamos todos juntos: eu, minha mãe e meu pai, com o horizonte de Nova York ao fundo. O lugar onde os dois viviam antes de eu chegar. Quando ela era feliz. Fizemos uma viagem para lá, em nome da nostalgia, quando eu era nova demais para me lembrar. Antes de ele ficar doente.

Minha mãe provavelmente não gostaria de saber que tenho essa foto. Quando pergunto sobre o meu pai, ela diz que "*É egoísmo se deixar triste de propósito*". Ou "*isso é particular, não tenho que me explicar pra você*".

Fico ali deitada por um tempo, mas não consigo me forçar a dormir. Quando enfim desisto e olho para o meu celular, percebo que acaba de passar das duas da manhã.

Eu me levanto e vou até a janela, e lá está Jay de novo. No telhado dele, contemplando a noite.

# SEIS

**Nas semanas que se seguem,** vislumbro algumas vezes Jay pela janela. Levando as compras para dentro, cortando a grama, correndo atrás de uma garotinha — a irmã dele? — pelo quintal, de braços erguidos como o monstro de um desenho animado. Ele a alcança e faz cócegas nela, e o riso de ambos chega até mim abafado pelo vidro. À noite, quando não consigo dormir, vejo os faróis do carro dele, saindo e voltando, e me levanto para espiá-lo no telhado outra vez. Mas, de alguma forma, agora estou assustada demais para sair escondida.

Então as aulas começam e passo a primeira semana inteira tentando não notar, com o coração pulsando sob a pele, se Jay está nas minhas turmas. Tentando não reagir quando ele se senta apenas algumas cadeiras à minha frente na aula de inglês, ou quando chega atrasado na aula de história dos Estados Unidos e fica me encarando por um segundo, antes de escolher uma carteira distante. Vejo uma certa expressão no rosto dele algumas vezes, como se Jay quem sabe fosse atormentado por alguma coisa.

E, ao final da semana, eu me sento bem atrás dele na aula de inglês e passo tempo de mais encarando o ponto onde a nuca de Jay encontra a camisa.

A srta. Johnson escreve uma citação no quadro.

— "A história nunca se repete, mas rima." — diz ela, lendo devagar para acompanhar a velocidade da escrita. — Mark Twain.

Estou perto o bastante para ouvir Jay comentar baixinho:

— O Mark Twain não falou isso, na verdade.

Ele sai rapidamente quando a aula termina e não conversamos.

Tenho certeza de que as coisas que nos assombram não são as mesmas. Mas meio que me pergunto se elas rimam.

Quando as aulas acabam, Suzy e eu vamos até o banheiro para que eu possa me trocar.

É a nossa rotina. De manhã, saí de casa vestindo jeans e uma camiseta básica enfiada dentro da calça, sem a menor possibilidade de deixar o abdômen à mostra — algo aprovado por minha mãe — e com roupas que comprei com o dinheiro das aulas de reforço na mochila. Um vestido curto floral e uma jaqueta de sarja verde-oliva, além dos coturnos de Suzy. Escolhi roupas que representem meus sentimentos conflitantes: quero parecer fofa, quero desaparecer, quero ser forte.

Agora estou me trocando de novo, porque vou jantar na casa de Suzy e não quero que os pais dela se perguntem por que mudo de roupa no fim da noite. Quero que pensem que sou uma garota até que boazinha, mesmo que não seja verdade.

Estou na cabine, me equilibrando em uma perna só para entrar de novo nos jeans, quando Suzy comenta:

— Então, o Alex queria ir na lanchonete com os amigos! É o único dia em que ele não tem treino.

É uma quinta-feira. Sempre jantamos na casa dela às quintas-feiras.

Tenho aquela sensação de areia movediça outra vez.

Encaro a tinta verde lascada no interior da porta da cabine e penso com carinho nos hambúrgueres caseiros do pai dela, que ele serve sem pão, com arroz e kimchi para acompanhar.

— Você deveria ir! — exclama Suzy, animada. — Vai ser divertido.

Meu estômago revira. *Será que Jay vai estar lá?*

— Deedee? — pergunta Suzy. — Eu quero que você vá, isso não... precisa ser nada de mais.

Meu Deus, dá até para ouvir que ela tem pena de mim.

— Claro! Claro, vai ser ótimo — respondo, puxando a camisa e a deixando para fora do jeans. — Vai ser divertido.

Passamos de carro pelo terreno comunal da cidade e pela antiga casa de reuniões em estilo colonial ao lado dele, com seu campanário branco-puritano arranhando o céu azul vívido. Um pessoal da escola está sentado de pernas cruzadas na grama, tomando sol.

— Então... o que tá rolando entre você e o Alex?

— Ai, amo essa música — diz Suzy, aumentando o volume e cantando junto.

Por que ela não quer me contar? Fiz algo de errado?

Mas, depois do refrão, Suzy suspira e diminui o volume.

— Tem certeza de que tá tudo bem?

— Foi só um crush idiota. Coisa do passado.

Minha amiga se recosta no banco, com os braços esticados sobre o volante diante de si.

— Ele apareceu pra comprar uma lâmina nova pro cortador de grama. Umas semanas atrás. E tava usando uma camiseta... — Ela mal consegue dizer as palavras porque já está rindo. — A estampa era o pôster de *Palhaços Assassinos do Espaço Sideral*.

Esse é o tipo de filme de que Suzy mais gosta. A mistura perfeita entre assustador e ridículo, quando posso me juntar a ela porque sou covarde demais para assistir a filmes de terror na maior parte do tempo. E a gente já assistiu a uns *bem ruinzinhos* juntas. Em um verão fizemos uma maratona dos piores filmes segundo o ranking do Rotten Tomatoes, comendo pipoca e fazendo piadas na escuridão úmida.

— Então eu notei a camisa e caí na gargalhada. Aí ele me olhou tipo "O que tá rolando aqui?", e eu apontei pra camisa dele e falei "Isso sim é um homem com bom gosto".

Suzy voltou a rir e a falar como se as coisas estivessem normais, então por que me sinto tão nervosa?

— E aí a gente só não conseguiu parar de falar de filmes horríveis de segunda. Quase me meti em encrenca. Não era nem o meu intervalo. — Ela suspira. — Ele fez com que eu me sentisse... fascinante.

— Você é fascinante.

— Quis dizer que Alex fez eu me sentir *a garota mais especial da Terra*, em vez de *aquela garota que trabalha na loja*. — Ela me olha de relance enquanto faz a curva na direção da lanchonete. — E aquele amigo dele? Jay?

— O que tem ele?

Tento soar desinteressada.

— Ele também é metade asiático, não é?

É óbvio que eu sei o que ela quis dizer. A mesma coisa que eu pensei da primeira vez que o vi à luz do dia. Mas o jeito como ela fala *metade*, como se não fosse uma coisa completa, inteira. Como se eu fosse uma fração de uma pessoa real. Como se eu...

*O que tem de errado aí dentro, Deedee?*

— Odeio falar *metade*, parece... parece que me falta uma parte — digo.

— Mas ele é bonitinho.

Dói, às vezes, quando ela simplesmente ignora algumas coisas. Quando Suzy não me enxerga, como na praia.

Mas o quanto uma pessoa indigna de amor como eu pode esperar? Ouço a voz de mamãe na minha mente, dizendo: *Só agradeça pelo que tem*.

O que eu mal ainda tenho, talvez.

— A gente teve uma conversa normal. Acontece às vezes. Você queria que eu ficasse quieta no meu canto?

— Nossa, tá bom, desculpa perguntar — resmunga Suzy enquanto manobra no estacionamento gigante da lanchonete.

A melhor amiga dela e o amigo de Alex — seria tão conveniente para Suzy. Ela não entende. É perfeito demais, e eu sou uma bagunça total.

— Ah — fala Suzy, estendendo o braço para pegar uma sacola plástica no banco de trás. — Minha mãe comprou isso pra você.

Dentro dela há um pequeno pote de vidro, e eu o giro nas mãos. *Bagoong*, diz a etiqueta. Pasta salgada de camarão fermentado. *Produto das Filipinas*. *Ba-go-ong*, aos meus ouvidos uma das palavras mais lindas de qualquer idioma. A percussão suave dos *O*s dobrados, o ar entre eles, a forma como soam depois do *G* gutural.

Eles o compram no supermercado asiático às vezes, aquele logo na saída de Boston para onde os pais de Suzy vão algumas vezes no mês. Os dois sempre procuram pela pasta porque sabem que adoro comer bagoong com fatias de manga — é uma das minhas coisas preferidas. E vou tentar pagá-los de volta, mas o pai de Suzy vai recusar e dizer *Walters, seu dinheiro não vale nada aqui*. Gosto do jeito como sr. Jang me chama pelo sobrenome, como se eu fosse uma das crianças que ele treina na Little League.

Abro a mochila e guardo o pote lá dentro com delicadeza.

— Toma — digo, pegando algumas cédulas e as entregando para Suzy.

Ela balança a cabeça.

— Sem chance.

Vínhamos bastante à lanchonete dois verões atrás, quando Suzy pegou o último turno e saía do trabalho com vontade de comer panquecas. O lugar tem um nome, mas nós sempre o chamamos apenas de "a lanchonete". Parece apropriado: a placa de néon ao lado de fora diz apenas COMIDA.

Lembrar daquelas noites me dá muita nostalgia — o ar quente, o céu escuro e o aconchego ao beber café da lanchonete, de ficar acordadas até mais tarde do que deveríamos. Eu contava para Suzy algumas das histórias da minha mãe. Ela as adorava — eram exatamente o tipo de bobagem de terror que Suzy curte. E ela me narrava os filmes que morro de medo de assistir, sempre dramática.

Mas tenho quase certeza de que nada nesses filmes é tão assustador quanto o momento em que entramos na lanchonete e os olhos de Jay imediatamente encontram os meus, na mesa no canto onde Alex e os amigos estão sentados.

Tenho que desviar o olhar para os detalhes cromados no balcão comprido, para o rosa-chiclete dos bancos.

Ele vai falar comigo. Suzy vai vê-lo falando comigo.

Mas chegamos mais perto, e ele não olha mais para mim. Parece que os garotos estão conversando sobre alguma coisa que o está deixando irritado.

— A Candace já está na faculdade? — pergunta Alex.

— Não sei. A gente não tá se falando.

— Ah, é, Candace! — interrompe Ted. — O que ela anda fazendo agora? Era uma gata.

— Ted, por favor — diz Alex.

— Ainda não cheguei a vê-la este verão, na verdade.

Jay soa irritado.

Então Alex nota nossa presença e se mexe para abrir espaço.

— Ah... — Suzy põe uma das mãos sobre o ombro dele. — Minha mãe queria que eu levasse uma torta pra casa. Você me ajuda a pegar?

Ela me lança um sorrisinho, porque, quando Alex se levanta, surge um espaço ao lado de Jay para que eu me sente.

Estou zonza, com a mente acelerada, tentando calcular os riscos dessa situação.

Como uma coisa pode levar a outra, e o que eu posso perder, no final, como quando saí da equipe de debate por causa da Suzy. Eu estava começando a fazer amizades de verdade na equipe, ou pelo menos era o que pensava. Ficava acordada até tarde fazendo piadas obscuras no nosso grupo de mensagens, revisando as coisas que estávamos lendo para nos preparar.

Só que, depois que minha mãe me tirou da equipe, parei de entender as piadas, e eles disseram que não fazia sentido eu continuar no grupo. Depois que me tiraram de lá, subi a conversa até as mensagens antigas, relendo as vezes em que as pessoas riram de coisas que eu disse.

De repente, todos os sons do restaurante parecem amplificados, irritantes. Os risos que irrompem de uma mesa atrás da nossa, o tilintar dos talheres nos pratos, os cozinheiros gritando ordens vindas da cozinha.

— Tudo bem? — diz Suzy, tocando meu braço. — Você tá meio pálida.

— Hã, quer saber, não tô me sentindo muito bem. Acho que... talvez eu precise ir pra casa.

O rosto dela murcha e ela olha de relance para Alex, parado ao lado da mesa, de sobrancelhas erguidas. Estou estragando a noite dela. Suzy quer ficar.

— Eu posso levar ela — oferece Jay, e tudo desacelera, as vozes e os risos e os sons do ambiente, quando me viro para encará-lo. Há uma xícara de café cheia de creme esquecida diante dele.

— Ah! Tem certeza? — pergunta Suzy.

Sinto muitas coisas de uma só vez. Estresse pelo que ela está pensando e quais podem ser as consequências, mas, por baixo disso, outro sentimento cintila: *Ele quer me levar para casa.*

— Tenho sim, preciso buscar minha irmã mesmo — afirma Jay, se levantando e deixando algumas cédulas em cima da mesa. — E não é como se fosse fora do meu caminho. — Os olhos dele encontram os meus por um segundo. — Somos vizinhos.

# SETE

**Lá está o carro de Jay no estacionamento,** o que eu já vi andando por aí tarde da noite. Um sedan azul com um escapamento sobressalente na frente e uma pequena barbatana atrás, como se estivesse a caminho de uma corrida. Antigo, mas bem-cuidado, como se Jay se esforçasse para mantê-lo conservado.

— Tudo bem? — Jay me olha com preocupação. — Precisa de água? Ou, hã… suco?

— Suco?

Ele abre o porta-malas, gesticulando com um floreio que me faz rir. Há um pacote de quarenta garrafas de suco de maçã lá dentro, como se ele tivesse acabado de voltar de um atacadão.

— É pra minha irmã. Ela fica meio insuportável se ficar muito tempo sem algo doce.

Estou tentando não abrir um sorriso largo demais.

— Obrigada, mas eu tô bem.

Ele dá de ombros e fecha o porta-malas, depois corre até o lado do motorista.

Minha mãe ficaria brava por eu aceitar carona de um estranho. Mas ela não deve voltar do trabalho antes das sete pelo menos.

O interior do carro cheira a plástico velho e pinho artificial, talvez de um aromatizador que Jay pendurou em algum momento. A paleta de cores é ousada: detalhes em azul-royal nos bancos, nos painéis das portas e no carpete, contrastando com o preto e cinza de todo o resto. Acho que a intenção era se aproximar de um estilo esportivo, mas algo ali lembra o quarto de um garoto do ensino fundamental.

De repente, Jay está muito perto, ao meu lado neste espaço pequeno. Há tantas perguntas que minha cabeça parece cheia de abelhas. Tipo: *Quem é Candace? Por que você não fala mais com ela? Por que você também não consegue dormir?* Mas o contrato social pesa sobre mim. Não consigo pensar em nada que não seja muito indelicado de se perguntar.

Então noto as letras cor-de-rosa gravadas no centro do volante.

Minha boca se contorce e eu aponto.

— ...STI? A sigla em inglês para IST?

As bochechas dele ficam rosadas como as letras.

— Subaru Tecnica International — diz ele, rápido demais.

— Ah, entendi — respondo com uma risadinha. — Tá explicado.

Jay parece agitado quando pegamos a estrada, mordendo os lábios e tamborilando os dedos no volante. Está guiando com apenas uma das mãos, o braço esquerdo esticado enquanto ele muda de marcha com o outro. Eu meio que queria poder tirar uma foto bem agora, do jeito que o rosto dele fica de perfil, com borrões de verde preenchendo a janela logo atrás.

Há uma mancha de tinta escorrendo pela lateral da mão direita de Jay, ao longo do dedo mindinho. Como se ele tivesse escrito alguma coisa — ou desenhado? Quase sinto vontade de perguntar sobre isso, mas não quero parecer obcecada demais por ele.

Os músculos no antebraço de Jay enrijecem quando ele faz uma curva. A camiseta cinza está um pouco gasta no pescoço, e os cabelos estão caóticos na parte de trás.

O modo como os lábios dele parecem mais volumosos vistos de perfil...

*Meu Deus, pare com isso.* Preciso sobreviver a esta carona inteira.

*Sobreviver sobreviver sobreviver.*

Por algum motivo, acho que não era disso que minha mãe estava falando.

— Por que você trocou de roupa? — pergunta Jay, me olhando de soslaio.

Minhas bochechas esquentam. Fico lisonjeada por ele ter notado. E na mesma hora brava comigo mesma por me sentir assim.

— Uau. — Rio alto demais. — Parece até que você é obcecado por mim. — Então a cor se esvai do meu rosto quando me dou conta do que acabei de falar. — Quer dizer…

— Foi você quem tirou uma foto minha.

— Eu deletei, tá bom?

Ele arqueia as sobrancelhas.

— Por que você faria isso?

Não posso responder. Talvez seja só uma pergunta retórica. Chegamos a um impasse outra vez.

— Qual é a história deste carro? Você, sei lá, corre ou coisa do tipo?

— Tem que ter uma história? — responde Jay, indiferente, com os olhos na estrada outra vez. — É um carro.

Caramba, ele é meio frustrante.

Tamborilo os dedos no joelho.

— Então, como você conheceu aqueles caras?

— Hum. — Jay me olha de soslaio outra vez por um segundo, com os olhos escuros que fazem meu peito doer, antes de voltar a encarar a rua. — Eu já conhecia o Alex antes de me mudar. A gente era bem próximo. Quando ele morava no Maine.

Eu me lembro mesmo disso, de que Alex chegou aqui no quinto ano. Houve uma época em que ele era tímido e novo na escola.

— E, depois que ele se mudou, eu vinha visitar. Passei vários verões aqui, na verdade.

— Vocês dois devem ser muito próximos então, se você passava o verão inteiro aqui.

— Pois é. Nossos pais também eram. E, depois que ele se mudou, eu fiquei meio... problemático, eu acho. Passava o dia inteiro no computador e nunca saía de casa. — Jay ri de súbito, como se tivesse se lembrado de ficar desconfortável. — Minha mãe já não sabia mais o que fazer, basicamente. Então me mandaram pra cá pra virar o problema de outra pessoa. Me colocaram no acampamento de lacrosse com o Alex.

O pai de Alex é o diretor de esportes do ensino fundamental, e eu já tinha ouvido por alto sobre o acampamento que ele dirige, e pelo qual as pessoas esperam ansiosas no final do ano.

— Então, por que você estava zanzando por aí a uma da manhã? — pergunta Jay, e sinto a pele da nuca formigar.

Talvez ele não vá entender. Como Suzy na praia.

Jay me olha de relance, esperando minha resposta.

— Só queria um pouco de ar fresco, sabe?

— É mesmo? — Ele volta a olhar para a rua com um sorrisinho cético. — Ar fresco, que saudável.

— Por que é que *você* tava lá fora?

— Ah, mesma coisa. — Ele acena com a cabeça.

— Mas a luz do seu quarto vive acesa.

Algo na expressão dele me faz querer desafiá-lo. Jay suspira e segura o volante de um jeito diferente.

— Tenho que ir buscar a Gemma. — O tom de voz dele soa sem emoção, fechado outra vez. Parece que não quer falar mais. — Tudo bem? Acha que aguenta mais um pouquinho?

— Acho que vou sobreviver.

Seguimos na entrada de veículos até a escola do fundamental I e paramos na frente do prédio familiar de aspecto um pouco degradado, com seus tijolinhos amarelo-alaranjados. Uma garota com cabelo escuro desce correndo os degraus de concreto.

Ela abre a porta do passageiro com tudo e faz uma careta quando me vê.

— Quem é você?

— Gemma, cadê a educação? — repreende Jay. — A Deedee precisava de uma carona.

— Oi — acrescento.

— Você tá no meu lugar.

— *Gem!*

— Não tem problema! — Desafivelo o cinto de segurança e saio do carro. — Posso mudar de lugar.

Gemma se acomoda ao lado de Jay enquanto eu subo no banco de trás apertado.

Os olhos de Jay encontram os meus no retrovisor, com uma expressão mista de desculpas e alívio.

— Você não vai ACREDITAR no que eu tive que aguentar no conselho estudantil — diz Gemma quando ele dá a partida. — Parece que ninguém sabe fazer conta!

— Eu acredito.

— Ah! Ah, olha isso!

Ela está sacudindo um pedaço de papel entre os bancos, tentando chamar a atenção dele.

— Não posso olhar agora, Gem Gem.

— Já te falei pra não me chamar assim!

— Gem Gem, Geminha — cantarola Jay.

— É GEMMA, TÁ BOM? NÃO SOU MAIS UMA GAROTINHA!

— Você tem sete anos.

— EXATAMENTE.

— Eita! Tá bom, não esquenta. Eu te respeito.

Gemma vira a cabeça para me olhar, segurando o banco com as mãozinhas.

— Isso aqui tá muito chato! Me conta alguma coisa?

— Tá bom. Então, você sabia... — As histórias de mamãe reverberam na minha mente, mas me sinto insegura em relação a elas por algum motivo. — Que existem muitas casas assombradas nesta cidade?

— Ah, é?

Gemma parece cética.

Invento uma história de improviso, sobre uma casa antiga e sinistra onde as luzes insistiam em acender sozinhas depois que as pessoas que moravam lá iam dormir.

— Eles chamaram um eletricista? — pergunta Gemma, impaciente.

Minha barriga vibra quando tento conter o riso.

— Chamaram! E ele não conseguiu achar nada de errado.

— Típico! — Ela parece genuinamente furiosa pelos moradores. — Isso sempre acontece quando você pede ajuda.

Jay dá uma risadinha e nossos olhos se encontram no retrovisor outra vez.

Enrolo um pouco, mas não sei bem como encerrar a história. As histórias da minha mãe são meio insatisfatórias. Elas não se resolvem; apenas existem. Talvez Gemma mereça uma resolução.

— Então dali em diante, eles sempre se certificavam de deixar uma luz acesa quando iam dormir. Desde então, vivem em paz com o fantasma.

— Isso tá com cara de mentira — comenta a menina, bem quando Jay entra na garagem deles. Ela sai correndo do carro, com a mochila cheia balançando em suas costas.

A mãe de Jay aparece, com os braços cruzados sobre o peito, o cabelo preto preso em um coque bagunçado e frouxo. A semelhança é óbvia: Jay tem os olhos dela, e há algo da mãe na boca e no nariz dele. A mulher parece bem mais nova do que a minha mãe, porém exausta, como se também andasse tendo noites insones.

Jay sai do carro enquanto eu hesito lá dentro, sem saber o que fazer.

— Você não atendeu minhas ligações — diz ela, a voz abafada pelo vidro. — Foi ao banco?

— Hã, esqueci — responde o filho, a voz mais baixa, de costas para mim. — Estava com os meus amigos.

— Jason. Preciso poder contar com você, ok? Principalmente agora. Por que não atendeu o celular?

— Eu tava dirigindo. — A postura dele está tensa. — Posso passar lá agora.

— A Candace costumava…

— Eu não sou a Candace, mãe.

Esse nome de novo.

Jay olha de relance para mim, por cima do ombro, e a mãe dele repara que estou ali.

— Ah, oi! — Ela acena enquanto saio do carro, e cutuca o braço de Jay. — Jason, por que você não falou nada? Já arrumou uma namorada?

— *Mãe*. Ela não é minha namorada.

A forma como ele diz isso, como se estivesse cuspindo uma comida ruim… eu meio que odeio.

— Obrigada pela carona!

Dou um aceno tímido e forçado e corro para o meu lado da rua.

# OITO

**Estou tentando estudar na mesa da cozinha,** mas ondas de constrangimento passado me atingem. Fico pensando nas coisas que disse no carro. Relembrando o jeito rápido com que Jay respondeu que eu não era namorada dele.

As coisas são diferentes para ele. É óbvio que ele pode ter uma namorada, vendo como a mãe perguntou, toda animada. Jay só não quer que a namorada seja eu.

Suzy me manda uma série de emojis de olhos curiosos, e mordo a lateral do dedo. Ela só quer juntar nós dois para não ter que se sentir mal por me deixar para trás.

Respondo com três pontos de interrogação vermelhos.

Suzy Jang: a carona pra casa foi boa?

Deedee Walters: o jay é um saco kkkk
Deedee Walters: acho que ele também não é muito fã meu

Suzy Jang: mas como assim
Suzy Jang: quer que eu mate ele?

Isso me faz rir de verdade — bem na hora em que minha mãe sai do escritório, no fim do corredor.

Ela foi direto para lá depois do trabalho, com papéis escapando da bolsa e um prazo apertado para um projeto importante.

Agora mamãe tranca a porta atrás de si, como sempre faz, e gira a maçaneta para conferir. Às vezes fico me perguntando o que tem lá dentro. O que ela precisa guardar trancado em uma casa já trancada.

— Qual é a graça? — pergunta minha mãe.

— Nada. — Com o celular debaixo da mesa, deleto as mensagens mais recentes. — Um problema de matemática engraçado.

Ela gira os ombros para liberar a tensão.

— Não esqueça de terminar a carta pro Lolo Ric.

*Aquelas cartas!* De repente meu sangue ferve diante da ideia de forçar outra atualização positiva falsa. *Estou me empenhando nos estudos. Vou participar de um debate. Estou preparando um trabalho para a feira de ciências.* Só que minha mãe me tirou da equipe de debate, e ela diz que eu obviamente não tenho *nenhuma aptidão para a ciência*, já que continuo *voltando para casa com notas como essas.*

Solto um riso agudo, feito um grito, com toda essa conversa de fundo na minha mente abrindo caminho para fora.

Minha mãe bate a palma da mão na mesa e meu estômago se contrai. *Merda, merda, cala a boca!*

— Posso saber qual é a graça?!

Uma vozinha em algum lugar lá dentro responde. *É engraçado você pensar que eu posso dizer alguma coisa que vai fazê-lo responder! É engraçado você pensar que eu posso consertar este relacionamento quando é óbvio que ele não quer nada com a gente!*

— É como se eu estivesse escrevendo pra mim mesma — murmuro.

— O que você falou?!

Estremeço, pensando que talvez ela me dê um tapa.

— *Por acaso a Suzy faz isso?* Responder a mãe com toda essa falta de respeito?

Tento pensar nisso de verdade. A forma como Suzy e a mãe discutem, e como a sra. Jang exclama "Soo-jin-ah!", em um tom afetuoso e repreensivo ao mesmo tempo.

A forma como Suzy revirou os olhos quando o pai disse que iam incluir uma seção de skincare na loja de Eastleigh, voltada para os universitários. *Não sei se o halaboji teria te imaginado vendendo mucina de caracol*, comentou ela, aos risos. E ele a beliscou, então Suzy teve que sair de perto, e disse: *Vamos fazendo isso para a próxima geração.*

Parece diferente. Mas fico quieta, com medo demais para falar de novo.

— Eu não te entendo. — Mamãe suspira. — Crescendo aqui você pode ser o que quiser. Por que você tem que... — Ela faz um gesto vago.

— Tenho que o quê?

— Se misturar com imigrantes!

Meu Deus, o jeito que as palavras saem, como um alçapão se abrindo no piso.

Minha cabeça começa a formigar e minha boca parece estar cheia de algodão. A culpa por responder minha mãe dá lugar a uma outra coisa agora, a sensação de que estou falhando com Suzy por ficar quieta.

— Mãe. A senhora é uma imigrante.

Ela fecha os olhos, como se eu fosse *muito exasperante*.

— Posso ser o que eu quiser. Não me sinto filipina. E você tem ainda menos motivos para ser.

Ela fala devagar, com certo distanciamento. Pronunciando cada palavra com cuidado. Certa vez, quando eu era pequena, fiquei chateada e comecei a falar de um jeito incoerente, entre soluços, e mamãe respondeu, com uma voz de locutor de rádio: *Você precisa enunciar suas palavras*. Fiquei tão confusa que parei de chorar.

— É que... É que tem certas coisas... — Minha voz soa trêmula e fraca, engolida pela imobilidade tensa do cômodo. — Elas simplesmente estão *lá*, eu gostando ou não. Tipo a minha cara. — Deve ser um novo recorde de número de palavras que eu já falei em voz alta para contradizê-la.

Minha mãe bufa.

— Sei como é a cara de um filipino. Você não tem essa cara.

Por que parece que ela está arrancando algo importante de mim, me mandando para lugar nenhum? Norte-americana demais, mas eu sempre me sinto diferente. Sou *alguma outra coisa* o bastante para notarem, mas não tenho direito algum de ser filipina.

Sou um nada. Sou como os fantasmas.

— Tem bagoong — falo baixinho.

Minha mãe se levanta, dá a volta no balcão e abre a geladeira. Ela começa a fatiar uma manga para dividirmos e o som da faca é pesado contra a tábua de cortar.

Comemos em silêncio, usando as fatias de manga para pegar o bagoong que ela serviu em um prato. O gosto me faz lembrar da primeira vez que experimentei a combinação, logo antes de mamãe começar a me obrigar a escrever as cartas.

Estávamos visitando meus tios na Califórnia, quando ainda fazíamos isso, um pouco depois de meu pai morrer.

Eu estava correndo no quintal com meus primos enquanto um dos nossos tios fazia espetinhos de frango, de gosto forte e ácido graças ao Sprite na marinada. Havia travessas de alumínio de pancit e lumpia sobre a mesa, e enchemos nossos pratinhos descartáveis. Eu observava o modo como minhas tias comiam, com colher e garfo, e tentava imitá-las, empurrando o macarrão em cima do arroz.

Então, de repente, vozes se ergueram, mas eu não sabia o que havia de errado, porque não falo tagalog. Minha mãe estava gesticulando e parecia chateada.

Fomos embora de súbito, e ela dirigiu por um tempo, sem rumo, dirigindo apenas por dirigir.

Quando perguntei o que havia de errado, ela não respondeu, então só ficamos sentadas em silêncio. Eu via as palmeiras pela janela e achei muito engraçado elas existirem de verdade.

Paramos em uma filial do Seafood City. Acho que minha mãe nem gosta de comida filipina — ela não cozinha nem fala sobre os pratos típicos —, mas parecia que queria algo específico. Comprou duas tigelas de plástico com mangas fatiadas e potinhos de bagoong, e fomos até a praia, com o som das ondas abafado fora do carro.

Eu me senti um pouco especial no carro com ela ao lado do oceano, como se estivéssemos em uma aventura juntas.

Mamãe começou a comer as fatias de manga mergulhadas no bagoong, mastigando como se estivesse com raiva delas.

— Coma — falou, apontando para o potinho fechado no meu colo. Foi o que fiz, e o gosto salgado de peixe do bagoong combinado às mangas azedas era viciante. Imaginei as outras crianças na escola vendo aquela pasta marrom-escura e achando nojento. Mas, meu Deus, como era *bom*.

Enquanto comíamos, foi quando mamãe mais falou sobre a família de uma vez só. Ela me contou sobre a mãe, a comida que ela fazia e o quanto a admirava. Como as duas passavam horas sentadas do lado de fora de casa em noites quentes, fofocando e escutando as pessoas que passavam. Elas ouviam vendedores ambulantes gritando, vendendo balut — *O que é balut?*, perguntei, mas mamãe só continuou falando —, e comiam mangas que a mãe dela havia colhido e fatiado, direto da árvore no quintal, com bagoong para acompanhar.

Estávamos comendo mangas também, mas mamãe disse que não eram tão boas, que estavam maduras demais, e o bagoong não era igual, não do tipo apimentado de que ela gosta. Para mim, as mangas tinham uma textura entre o crocante e o macio e o bagoong cortava a acidez de um jeito que a equilibrava, a melhorava, a deixava quente e completa.

Mesmo que o que eu estava comendo fosse apenas uma imitação ruim da memória dela, isso se tornou a própria memória, um sabor pelo qual anseio. Algo que poderíamos compartilhar.

E, quando comemos isso, penso na mulher de aparência tão triste naquelas fotos antigas. Mas não voltamos mais lá. E, até esta semana, minha mãe não tinha mais falado sobre ela.

Estou deitada na cama há horas, traçando com olhos as sombras no teto.

Sinto saudades do meu pai, mas não é exatamente igual a sentir saudades de uma pessoa da qual você se lembra. Tudo o que tenho são pequenos fragmentos dele. O vislumbre de um rosto, instável, difícil de ver. A mão de alguém segurando a minha enquanto eu me equilibrava em um meio-fio. O cheiro do couro cabeludo dele em um boné de baseball que ele costumava usar, que, por alguma razão, continua pendurado no closet do corredor.

Mas não é bem isso que dói agora, de um jeito fraco e vazio dentro das minhas costelas. É a ausência que ele deixou para trás e as perguntas que a preenchem.

Como as coisas poderiam ter sido diferentes com meu pai aqui. Eu me sentiria menos solitária? Ele ficaria ao meu lado?

De repente, ouço um som — o ligar de um motor, estranhamente perto. Eu me esgueiro até a janela a tempo de ver o carro de mamãe saindo da garagem. Os faróis de trás brilham em vermelho, descendo a rua, desaparecendo na esquina.

Meu celular diz que são 23h47.

*O quê?*

Ela sempre faz questão de mostrar que vai dormir em um *horário razoável* — no máximo às 22h. Sou eu quem fica acordada por horas, com os pensamentos agitados, os músculos retesados.

Para *onde* ela pode estar indo?

Eu me troco às pressas, me atrapalho com os sapatos e corro para fora.

Mas mamãe já se foi faz tempo. Encontro apenas a rua vazia, o vento fazendo um som sinistro ao soprar pelas árvores.

Isso me faz pensar de novo nas histórias dela, todas ambientadas em um lugar com estradas serpenteantes nas montanhas e penhascos escondidos, pinheiros imponentes e neblina. Lugares onde nunca estive, mas que vivem na minha mente.

*Para onde ela teria ido? O que está acontecendo?*

Ponho o capuz do meu suéter enquanto passo correndo pela casa de Jay. Mas ele não está do lado de fora e a janela do quarto está escura.

Ótimo. Jay é a última pessoa que quero ver agora.

Quero caminhar até que o céu pontilhado de estrelas faça eu me sentir pequena e insignificante de novo. Mas meu coração não se acalma e por algum motivo começo a chorar.

Então noto as luzes dos faróis por cima do meu ombro, iluminando as árvores e... Merda, merda, será que é ele? Não quero que me veja!

Estou correndo, chorando, com o cabelo bagunçado. Provavelmente pareço uma das criaturas das histórias da minha mãe.

Mas não sei para onde acho que estou indo. Porque há apenas esta única rua reta, e é óbvio que o carro me alcança. O sedan azul familiar, com a pequena e bizarra barbatana.

Ele desacelera até parar ao meu lado, com o vidro da janela abaixado.

— Deedee? — chama Jay. — Qual é o problema?

— Por que teria algum problema? — exclamo, arisca.

— Eita, tá bom. — Ele está com as mãos erguidas, as palmas à mostra. — É que você tá... chorando enquanto sai pra pegar um *ar fresco*.

Rio tão alto que ele leva um susto.

— É falta de educação simplesmente comentar quando alguém tá chorando, ok?

Jay ri também, mas baixinho. O som sai como um chiado.

— Nunca ouvi essa antes. Acho que nenhum de nós tem bons modos.

Ele morde os lábios, tamborila os dedos no volante.

— Quer dar uma volta?

— Entrar no carro de um homem estranho à noite? Isso tá no manual de coisas pra não se fazer, não tá?

Minha mãe me mataria. Ou, para ser mais exata, me diria que *ele* vai me matar. Mas mamãe me mataria se Jay não fizesse isso primeiro.

— Quer dizer, eu não sou um *homem estranho*. — Ele olha para as mãos. — Você sabe onde eu moro. Estou nas mesmas turmas que você.

Por apenas um segundo, uma imagem surge na minha mente: eu me sento ao lado dele e grito "Siga aquele carro!", e então saímos dirigindo atrás da minha mãe, como se isso fosse um filme antigo.

Sei que isso não pode acontecer. Eu sei.

Mesmo assim, com parte do cérebro observando com surpresa e o coração pulsando forte nos ouvidos, dou a volta até o lado do passageiro e entro.

# NOVE

**Fecho a porta** e Jay solta uma risadinha, como se não conseguisse acreditar que eu fiz mesmo isso.

— Então, pra onde a gente vai?

— Hum. — Ele me olha de relance. — Aonde você tá pensando em ir?

— Lugar nenhum.

— Ótimo — diz ele suavemente, engatando a marcha do carro. — Então é pra lá que a gente vai.

— Que cara estranho — comento, e ele bufa, achando graça.

Do lado de fora há todos os tons de preto, com galhos escuros contra o céu escuro. Penso na Dama Branca outra vez, de rosto escondido pelo cabelo longo. Em como ela aparece repentinamente no banco de trás de um táxi e pede para ser levada ao cemitério. Como um motorista perdido em uma estrada remota veria a Dama surgir de repente pelo retrovisor e ficaria com tanto medo que bateria o carro.

— Alguém... fez alguma coisa com você? — pergunta Jay, me lançando um olhar nervoso. — Quer dizer, tipo... se o seu pai, ou alguém...

— Não tenho pai — respondo, seca.

— Ah! Merda, eu... — Ele ri, desconfortável. — Melhor eu calar a boca.

— Quer dizer, eu tinha. Mas ele morreu quando eu era pequena.

— Sinto muito.

— Já faz muito tempo — murmuro, cruzando os braços e voltando a me recostar no banco.

Jay troca de marcha com uma das mãos enquanto os dedos da outra tamborilam o volante. Os números no painel brilham em vermelho.

— Tem certeza de que você não foi figurante em um dos *Velozes e Furiosos* ou coisa do tipo? — pergunto.

Ele solta um riso debochado, mas não responde. Lá fora, os insetos pegos pelos feixes de luz dos faróis parecem estrelas em disparada na nossa direção enquanto voamos pelo espaço, descobrindo novos mundos.

Então Jay volta a falar de repente, como se estivesse debatendo o assunto na cabeça o tempo todo.

— Meu pai gostava de carros. Era, hã... — Ele parece envergonhado diante do som da própria voz. — Era basicamente a única coisa que a gente tinha em comum.

O verbo no passado me chama a atenção. Sou sensível a isso, já que também faço uso dele.

— Ele... não gosta mais de carros?

— Não, ainda deve gostar. — Jay reajusta as mãos no volante. — Mas ele foi embora.

— Merda, sinto muito.

— Eu não — responde, como se estivesse se esforçando para manter a voz firme. — Ele é um babaca.

Do jeito que Jay diz isso, de forma tão direta, depois de tentar se conter — parece que algo mudou no contrato social entre nós. Aquele que diz que eu preciso fingir não me importar tanto com aquilo que realmente me importo. Talvez Jay fosse entender, de um jeito que Suzy não compreende. Talvez eu possa lhe contar como são as coisas com a minha mãe.

Preciso saber mais para ter certeza. Jay parece já ter dito tudo que queria, mas agora quero saber tudo sobre ele.

E — é um pouco constrangedor, mas — estou desesperada para perguntar que tipo de asiático ele é. Eu me odeio por querer perguntar *o que você é*, a questão que faz minha pele coçar como em um suéter que pinica, então começo a surtar e não digo nada.

Fazemos uma curva no bosque, com a lua quase cheia à nossa direita, atravessada pelas redes de energia elétrica pelas quais passamos.

Jay pega uma rua lateral e estaciona em um lote ao lado de uma lagoa. Há uma área para piquenique perto do asfalto e uma trilha de terra que leva a uma pequena praia ladeada por árvores, onde a água escura encontra a areia.

Suzy ficava confusa com o conceito de lagoas quando se mudou para cá no quarto ano.

— Uma lagoa é uma coisinha pequena em um quintal! Isso aqui é um lago!

O pai dela riu e disse:

— É assim que eles chamam aqui.

Mas eu nem sabia que essa lagoa existia. É surreal, esse cara novo na cidade me trazer a um lugar onde nunca estive.

Estamos estacionados sob a luz forte e alaranjada de um poste, e ela delineia as curvas do nariz e da boca de Jay.

Ele faz um gesto com a cabeça na direção da mesa de piquenique e abre a porta.

— Vamos lá rapidinho.

Jay se senta em cima da mesa, os pés nos bancos, os cotovelos nos joelhos, o queixo apoiado nas mãos. Então eu subo e me sento ao lado dele.

Ficamos em silêncio por um tempo, apenas respirando lado a lado, contemplando a lua. Eu tiraria uma foto, mas não quero que Jay faça outro comentário sobre isso.

— Aqui é bem legal — comento, quase sussurrando. — Dá pra ver por que você gosta.

— Ei, então… — Jay hesita e o som da água encontrando a areia preenche o silêncio. — Nós dois estamos acordados a essa hora. Talvez… você devesse ter o meu contato? Pro caso de, quem sabe, você precisar de uma carona pra lugar nenhum em outro momento.

Minha garganta está apertada, mas passo meu celular para ele e observo Jay morder o lábio inferior de um jeito fofo enquanto salva o número dele nos meus contatos.

Ele devolve o aparelho e eu lhe envio um emoji de fantasma. O jeito como ele sorri quando recebe a mensagem faz meu coração dobrar de tamanho.

Jay me cutuca nas costelas.

— Você não vai mesmo me contar qual é o problema?

— Hã. Sabe como é. Só umas questões de família.

— Mas… que tipo de questão?

A voz dele é cuidadosa; insistente, porém não muito.

— É só que… tem muitas coisas lá em casa que não fazem sentido. Sobre as quais minha mãe não quer conversar comigo.

Jay assente, sério.

— Você pode me dar um exemplo?

— Tipo… ela me conta umas histórias. De fantasmas e monstros. — Meneio a cabeça. Por que comecei com isso? — Nem eu estou fazendo sentido.

Jay abre um sorriso largo.

— Eu amo fantasmas.

Não posso contar. Não posso estragar o momento.

Então cutuco as costelas dele em vez disso.

— Por que é que *você* fica acordado toda noite?

Jay solta o ar e dá a risada mais curta do mundo. Ele balança o joelho, sacodindo a mesa.

— Eu trabalho até tarde.

De todas as coisas que ele poderia ter dito, de alguma forma eu não esperava por isso.

— Fazendo o quê?

Jay deixa a voz exageradamente grave, como se tivesse que tornar a resposta uma piada para me contar:

— Sou um desenvolvedor full-stack.

— Desenvolvedor tipo...

— Programação.

— O quê?

Ele ri e joga o corpo para a frente.

— Hã, eu conheci um cara num fórum de mensagens uns anos atrás... um desenvolvedor numa empresa grande. — Jay hesita, provavelmente se perguntando o quanto mais ele quer dizer. Ao longe, um sapo coaxa. — O cara queria terceirizar um pouco da carga de trabalho dele, um papo de *equilibrar melhor a vida e o trabalho*. Então ele me manda tudo que não quer fazer no fim do dia, e eu mando meus *commits* durante a noite.

— Seus o quê?

— Eu mexo com coisas de computador.

— Não fale comigo como se eu fosse burra!

Empurro o ombro dele, então cai a ficha. *Merda, isso pareceu um flerte.*

— Tá bom, não vou.

Jay está sorrindo.

— Você não precisa fazer faculdade pra isso?

— Sou autodidata.

— Ah, nem vem! — exclamo, bocejando bem no meio da frase.

Jay ri tanto que se inclina para o lado, na minha direção — *olá, coração acelerado!* — e posso sentir minhas costelas tremendo.

— Então você tem um trabalho de tempo integral. Por fora.

— Sou um profissional autônomo — responde ele, seco.

— Meio que parece que esse cara tá se aproveitando de você.

Jay recua, com as palmas apoiadas na mesa atrás de si.

— Acho que depende. Tipo, é, eu faço a maior parte do trabalho dele e ganho só uma fração do pagamento. Mas é mais do que eu poderia estar ganhando fazendo qualquer outra coisa. Ainda mais quando comecei. Quando eu tinha, tipo, catorze anos. Enfim. — Ele cutuca meu pé com o dele. — Não gosto muito de falar disso.

— Por que não?

— As opiniões das pessoas me irritam. Sobre o que elas acham que é normal.

Será que estou sendo uma dessas pessoas?

— Por que você quis trabalhar pra esse cara?

— Sinceramente? — Ele passa as duas mãos no cabelo e ri como se fosse constrangedor. — Primeiro eu queria economizar pra comprar este carro. Mas agora é diferente. Agora é pra pagar as contas. Ajudar minha mãe.

E eu pensando que Jay ficava acordado até tarde remoendo alguma coisa. Não imaginei que estivesse ocupado sendo um membro produtivo da sociedade. O oposto literal de mim.

Aperto os dedos da mão direita com a esquerda.

— Você faz muita coisa pra ajudar a sua mãe.

— Hum, é, ela tá muito estressada agora. Com o trabalho e a faculdade. Ela vai pra Eastleigh umas quatro noites por semana.

— Você também não tá trabalhando e estudando ao mesmo tempo?

Jay solta um suspiro breve.

— É, mas... não é a mesma coisa. Ela ficou um tempo sem trabalhar. Meu pai não deixava. Então é uma novidade pra ela. E eu meio que tenho uma dívida com a minha mãe.

Minha pele se arrepia de vergonha, pensando no que eu mesma devo.

— Então você não deveria dormir um pouco?

Talvez ele ache graça na pergunta, porque ri outra vez.

— Eu meio que adoro ficar acordado nesse horário. — Jay olha ao redor, como se tivesse medo de que alguém o escute. — Esta é a única hora do dia... que é só pra mim, sabe? Quero estar acordado pra isso.

Fico em silêncio por um minuto, pensando em como ele deve se sentir nas outras horas do dia. Então fico com um nó no estômago, preocupada ao lembrar como está tarde. Provavelmente estamos aqui há horas.

— Por que você não pergunta sobre aquelas coisas pra sua mãe? — pergunta Jay. — As que estão te incomodando.

Porque ela vai me lembrar outra vez como arruinei a vida dela. Mas não quero contar isso para Jay.

— Não dá — tento dizer. — Não funciona quando eu tento.

— A sua mãe deve ter crescido numa situação muito diferente, né? — Quase consigo sentir Jay se perguntando o quão parecidos somos. — Talvez você devesse tentar ver a vida do ponto de vista dela.

Isso me pega de surpresa. De alguma forma, pensei que as regras fossem diferentes no mundo que estamos habitando agora. As regras das três da madrugada, as regras de um espaço liminar, para quando todas as coisas do dia formal se desfazem. Trazer a gravidade da culpa familiar para cá dá a impressão de que Jay me empurrou com as duas mãos.

— Eu adoraria levar isso em consideração — digo, com a voz endurecida, como se estivesse falando com um estranho, o que acho que estou. — Mas ela não fala comigo sobre esse assunto.

— Talvez você possa tentar fazer perguntas diferentes?

— Qual é o sentido? — Estou queimando por dentro, e minha voz soa como a da minha mãe. — Não dá pra mudar o passado.

— É. — A voz de Jay ganha um ar cuidadoso. — Mas pode te ajudar a entender por que as pessoas são do jeito que são. Te ajudar a aceitar as coisas.

Eu só quero fugir, apenas seguir em frente, como quando minha mãe saiu da festa da família. *Aceitar as coisas* — experimento vestir a ideia e sinto que estou sufocando.

— Tá bom, então pense na questão de outro jeito — sugere Jay quando percebe que fiquei quieta por tempo demais. — Quais são as opções? O que você poderia fazer?

— Nossa, *um homem proativo*.

Ele solta aquela risada chiada outra vez.

— Quer dizer, eu sempre me pergunto: *o que você pode fazer a respeito?* Sabe? E se não tiver nada... — Jay leva a mão à nuca. — Tente aceitar e seguir em frente.

Esse nível de maturidade emocional é *extremamente irritante* neste momento. É muito tarde — ou muito cedo? — para essa merda.

Estou explodindo com todas as coisas que quero, e de repente é difícil pensar em uma só que eu possa dizer em voz alta. Mas lembro da sensação de estar na estrada, com o vento no cabelo e a música nos alto-falantes. A leveza de ir a um lugar qualquer, sem objetivo. Barulho, movimento e uma fuga dos meus pensamentos ansiosos.

— Quero aprender a dirigir — murmuro. — Minha mãe não quer que eu aprenda.

— Por que não?

— Humm, não sei. — Me arrependo de ter dito qualquer coisa agora. — Ela acha que é perigoso. Ela tem um monte de regras.

Jay está olhando para os próprios dedos enquanto traçam um sulco na madeira.

— Eu posso te ensinar.

— Não, obrigada.

Não quero aceitar nada dele. Mal aguento estar aqui, neste instante com ele. Como é possível estar tão fascinada e tão irritada com uma pessoa ao mesmo tempo?

— Ok, tudo bem — diz Jay. — Você sabe onde me encontrar se mudar de ideia.

Salto da mesa e viro de costas para ele.

— Pode me levar pra casa agora, por favor?

No caminho de volta, minha vergonha cresce quando penso na diferença entre nós. Jay é praticamente um santo, trabalhando noite adentro para ajudar a família. Eu sou uma sanguessuga inútil que consome a vida da minha mãe.

— Pode me deixar aqui — digo, antes que ele entre na nossa rua.

Jay desacelera até parar e me olha, incerto, enquanto destravo a porta e saio.

— Ei, espera... — Ele começa a falar, mas eu bato a porta e começo a correr antes que Jay termine.

# DEZ

**Pneus cantam lá fora;** é o carro de mamãe voltando. Eu me reviro na cama, enrolada nos lençóis, fingindo dormir por uma hora antes de ter que me levantar para ir à escola.

O que é que eu sei sobre o ponto de vista dela?

Que ela trabalha demais. Que gosta de colecionar vasos, objetos lindos que a lembram da vida linda que conquistou. Mas mamãe diz que flores são um desperdício de dinheiro porque sempre morrem mesmo.

Que ela economiza. Que é ansiosa. Que diz que sentir pena de si mesmo talvez seja o pior dos pecados. E que se concentrar no passado é só outro jeito de sentir pena de si mesmo. Olhos para a frente, sempre focados adiante.

Que é impossível perguntar sobre seu passado sem um lembrete — estou me revirando na cama, me debatendo, como se delirasse de febre — *do quanto eu tirei dela.*

Que não sei nada sobre como minha mãe era, antes do que aconteceu com meu pai.

Que, de todas as criaturas nas histórias dela, as aswang são as que mais aparecem. Mas a palavra *aswang* pode significar muitas coisas: bruxas, homens-cachorro, vampiros que não se dividem em partes. Existe um outro nome, o manananggal — o que se parte, se junta de novo e consome tudo o que você tem.

E então o sol nasce, Suzy me manda uma mensagem e é hora de agir como um ser humano outra vez.

Durante as semanas que se seguem, evito Jay na escola.

Na aula, duas cadeiras à frente e uma à esquerda, ele desenha alguma coisa e a rasura com rabiscos furiosos; suas escápulas se movem sob a camiseta.

Não é como se eu *quisesse* olhar para Jay. Tenho de ficar de olho nele para evitá-lo.

Enquanto faço isso, fico curiosa. Aponto o lápis mesmo sem precisar, só para poder andar pelo corredor e espiar seja lá o que ele esteja desenhando no caderno. Mas Jay sempre o fecha antes que eu possa ver.

Noto outras coisas enquanto o *evito*. Como ele encara atentamente a janela quando não está desenhando, com uma expressão distante no rosto, os lábios entreabertos.

Como prefere ficar às margens do grupo de amigos e sai para atender o celular.

Ouço Jay conversando com a mãe, parado ao lado das portas que levam ao estacionamento.

— Como assim? — pergunta ele, de ombros encolhidos, encostado na parede de blocos de concreto pintados de branco. — Mas eu coloquei dinheiro na conta. Pensei que tinha pagado... Eu sei, mãe. Desculpa. Eu sei.

Jay está lidando com muito mais coisas do que eu. E consegue ser tão maduro, enquanto eu mal consigo existir direito.

À noite, minha mãe e eu brigamos — *é sufocante ter que ver sua cara triste o tempo todo!*, grita ela —, mas mantenho minha melancolia dentro de casa.

As palavras de Jay permanecem na minha cabeça e fazem eu me sentir uma merda. *Talvez eu não queira ver as coisas pela perspectiva dela! Eu mal entendo o meu lado!*

E, como estou muito focada em evitá-lo, Jay começa a desaparecer. Ele não está na aula de história, mas está na de inglês. No dia seguinte, é o oposto. Até ele sumir das duas.

É irritante quando a preocupação dá as caras. Será que está doente? Será que largou a escola para se concentrar no trabalho?

Minha mente se volta para Jay com mais frequência. Eu me pego me perguntando para onde ele vai.

Tarde da noite, ouço o som familiar — o motor do carro de mamãe, o cantar dos pneus. Eu me levanto e vejo os faróis traseiros vermelhos desaparecendo ao final da nossa rua.

Começo a fazer anotações cifradas no aplicativo de calendário. Uma, duas vezes por semana, mamãe vai a algum lugar — sai pouco antes da meia-noite, volta antes do nascer do sol. Me incomoda, durante todos os dias nebulosos que se seguem, que não tenho forma alguma de descobrir para onde ou por quê.

# ONZE

Querido Lolo Ric,

Espero que esta carta te encontre com boa saúde. Minha mãe mandou oi. Ela disse que o senhor aprecia estas cartas, embora seja muito ocupado e não possa responder, então estou te escrevendo de novo.

Comecei o último ano do ensino médio e estou estudando bastante. Estou me candidatando para várias faculdades boas.

**Mesmo que eu esteja decidida** a ir para Eastleigh.

Mas, beleza, Lolo Ric pode pensar que tenho uma chance de ir para Yale se ele quiser.

Encaro a edição de *Enquanto agonizo* que venho lendo para a aula de inglês, sob a luz forte da luminária na minha escrivaninha. Meus pensamentos se reviram, como ondas quebrando dentro do meu crânio enquanto observo o céu lá fora escurecer.

Quero que isso acabe logo. Vou só escrever do meu jeito.

Estamos estudando como o passado atormenta a literatura norte-americana. Como ele vive retornando, sem parar.

Fico me perguntando sobre o passado da nossa família.

Fico me perguntando: por que nunca conheci o senhor? Por que o senhor não quer falar com a gente? Por que eu cresci ouvindo sobre nossa família nas Filipinas pelas histórias de fantasmas da minha mãe, mas não sei mais nada sobre elas?

Só sei que Lola Ines mastigava noz de areca para espantar demônios e Tito Bobby via o fantasma de um espanhol decapitado com armadura completa vagando pelo jardim à noite, à procura da cabeça.

É engraçado, não é?

Talvez o senhor possa me contar. O que aconteceu? O que a gente fez?

Ou, então, me conte qualquer coisa. O que o senhor estudava no ensino médio quando tinha a minha idade? O que o senhor gostava de ler?

Ou me conte sobre as Filipinas. Não aprendemos sobre elas na escola. No nosso livro didático, havia apenas um parágrafo sobre a Guerra Filipino-Americana.

É triste, mas a maior parte do que sei sobre as Filipinas vem de artigos aleatórios e da Wikipédia. Séculos de colonização: quase quatrocentos anos sob o domínio do império espanhol, meio século sob o dos norte-americanos após uma guerra sangrenta. A ocupação japonesa. A independência que — pelo que eu li — foi como voltar a ser uma colônia norte-americana.

Sinto uma coceira na cabeça, como se eu quisesse perguntar sobre isso.

*Talvez você deva tentar ver as coisas pelo ponto de vista dela.*

Mas não consigo pensar em como formular a pergunta e, de qualquer forma, não é como se fosse receber uma resposta. Em vez disso, escrevo:

Gostaria de visitar o senhor algum dia. Podemos organizar isso?

Minha mãe trabalha muito o tempo todo. Ela parece estressada. Tenho certeza de que adoraria ter notícias do senhor! Espero que o senhor possa escrever para ela.

Atenciosamente, sua neta,

Lourdes Zamora Walters

Encaro a assinatura, que parece a de uma estranha.

Deedee é o nome pelo qual minhas tias e tios decidiram me chamar, quando minha mãe e eu os visitávamos. Vários dos meus parentes usam apelidos. Loleng é o apelido de Dolores (pesquisei no Google) e Andoy é o de Andrew. Tenho um Tito Boy, um Tito Dingdong e uma Tita Pepper.

Deedee vem do jeito que eu falava quando era bebê, porque não conseguia pronunciar meu nome.

— Lour-des, Lour-des — dizia minha mãe.

— Dee dee, dee dee — respondia eu.

E o resto, como dizem, é história.

— Não terminou ainda? — grita minha mãe no andar de baixo.

— Quase!

Dobro o papel almaço em três partes e o enfio em um envelope vazio.

Mas, antes que eu chegue ao escritório de mamãe, ouço a voz dela pela porta aberta. Parece que está no telefone.

— Sim. Claro, peço desculpas. Sim, o senhor está certo, foi um descuido. Sim.

Ela está debruçada sobre a escrivaninha, com o celular no ouvido, como se estivesse tentando se diminuir.

— Certamente. Não vou. Tudo bem. Assim que amanhecer. Certo.

Alguém está falando por cima dela, posso ouvir daqui; uma voz aguda e irritante.

Sou tomada pela culpa, vermelho-escura e pegajosa. Como se eu tivesse causado isso tudo, de alguma forma.

Minha mãe entra no corredor, carregando a gigantesca ecobag de trabalho, e calça os sapatos.

— O que aconteceu?

— Querem comprometimento total da equipe ou vamos perder o cliente. — A voz dela está diferente da que usou no telefone; a raiva emergindo, o sotaque aparecendo. Mamãe balança a cabeça, de mandíbula cerrada, tensa. — E eu deixei uma coisa de que preciso no trabalho. Deus, sou tão idiota.

— A senhora não é idiota.

Quero segurar a mão dela, mas mamãe faz um som de irritação no fundo da garganta que me detém.

A porta da frente se fecha e a casa fica silenciosa.

A porta do escritório continua aberta. A coisa deve ser feia mesmo, se ela esqueceu de trancar.

A luz continua acesa. Minha mãe não ia gostar disso, porque vive dizendo: *Desliga isso, a luz não é de graça, sabia?*

Entro no escritório, hesitando diante da escrivaninha. Deve haver alguma coisa aqui que me mostraria algo da perspectiva dela.

Minha garganta está seca e todo o meu corpo vibra. O cômodo parece estar prendendo a respiração.

Abro a primeira gaveta da escrivaninha.

Papéis. Materiais de escritório.

O que eu estava esperando? Eu a fecho, abro a gaveta seguinte, e depois a outra.

Na última gaveta, há uma caixa de sapatos. Amassada e velha, diferente das coisas impecáveis de que minha mãe gosta.

*Você não deveria abrir, sabe como ela fica quando qualquer coisinha está fora do lugar! Quando você toca no que não é seu!*

Mas ela deleta minhas fotos e pega o que não é dela o tempo todo. Retiro a caixa e removo a tampa.

No topo de tudo há um envelope, com nosso endereço escrito com minha letra na frente. A carta que eu achava que minha mãe tinha enviado, algumas semanas atrás. O espaço para o endereço de Lolo Ric está em branco, porque ela sempre diz que vai escrevê-lo antes de enviar a carta.

O envelope está aberto. Como se minha mãe tivesse lido a carta.

E, por baixo, há outro envelope, exatamente igual. O chão sob meus pés está se movendo, se inclinando devagar.

Debaixo do segundo, há outro. E outro. Todas as cartas que escrevi para ele. Abertas, também.

Meu coração parece que vai sair pela boca, metálico e azedo. Estão todas aqui. Todas não enviadas. Cada carta que eu já escrevi.

Derrubo a caixa como se, de repente, estivesse cheia de larvas se contorcendo, e as cartas se espalham pelo piso de madeira.

# DOZE

**Meus joelhos não conseguem me manter de pé,** então me sento no chão, vasculhando a caixa de sapatos. Estou relendo as cartas, com a garganta apertada. Será que eu já escrevi algo de verdadeiro nelas? Algo que eu não ia querer que minha mãe lesse?

As mais recentes soam entediadas e distantes, inofensivas.

O senhor ficará feliz em saber que ganhei um prêmio de oratória. Minha mãe disse que o senhor sempre enfatizava a dicção quando ela era criança.

Vamos encenar *Macbeth* na escola esta semana. Fui escalada como uma das bruxas.

Estamos mantendo o senhor nos nossos pensamentos e esperamos ouvir notícias suas.

Porém, quanto mais fundo eu vou, mais sinceras ficam as cartas. Minha letra fica mais redonda e infantil, voltando para quando eu levava as cartas a sério.

Não me dou muito bem com as outras crianças da escola.

Fiz um trabalho sobre a nossa árvore genealógica. Minha mãe me contou sobre todas as coisas das quais ela tem orgulho na nossa família e isso me fez pensar sobre o senhor.

Sinto saudades do meu pai, e acabei chorando no recreio.

Olá. O senhor está bem? Não tive notícias suas. O senhor recebeu minha última carta?

Estou atordoada, sentindo a pele corar de humilhação, como se alguém tivesse tirado algo importante de mim quando eu não estava prestando atenção.

*Não posso aceitar isso*. As palavras na minha cabeça acompanham o ritmo do meu coração. *Não posso. Não posso.*

Disparo pelo corredor, enfio os pés nos sapatos e saio com tudo para o quintal.

Está escuro e estou sozinha. O céu acima é de um azul quase preto salpicado de estrelas.

Não posso pedir uma explicação para minha mãe, assim como não posso falar com ela sobre a nossa família, ou por que gosto de tirar fotos, ou perguntar por que ela odeia tanto Suzy.

Minha cabeça está girando, e me agacho no meio da rua, segurando o celular como uma âncora que sustenta as partes da minha vida que eu entendo.

Quero ligar para Suzy, mas ela está com Alex neste momento — fez uma chamada de vídeo para pedir minha opinião sobre o look dela antes de sair. E como eu poderia lhe explicar isso de um jeito que não a faça pensar o pior de mim?

— Ei!

Uma voz atravessa a escuridão. É Jay, sentado no telhado.

*Por que ele tem que estar aqui fora bem agora?*

Me levanto às pressas, pronta para voltar correndo para dentro. Então o celular começa a vibrar na minha mão.

Ele está *me ligando*.

Está sentado lá em cima, com o celular ao ouvido, olhando diretamente para mim.

O telefone toca sem parar. Então eu atendo.

— Cara. Quem *liga* pros outros?

Ele ri baixinho, um leve sopro de vento.

— Sei lá, fiz um monte de ligações este ano. Procurando casas, fazendo a mudança. Queria não saber o que é uma caução.

Ele diz tudo isso como se fosse uma piada, mas a vergonha me consome por dentro. Jay é tudo que eu acho tão difícil ser. Prestativo e responsável. Um bom garoto.

Faço uma voz formal, me esforçando ao máximo para canalizar minha mãe.

— O senhor poderia me informar qual é o propósito da ligação?

Isso arranca dele uma risada genuína, uma que faz mover todo o corpo. Meu coração continua acelerado; não parou desde que abri a caixa, mas ser engraçada para ele é uma boa distração.

— Você parecia… chateada — comenta Jay.

— *Eu tô bem.*

— Sabe, vou me arriscar aqui e dizer que não acredito em você. — Ficamos em silêncio por um instante, ouvindo o ar parado entre nós. — Só fica aí, tá bom? Vou descer.

— Não, tá tudo bem! Vou dar uma caminhada.

— Hum, bom… Mas fica no telefone! Pra eu saber que você chegou bem em casa.

Jay acena e começo a caminhar. Vou dar uma volta no quarteirão.

Não consigo mais vê-lo, mas a voz dele me acompanha.

— O que te fez correr pra fora daquele jeito?

*Ele só vai falar alguma coisa sobre como preciso me esforçar mais para entender minha mãe.*

— Parece que tá rolando alguma coisa — insiste ele. — Notei que você anda… saindo menos pra pegar um ar fresco ultimamente.

Ele notou?

— Não quero falar sobre isso.

— Então tá! Como quiser. — A brisa fica mais forte, sacudindo os galhos das árvores. — Mas eu gosto de conversar com você.

Um calor percorre todo o meu corpo. De repente, sinto que poderia correr dez quilômetros.

— Ok — respondo, lutando para manter a voz controlada. — Então conversa comigo.

— Hum, tá bom. O que eu posso te contar… — O riso de Jay vibra baixinho no meu ouvido. — Sabia que eu me meti em encrenca?

— Por quê?

— Vou reprovar em inglês. E história. — Ouço sons de movimento no fundo, como se ele estivesse entrando em casa. — Eu só odeio escrever redações e trabalhos.

Ele diz que o passado pode ajudar alguém a aceitar as coisas, mas vai reprovar em história?

— Minha mãe é um amor de pessoa, mas, quando fica brava, é assustadora. — Jay suspira. — Ela quer que eu faça aulas particulares agora.

— Então, o que você vai…

— Me conta uma história de fantasma — interrompe ele.

Minhas bochechas formigam.

— O quão estranha você quer?

A lua pisca para mim atrás dos galhos das árvores, como se soubesse algo que eu não sei.

— A mais estranha possível.

— Então, não é exatamente um fantasma. Mas tem uma vibe parecida, sabe. É uma história do mundo sobrenatural.

— Ótimo. Perfeito.

— Minha mãe me falou sobre esse monstro, um metamorfo. Um aswang. O ma-na-nang-gal. — É estranho experimentar esses sons na minha boca. — Das Filipinas. Ela é de lá.

Por que contei isso para ele? Acho que nunca contei essas histórias para ninguém além de Suzy.

— Durante o dia, ele pode ter diversas formas, incógnito. Tipo uma pessoa aleatória ou um cachorro sinistro. Mas, em geral, é uma linda mulher. Então, à noite, a metade de cima do corpo dela se solta e cria asas. E a metade de baixo fica jogada por aí, esperando pela outra parte.

— Caramba, da hora — comenta ele, com tanto sono que me faz rir. — Continua.

— E ela voa por aí com os intestinos pendurados, supernojento. E a língua dela é tipo a de um mosquito, e ela te fura e chupa sua essência.

— Eita, não é melhor a gente se conhecer primeiro?

— Cala a boca!

Estou rindo tanto que preciso parar de andar por um segundo.

— Ok, e o que mais?

— Pra derrotá-la, você precisa encontrar a metade de baixo. E colocar sal e vinagre nela.

Ou algo do tipo? Eu meio que esqueci.

— Sua escolha de salgadinho faz mais sentido agora. Tá tudo se encaixando. — Jay fica quieto por um instante, e meus nervos se agitam conforme me aproximo da última esquina. — Essas histórias são só pra fazer as pessoas se comportarem, né?

— Se comportarem como?

— Tipo: não saia andando por aí à noite! — exclama Jay, com uma energia tão repentina que sou obrigada a rir.

— Eu sou péssima mesmo.

— Volta aqui.

O jeito delicado como ele diz isso quase me derruba.

Mas já estou quase em casa agora. E Jay está parado na rua, com o celular ao ouvido, esperando por mim.

— Vou pensar no assunto.

Eu me aproximo, com o coração martelando, e paro bem na frente dele. Talvez um pouco perto demais.

Ficamos nos encarando por um longo minuto. Por cima do ombro dele, a luz piscante de um avião atravessa o céu.

Jay desvia os olhos primeiro.

— Então, hã… Você tá bem? — pergunta ele, baixinho.

O *timing* me faz rir.

— Não sei.

— Você quer, hã… — Ele soa como se quisesse ter um suco de maçã para me oferecer. — Um abraço?

— Quero — respondo, a voz rouca de repente.

Jay se aproxima e me envolve com os braços, pressionando meu rosto em sua camisa. Ele cheira como se tivesse acabado de tomar banho com um sabonete que diz ter o cheiro da brisa do oceano.

O calor do corpo dele aquece minhas pálpebras fechadas. Jay repousa a mão na minha nuca.

É um abraço sob medida. O melhor. Quem diria que ele dava abraços tão bons?

É como se eu estivesse sendo partida ao meio, e calor e pressão se acumulam atrás dos meus olhos. É apavorante, porque não é o que eu mereço, e é só uma questão de tempo até Jay ver como sou de verdade.

Mas há também uma parte de mim que quer coisas, que vai ficando mais insistente. Quer mais dele. Quer respostas. Todas as coisas que minha mãe talvez não deseje que eu tenha.

E, na minha cabeça, eu vejo a cena: estou sentada atrás do volante do carro inusitado de Jay, seguindo minha mãe até onde quer que ela vá.

Dou um passo para trás, saindo do abraço dele.

— Mudei de ideia!

Jay ri.

— O quê?

— Quando você se ofereceu, certo? Pra me ensinar a dirigir. Você falou que eu podia mudar de ideia.

— Ah, hã... Falei, mas... — Ele leva a mão àquele ponto da nuca que sempre parece o incomodar. — É só que... minha mãe tá brava comigo agora, e as coisas estão... diferentes. Do que eu pensava.

— Que tal à noite, depois que você sair do trabalho? Você gosta de dirigir por aí nesse horário mesmo. E, e... eu posso te dar aulas de reforço! Sua mãe quer que você faça aulas de reforço, não é? Eu dou conta disso. De graça, em troca das aulas de direção. Normalmente eu cobro uma boa grana.

Ele bufa, achando graça, e olha por cima do ombro para casa.

— Durante o almoço! Posso te dar aulas nesse horário, enquanto a gente come. Você tem que comer de qualquer jeito, não tem? E inglês e história são minhas melhores matérias. Eu ganhei um prêmio... — Estremeço, pensando na carta que escrevi para Lolo Ric sobre o assunto. — Eu posso, hã... te apresentar a algumas referências.

Jay meneia a cabeça, apertando o lábio inferior entre dois dedos. Não sei dizer o que ele está pensando.

— Você sabe que o carro não é automático, né? — comenta. — Câmbio manual.

— Hum... tudo bem?

Jay ri como se não acreditasse em mim.

— Então tá — diz ele, enfim.

— Então tá?

Estou atordoada.

— Sim — continua ele, me olhando nos olhos daquele jeito perturbador. — Então tá.

— Q-quando você pode começar?

Ele dá de ombros.

— Amanhã?

Quase caio na gargalhada. Preciso ir embora neste instante, antes que Jay mude de ideia.

— Ótimo, eu te mando uma mensagem! — exclamo, correndo para dentro de casa.

Quando volto para o meu quarto, rasgo a carta sobre a escrivaninha. Pego um lápis e escrevo algo novo, sentindo aquela inquietação nas entranhas chegando ao ápice.

> Querido Lolo Ric,
> Tenho escrito para o senhor há anos, sem resposta. Não vou mais continuar escrevendo estas cartas.

Então me sinto culpada, lembrando da expressão angustiada de mamãe hoje mais cedo, como ela estava se apequenando tanto.

Então rasgo essa carta também, rasgando e rasgando para extravasar minha raiva.

E começo em uma folha nova de papel:

> Querido Lolo Ric,
> Espero que esta carta o encontre bem.
> Minha mãe trabalha duro e os colegas dela a respeitam muito.

# TREZE

**Na noite seguinte,** depois do jantar, procuro o número de Jay nos meus contatos.

*Jay Hayes*, leio, e embaixo: *Da mesa de piquenique a uma da manhã.*

Isso esteve aqui o tempo todo?

Minhas costas enrijecem quando penso em todas as oportunidades que minha mãe teve de ver isso. E outro sentimento brilha por baixo da onda de pânico tardio: *Jay realmente pensou que minha vida é interessante o bastante a ponto de eu talvez esquecer quem ele era.* Com dedos trêmulos, escrevo:

me encontra à meia-noite?

Sei que minha mãe vai sair mais ou menos nesse horário. Assim, há menos chances de ela notar que não estou em casa. *E talvez*, acrescenta uma voz fraca no fundo da minha mente, *a gente a encontre na rua.*

Então fico nervosa na hora, encarando aquelas palavras na tela.

Deedee Walters: quer dizer, se você já estiver livre

Haha! Sem pressão!

Meu estômago revira quando as reticências que mostram que ele está respondendo aparecem.

Jay Hayes: acho que vou estar
Jay Hayes: até lá

O que isso significa? Ele odeia essa situação? Ele me odeia? Preciso de todas as minhas forças para fingir dormir por algumas horas em vez de reler as mensagens de Jay a cada poucos minutos, à procura de significados ocultos.

Assim que saio de casa, vejo Jay parado na entrada da garagem dele. Há algo de engraçado na cena, o mundo muito imóvel, nossas casas escuras, só eu e ele. Meu coração treme a cada passo que nos aproxima.

— Oi — diz Jay, erguendo a mão em um aceno breve. Ele abre a porta do passageiro para mim. — Você primeiro.

Quando estamos os dois no carro, ele me oferece um daqueles energéticos. Abro a lata e dou um gole.

— Desculpa, acho que é o tipo de coisa da qual você aprende a gostar — comenta Jay ao ver a careta que faço. — Eu meio que dependo disso pra viver.

Ele tira a lata das minhas mãos e dá um gole.

— Como você gosta de tomar café? — O motor ganha vida, e ele se vira a fim de olhar para trás enquanto dá ré na direção da rua. — Não posso deixar você cair no sono.

— Hum. Puro mesmo.

O mundo parece menor, reduzido ao que podemos ver dentro da zona iluminada pelos faróis: linhas amarelas e brancas na rua, troncos de árvore, placas refletoras reluzindo. E, ao mesmo tempo, a vida parece mais expansiva do que antes — viajamos pela noite, vasta e misteriosa, Jay bem ali ao meu lado. Apenas algumas semanas atrás, eu teria pensado que isso seria impossível.

Ele entra no estacionamento da loja de conveniência, de frente para a rua, com o letreiro de néon projetando por trás um brilho azul no carro.

— Volto já — avisa, correndo para dentro da loja, e fico sozinha, encarando a rua deserta, o céu escuro sobre as árvores.

Então Jay volta para o carro, me entregando uma lata de café gelado.

— Obrigada — sussurro, pegando a lata com as duas mãos. Acho que essa é a primeira coisa que um garoto já me deu.

— Beleza, vamos lá — diz Jay, dando partida no carro mais uma vez.

Ele entra na via expressa vazia; as estrelas piscam para nós lá em cima e a lua espia em meio às árvores. Não vamos muito longe até Jay pegar uma saída, virar algumas ruas e entrar em um estacionamento enorme, ao lado do shopping ao qual ninguém mais vai. Lembro vagamente de vir aqui quando criança e, em teoria, o lugar ainda funciona — tem uma loja de departamento decadente, além de algumas lojas aleatórias. Mas é bem parado, mesmo no meio do dia.

O prédio principal parece espreitar como um animal adormecido, comprido e branco, brilhando com as luzes externas. Jay adentra mais o gigantesco estacionamento, atravessando as piscinas de luz forte e azulada dos postes posicionados ao longo do asfalto.

Ele estaciona sob um deles e as metades superiores dos nossos rostos continuam na sombra do teto do carro.

Uma risadinha escapa da minha boca.

— Uau, lugar perfeito pra um assassinato.

— Ei, foi você que pediu — diz Jay. — Hã, isso não saiu legal.

Bufo, achando graça.

— Pra deixar claro: não vou te assassinar. — Ele toma outro gole de energético. — Foi aqui que eu aprendi a dirigir, na verdade. O pai do Alex me ensinou.

Estar neste enorme espaço vazio com Jay, rodeada por bosques onde a luz se esvai — é como se a vida normal virasse de cabeça para baixo.

— É engraçado como você tem sua versão da cidade. — Dou um gole no meu café, ouvindo o zumbido baixinho do poste de luz. — Quantos outros lugares secretos você tem por aí?

Jay dá de ombros.

— A gente vai ter que dirigir pra algum lugar, eu acho. Posso te levar pra dar uma volta. Mostrar mais alguns.

Ele sorri para mim, e uma corrente de eletricidade dança pela minha espinha.

Então Jay sai do carro e dá a volta até o meu lado. Dá batidinhas na minha porta e oferece uma das mãos para me ajudar a sair. Quando eu a toco, sinto sua palma quente e macia roçando a minha. Meu peito borbulha feito um refrigerante que foi sacudido e aberto cedo demais.

Sento-me no banco do motorista e minhas mãos parecem estranhas no volante.

— Então — diz Jay, ao meu lado outra vez —, você vai me contar por que saiu correndo pra rua daquele jeito?

Em minha mente, as cartas se espalham pelo chão, em um *loop*. Um calor que incomoda cresce no meu peito. Ele não vai entender. Não sei como vou sobreviver se eu contar tudo e ele achar que não é nada de mais.

— Por que você estava lá fora, afinal? — pergunto. — Não era um pouco cedo pra você?

Jay se encosta na janela, com o cotovelo apoiado sob a cabeça.

— O cara pra quem eu trabalho não para de me mandar artigos sobre equilíbrio entre trabalho e vida pessoal. Tipo, olha que perfeito. Esse cara da tecnologia, que terceiriza o trabalho de merda dele pra um adolescente de dezoito anos, me mandando artigos sobre *equilíbrio entre trabalho e vida pessoal*.

— Caraca.

Fico decepcionada comigo mesma por não ter algo mais engraçado para dizer.

— Mas eu ouvi o conselho dele. Programei um alerta pra fazer intervalos regulares e beber água.

— Então, como você tá se sentindo agora?

Jay ri e ajeita a postura.

— Muito equilibrado.

Jay diz que a mãe fica brava com ele, mas soa tão animado a respeito disso... Está se matando de trabalhar, mas consegue rir da situação. A forma como ele lida com as coisas com leveza, falando de tudo como se fosse uma piada — queria poder ser assim.

— Qual é o nome dele?

Jay pisca, como se fosse estranho eu perguntar.

— Phil.

— O Phil deveria te dar um aumento — digo, tamborilando os dedos no volante. É aconchegante estar sentada ao lado dele na penumbra, como quando durmo na casa de Suzy e ficamos conversamos por horas depois de ela apagar as luzes. — Você trabalha duro.

— Não sei... Tem muita gente que trabalha mais. Tipo... minha mãe quando tinha a minha idade. Os pais dela tinham uma loja de conveniência e ela emendava um turno no outro, trabalhava a noite inteira. — Jay faz movimentos inquietos com a mão direita, pressionando o polegar no topo dos outros dedos. — Aí meu pai não quis que ela trabalhasse, o que foi um alívio, eu acho? Mas ele era um escroto, então isso foi, tipo, um trabalho por si só.

Ele se detém, voltando os olhos para mim.

— Desculpa. Acho que tenho essa mania de tagarelar de nervoso quando você tá por perto.

*Quando eu estou por perto.*

Que bom que está escuro, porque essas palavras me fazem corar por inteiro, das bochechas até as pontas dos pés.

Talvez seja porque não estamos olhando um para o outro, com os rostos fixos na paisagem adiante, mas crio coragem para finalmente perguntar:

— Onde... a sua mãe cresceu?

— Califórnia, principalmente.

Ele fica quieto por um segundo e o oceano inunda meus ouvidos, a luz refletindo nas ondas da praia onde minha mãe estacionou, sentada ao meu lado em um silêncio tenso.

— Mas a família dela é do Vietnã — acrescenta Jay. Parece que ele não quer falar mais a respeito disso.

Pigarreio.

— E aí? A gente vai fazer uns drifts? Uns donuts?

— Você vai comprar pneus novos pra mim? — Jay clica na luz do teto. De repente, o carro parece menor, mais apertado. — A gente vai dirigir do jeito certinho e chato.

É engraçado como ele soa sério. É como se fosse incapaz de fazer uma tarefa de qualquer jeito.

— Pé esquerdo na embreagem, pé direito no freio — instrui Jay.

Ele me mostra como mexer a alavanca de câmbio para checar se está em ponto morto, como dar partida no carro e passar para a primeira marcha. O ronco do motor atravessa minhas entranhas.

— Tá bom, olha. Você precisa ir tirando o pé da embreagem enquanto pisa no acelerador.

Jay demonstra com as mãos como se elas fossem os pedais.

Ele explica o funcionamento do motor, por que você precisa mudar de marcha. Parece informação demais para ir do Ponto A ao B, mas beleza. Parece importante para ele.

Jay se aproxima para me mostrar alguma coisa sobre os indicadores atrás do volante e, de repente, o rosto dele está muito perto do meu. Acho que respiro fundo demais, porque ele me olha de relance e volta a se afastar. Jay apaga a luz, e a escuridão esconde meu rosto corado.

Então chega a hora de tentar, e dá tudo errado. O carro dá um solavanco e o motor morre. Não consigo acertar o tempo. Dou a partida de novo, refaço os passos, e o carro sempre para com um tranco.

Meu Deus, estou decepcionando Jay, testando a paciência dele! Por que achei que seria uma boa ideia? Meu cabelo deve estar bagunçado e cheio de frizz por causa da umidade do estresse que irradia do meu corpo.

— Ei — diz ele, pondo a mão nas minhas costas. Ah, não, estou suada aí! — Tudo bem. Leva um tempo, mas você vai pegar o jeito. Continua tentando.

Rio de um jeito tão desesperado que perco um pouco o ar.

— Você tem que ir devagar e sempre, encontrar o ponto onde a coisa engata. — A voz dele está tão calma que me dá um pouco nos nervos. — Escuta o motor. Não dá pra ouvir como está...

E então eu entendo, de alguma forma. O carro vai para a frente.

— Ah! — exclama Jay, batendo palmas.

Ainda estamos andando.

— E agora?

— Beleza, relaxa. Só segue reto. Dá uma acelerada e tenta passar pra segunda.

Acelero, piso na embreagem e — *ah!* — a mão dele cobre a minha no câmbio, fazendo calor e pressão sobre meus dedos enquanto Jay move a alavanca junto comigo. Não consigo pensar sobre condução, marchas ou qual pedal faz o quê. Puta merda, vou bater este carro.

— Certo, ótimo, agora... — Jay ri e tira a mão da minha. — Vira pra gente não bater nas árvores.

Entro em pânico e piso no freio de repente. O carro dá uma guinada, e o motor morre.

Meu coração está batendo com muita força nos meus ouvidos e fico encarando os troncos das árvores iluminados pelos faróis.

— Ótimo! — elogia Jay. — Vamos de novo.

É o que fazemos, de novo e de novo, até eu pegar o jeito de fazer o carro parar e andar com mais destreza, fazendo curvas entre os postes de luz. Mesmo quando parece não haver necessidade, ele põe a mão sobre a minha sempre que preciso mudar de marcha.

Quando Jay enfim me diz para estacionar, eu me jogo sobre o volante. Ele afaga minhas costas rapidamente com uma das mãos.

— Bom trabalho.

Quase espero ele me chamar de "fera".

Isso significa que a noite acabou, mas não quero que acabe ainda.

Eu adoraria mesmo fazer Jay tagarelar um pouco mais de nervoso.

— Então, por que você se mudou pra cá, afinal? — Viro a cabeça na direção dele, ainda descansando sobre os braços dobrados. — Tipo, por que alguém se mudaria pra cá, em vez de pra qualquer outro lugar?

— Você odeia essa cidade tanto assim?

Ele parece intrigado.

— Hum, acho que sim. Não tenho muito com o que comparar. Mas meu sonho é ir embora.

— Pra onde você iria?

Abro os olhos mais uma vez, e Jay está inclinado para a frente, me olhando como se estivesse de fato interessado na resposta.

— Não pensei tanto assim nisso.

Jay se deixa recostar no banco.

— Acho que… não curti muito no começo quando me mandaram pra cá. — Ele olha para as mãos e aperta os dedos de uma na outra. — Meu pai ficou tipo: "Você precisa sair dessa casa cheia de mulheres." Meio que um motivo de merda pra me expulsar.

— Casa cheia de mulheres? O quê? Por causa da sua mãe e da Gemma? São tipo… a mesma quantidade de pessoas.

— Hum… e a Candace. — Há uma tensão na voz dele, outra vez. — Minha irmã mais velha.

*A misteriosa Candace.*

— Mas passei a gostar de quem eu era aqui, depois de um tempo. Foi como se eu tivesse a chance de ser outra pessoa, por alguns meses do ano. Fugir de mim mesmo.

— É assim que você se sente agora estando aqui?

— Não exatamente. É como se… como se eu estivesse no lugar onde alguma coisa deveria estar, mas não conseguisse encontrá-la. — Jay vira a cabeça na minha direção de modo a repousar a bochecha no banco e o canto da boca dele se curva para cima. — Como se eu a tivesse perdido no meio das almofadas do sofá.

Isso me faz rir. Ele tem um jeito engraçado de se expressar às vezes.

— Enfim. Minha mãe não quis ficar no Maine depois que meu pai foi embora. E não tinha nenhum outro lugar onde ela queria estar, então eu pude escolher. — Jay olha pela janela e a luz do poste destaca a curva do pescoço dele. — Mas foi bom a gente ter vindo pra cá. O pai do Alex mexeu uns pauzinhos e ajudou minha mãe a arranjar um emprego na secretaria da escola de ensino fundamental.

Jay vira a cabeça para minha direção outra vez, mas seus olhos estão voltados para baixo.

— Ei. Fiquei pensando sobre o assunto um tempo depois. Quando a gente saiu pra dar uma volta aquela vez e você ficou chateada. — Ele mexe com a fivela do cinto de segurança. — Eu deveria ter te ouvido mais em vez de te dizer o que fazer. Eu sei que eu odeio quando as pessoas me dizem o que fazer e não sabem do que estão falando.

— Obrigada — falo baixinho, de repente estressada, porque é muito importante para mim que ele tenha dito isso, e não sei como demonstrar. Meus sentimentos não cabem no meu corpo e o que quero dizer talvez seja muito para o meu cérebro.

Trocamos de lugar e não falamos muito no caminho de volta para casa. Meus pensamentos voam para semanas à frente, tentando prever os desdobramentos.

*E se Jay contar para Alex? E Alex contar para Suzy? E…*

— Ei, hã… Será que a gente podia não contar pra ninguém? — peço de repente. — Sobre isso aqui. Principalmente pro Alex e pra Suzy.

Eu acabo perdendo o que compartilho com as pessoas. E, seja lá o que isso aqui for, eu quero mais.

Ele franze o rosto, como se tivesse sentido um cheiro ruim.

— O quê? Por quê?

— É só que… talvez ela não entenda.

Jay suspira e fica quieto outra vez por um longo instante enquanto estamos parados em um sinal vermelho.

— Claro, beleza. — A voz dele é breve, distante outra vez. — Como quiser.

Minha ansiedade vai às alturas com a mudança de tom.

— Isso… te incomoda?

— Por que me incomodaria? — Jay encara a rua, dobra os dedos sobre o volante. — Só estou te ensinando a dirigir.

Há algo de dolorido no silêncio durante o resto do caminho de volta. Talvez eu já tenha perdido Jay sem a ajuda de mais ninguém.

# CATORZE

**Acordo envolta na memória da noite anterior** — tudo banhado em azul profundo, zumbindo feito os postes de luz, macio como a mão de Jay sobre a minha. Ainda nem amanheceu por completo e não suporto o quanto já sinto falta de tudo, enterrando o rosto mais fundo no travesseiro.

*Ele só está te ensinando a dirigir, ele não gosta de você desse jeito. Você é diferente demais. Ele é maduro e responsável e fala como se os problemas tivessem soluções. Como se você pudesse fazer algo a respeito deles ou esquecê-los. Por que alguém assim…*

Então, quando dou por mim, minha mãe está me sacudindo para me acordar, enquanto os raios de sol entram com força pela persiana.

— Qual é o seu problema, pra dormir até tarde desse jeito? — esbraveja ela. — Por que ainda não escreveu pro seu avô?

Meu corpo todo fica tenso, e sou transportada de volta ao escritório dela, quando vi as cartas se espalharem pelo chão.

De repente, sinto tanta raiva que começo a me tremer e me levanto na cama.

— Você deveria pensar nisso sem eu ter que pedir — repreende minha mãe.

Um eco da noite anterior permanece em minha pele — aquela sensação de que talvez mais coisas sejam possíveis na vida do que eu imaginava.

*O que Jay faria? Você deveria fazer alguma coisa a respeito ou esquecer o assunto.*

— Mãe, a senhora não acha estranho o Lolo Ric nunca responder?

Ela meneia a cabeça.

— Você não sabe a sorte que tem. Só seja grata.

— Mas não parece certo escrever pra alguém que nunca responde.

Minha mãe bate com a palma da mão na cama, que treme.

— Ah, me desculpe, estou pedindo demais? É muito *trabalho pra você*? Qual é o seu problema? Vive fazendo perguntas, procurando briga!

— Eu só… Eu… Eu… — Aquela inquietação que vinha crescendo dentro de mim explode de uma vez só. — *Não vou mais escrever essas cartas!*

Mamãe parece atordoada, como se eu tivesse dado um tapa nela. A boca aberta, a testa franzida, os olhos carregados de repreensão. Eu a magoei. Toda vez que a decepciono, eu me lembro. Que tenho uma dívida inconcebível que jamais conseguirei pagar. Que tirei muita coisa dela, cedo demais, e jamais poderei recompensá-la. Isso está sempre lá, escondido nas sombras de cada conversa.

Eu me lembro do que ela disse depois do enterro do meu pai, afastada de todos, em um canto onde ninguém mais escutaria.

Esta culpa é uma coisa palpável, visceral, nos meus órgãos.

— *Tudo bem*, se isso é *pedir demais*. Não precisa mais escrever as cartas. E eu também não vou mais te contar aquelas histórias.

A única coisa que faz eu me sentir próxima dela. Há um vazio dentro de mim que cresce, se expande.

Minha mãe suspira e se levanta com cuidado, como se seus músculos doessem. Está quase de volta ao corredor quando se vira de novo para mim.

— Vou te dar um conselho, ok? Ouça com atenção. — Ela segura o batente, se inclinando na minha direção. — Nunca tenha filhos. Eles acabam com a sua vida.

Não é a primeira vez que mamãe diz isso, mas as palavras queimam. Ouvir isso quando não tenho irmãos, sendo a única que pode levar a culpa.

Minha mãe já partiu, escada abaixo e para fora de vista, mas continuo vendo seu rosto, a exaustão gravada nele. Todas as vezes em que ela se debruçou sobre a mesa, com a cabeça nas mãos. Por minha causa.

*Você está sugando minha energia.*

O bater de asas à noite.

Nas histórias, as aswang costumam predar mulheres grávidas, sugando a vida das crianças ainda por nascer. Mas está tudo invertido agora. A noite nas Filipinas é o dia aqui, tudo trocado.

Sou como a aswang reversa — uma criança que consome a vida dos pais: um deles rápido, o outro devagar. Não é a história tradicional, mas essas criaturas metamorfas são traiçoeiras. Elas se adaptam.

Lá embaixo, a porta do escritório da minha mãe se fecha. Ela provavelmente vai se trancar ali por horas, como faz todos os fins de semana, sempre trabalhando duro.

Fico matutando uma coisa que ela me disse certa vez, algo que dá voltas sem parar na minha mente. Eu era pequena na época e chorava depois de uma briga nossa. Perguntei se mamãe me amava.

— *Como ousa?* Você por acaso sabe o que é o amor? — disse ela, em voz baixa e controlada, o que de alguma forma é mais assustador do que quando ela grita. — Amor é sofrimento. Amor é sacrifício. — Ela batia no balcão com um dedo para pontuar cada palavra. — Amor é o quanto eu trabalho duro por você. O dinheiro que eu boto em casa pra você. *Esse* é o tipo de amor que conta!

Penso em Jay trabalhando até tarde, ganhando dinheiro para a família. Ele deve ser cheio de amor.

# QUINZE

Querido Lolo Ric,

Estou indo muito bem na escola, estudando bastante, mesmo na hora do almoço. Gosto da escola porque é uma fonte confiável de feedback positivo. E é legal estudar com os amigos. Qual era a sua matéria preferida na escola? Estou ansiosa pela sua resposta.

Atenciosamente,

Lourdes Zamora Walters

**Alguns dias letivos se passam** e Jay faz exatamente o que pedi. Quando eu o vejo no corredor, ele não olha para mim. Quando olho para ele na aula, Jay está sempre desenhando e não consigo chamar sua atenção. Quando Suzy me arrasta para nos sentarmos com Alex e os amigos dele no almoço, Jay me ignora. É o que eu queria, mas o pensamento continua me perturbando: *será que ele só não quer falar comigo nunca mais?*

Talvez tenha se esquecido do nosso acordo. Talvez seja mais seguro assim. Eu simplesmente nunca vou lembrá-lo e assim deixar que a coisa se desfaça no ar.

Kevin arrasta a cadeira para mais perto de mim e me cutuca com o ombro.

— Por que você é tão tímida?

— Hum, não sei. Por que você é tão rico? — retruco. Já vi fotos das festas que ele dá na casa gigantesca quando os pais vão viajar.

— Opa, calma aí, campeã! — exclama Kevin.

Ergo a cabeça, e os olhos de Jay encontram os meus. Ele está escondendo o riso com a mão, o peito tremendo. Me sinto um pouco mais leve, por um segundo, porque eu causei isso.

Durante a aula de inglês no dia seguinte, meu celular vibra. Não podemos fazer isso, mas checo a mensagem debaixo da mesa.

Jay Hayes: vamos pra algum lugar?

Meu estômago praticamente perde o centro de gravidade. Olho de relance para ele, do outro lado da sala, e o pego desviando o rosto.

Jay Hayes: quer dizer, já que você não quer que ninguém saiba
Jay Hayes: talvez a gente devesse sair do campus pras aulas

Meus dedos tremem enquanto digito: *a lagoa?*

Passo o resto da manhã sem tirar os olhos do relógio industrial cinza, contando os minutos para o almoço.

Quando o sinal toca no final da aula de francês, sou a primeira pessoa a sair da sala. E Suzy está lá, me esperando para irmos juntas até o refeitório.

— Pronta?

— Hã, n-na verdade, eu queria te contar... Vou ficar um tempo dando aulas de reforço no almoço. — Consigo abrir um sorriso fraco. — Só estou tentando economizar antes da faculdade, sabe?

Suzy parece decepcionada, mas aperta meu braço.

— Olha só essa ética de trabalho.

Ela se despede com um aceno enquanto me dirijo até a biblioteca. Quando viro o corredor, saio pelas portas duplas mais próximas e disparo ao redor da lateral do prédio.

O carro de Jay está estacionado nos fundos do terreno, onde o asfalto encontra as árvores, com folhas laranja e vermelhas ali atrás. Não o vejo. Talvez esteja atrasado.

Mas, conforme me aproximo, eu o noto: atrás do volante, com o banco reclinado. As pálpebras fechadas tremem. Uma das mãos repousa sobre o peito. Ele franze o rosto, como se algo o estivesse perturbando em seus sonhos.

Ah. Jay mata aula. Para dormir.

É por isso que desaparece durante o dia.

Meu coração murcha. Estou fazendo mal para ele? *Sugando a energia dele*, como diz minha mãe?

Dou batidinhas no vidro e Jay acorda com um sobressalto.

Ele pisca e abaixa o vidro da janela.

— Merda, você não devia chegar assim de fininho.

— Você... tá bem?

— Essa é uma pergunta muito ampla. — Ela passa as mãos sobre o rosto. — Só, hã. Cansado.

Agora, Jay está sorrindo para mim como se nada pudesse estar errado. Talvez eu estivesse imaginando o quanto ele parecia desgastado um segundo atrás, enquanto dormia.

Ele sai do carro e se alonga.

— Beleza — diz Jay com um bocejo. — Você dirige.

— *O quê?*

— Pensa rápido.

Ele me joga as chaves e eu me atrapalho para não as deixar cair.

— Mas eu mal sei...

A porta do passageiro se fecha. Jay já está lá dentro. Então deixo minha mochila no banco traseiro e abro a porta do motorista.

— *Você* tá bem? — pergunta ele. — Você parece meio... distante.

— Não é nada — respondo, girando os ombros para trás, tentando tirar o rosto adormecido de Jay da mente.

Começo a dirigir e o carro morre antes mesmo de sairmos do estacionamento.

Jay só está sorrindo de leve, como se este fosse um jeito divertido de passar a tarde.

— E aí? Tá me olhando por quê? Tenta de novo.

Então saio dirigindo pela rua, com *outros carros de verdade nela*. Esta caixa de metal parece tão pesada, uma máquina mortal que estou controlando com minhas mãos e pés desajeitados. Não consigo parar de pensar em como estou a apenas um movimento muscular errado de um desastre.

Jay coloca uma música — sons etéreos e difusos com um acorde de guitarra contínuo e vocais suaves. Ele narra tudo que eu devo fazer, e de alguma maneira conseguimos atravessar a cidade, adentrando a floresta outra vez. Há algo de cinematográfico em tudo pelo que passamos, com essa trilha sonora e meu pico de adrenalina. O sol surge e ilumina a copa das árvores, tingindo-as de um vermelho-alaranjado feito chamas.

Estou tremendo quando finalmente estacionamos perto da lagoa. Não me dou conta da força com que estava segurando o volante até tentar soltá-lo e minhas mãos demorarem para se desdobrarem.

— Tudo bem?

— Tudo ótimo! Excelente. Só... me dá um minuto.

Meu coração continua acelerado quando saio do carro, como se eu tivesse de fato quase morrido, mesmo que só tenhamos percorrido um quilômetro e meio, talvez.

Arrumo minhas coisas na mesa de piquenique, e Jay ergue as sobrancelhas ao olhar para meus estojos transparentes arrumados por tipo — lápis, canetas, marca-textos em um arco-íris de cores pastel — e três tamanhos diferentes de fichas de estudo.

— Então quer dizer que você gosta da escola.

Gosto mesmo. Da parte de usar o cérebro, não a de socializar.

— Então, por que você odeia escrever redações? — pergunto.

— Escrever leva tanto tempo... Queria poder apenas conversar com alguém por uma hora sobre o assunto em vez disso. — Jay tira uma sacola de papel marrom da mochila e me lança um olhar questionador. — Não vai almoçar? Acho que as palavras exatas que você usou foram: "Você tem que comer de qualquer jeito."

Eu costumo pular o almoço para economizar, mas não quero contar isso a ele.

— Hã, eu já comi.

— Quando? Na aula de inglês? Durante o intervalo? Toma. — Jay me dá metade do sanduíche dele, e eu hesito, encarando-o. — Vou ficar magoado se você não aceitar.

Meu estômago dá um pulo quando pego o sanduíche.

Por que Jay se importa tanto se eu como ou não?

Me sinto culpada por roubar a comida dele, mas, depois de algumas mordidas, acabo me sentindo melhor de fato. O pão é folhado e crocante, uma pequena baguete perfeita, e os vegetais e a carne ali dentro combinam muito bem.

— Tá, isso aqui tá bom pra caralho — digo.

Jay parece muito satisfeito consigo mesmo.

— Minha mãe odeia o pão do mercado daqui, então compramos um monte na padaria vietnamita sempre que vamos pra Dorchester, enchemos o freezer.

Ele dá outra mordida e vasculha a mochila.

— Ah, toma. — Jay me joga um pacote pequeno de batatinhas sabor sal e vinagre. — Sabe, pra espantar o mal.

Não acredito que ele se lembrou disso. Sinto o peito apertado ao redor dos pulmões enquanto abro o pacote amassado.

Jay ergue o queixo na minha direção.

— Qual é a sua comida preferida?

Jogo uma batatinha na boca.

— Isso é um teste de personalidade?

— É uma coisa que eu gosto de saber sobre uma pessoa, tá bom?

Jay arranca o pacote das minhas mãos e come uma batatinha também.

— Manga e pasta de camarão.

Não costumo contar isso para qualquer pessoa, mas sei lá. Sinto que posso contar para ele.

Jay assente.

— Ótima resposta.

— Qual é a sua?

— Ovos e molho de peixe.

Ele só pode estar tirando sarro da minha cara.

— Essa é a resposta VIP. — Jay mastiga outra batatinha e devolve o pacote para mim. — Não é todo mundo que recebe essa resposta.

O silêncio se instaura entre nós outra vez enquanto comemos, com os livros abertos à nossa frente. Os galhos nus das árvores ao redor da lagoa são uma névoa de marrom e vermelho profundo, e a água é escura e parada, da cor do sono. No ar, paira o cheiro de alguém usando a lareira em uma das casas ao longe.

— Como… vão suas inscrições pra faculdade? — pergunto, à procura de algo que preencha o silêncio.

— Ah, sabe como é. Minha mãe quer que eu me candidate a um monte de escolas que não vou passar. — Jay joga sua edição de *Enquanto agonizo* sobre a mesa. — Qual é a desse livro? Isso aqui faz algum sentido pra você?

— Hããã, eu achei lindo. Assombroso.

Ele abre um sorriso.

— Você bem que adora coisas assombrosas.

— Quando a mãe falou do além-túmulo, foi tão visceral…

Jay rói a unha do polegar e me examina.

— Que foi?

Ele só meneia a cabeça.

Sinto como se a superfície inteira da minha pele estivesse acesa, brilhando, mas tenho que agir como se nada estivesse acontecendo.

— Me dá sua redação.

Ele a tira da mochila, hesitante, e eu a agarro e a coloco sobre a mesa. Jay se move para ficar ao meu lado enquanto leio os tópicos frasais de cada parágrafo, grifando as que não desenvolvem as ideias que vieram antes.

— Elas devem culminar em alguma coisa quando você as reler. Seus pensamentos devem ir pra algum lugar.

Jay boceja.

— Ninguém me disse que esse trabalho envolvia viajar.

Rio e lhe digo para escrever uma anotação nas margens sobre o propósito de cada parágrafo.

Eu provavelmente deveria estar fazendo anotações sobre a próxima unidade de história para discutirmos, mas não paro de lançar olhares furtivos para Jay, para o jeito como ele se apoia em um cotovelo sobre a folha e puxa o cabelo.

O vento ganha força, e esfrego meus braços expostos, arrepiados sob as pontas dos meus dedos. Estou usando apenas um vestido curto hoje, azul-bebê com florezinhas brancas.

— Tá com frio? — pergunta Jay, e começa a tirar o suéter. Isso faz a camiseta dele subir um pouco, e por um segundo tenho um vislumbre das suas costas nuas, do contorno de suas costelas quando ele se estica para passar o suéter pela cabeça.

— Obrigada — murmuro. Visto o suéter, e a roupa tem o cheiro daquela vez que nos abraçamos. É tão confortável que eu poderia cair no sono bem aqui.

As folhas da árvore atrás da cabeça de Jay são de um amarelo vibrante, e a forma como ele está me olhando faz meu coração parecer que vai explodir. Seus olhos são âmbar líquido e eu sou a formiga que vai ficar presa nele — cientistas vão me encontrar daqui a milhões de anos.

— Posso tirar uma foto sua? — pergunto, e rio de mim mesma. — É só que... A luz agora... Seria uma pena desperdiçar essa chance.

Jay cobre o rosto com as mãos.

— Eu meio que odeio fotos minhas — admite ele com um riso abafado. — Quer dizer, acho que é melhor do que a outra opção, que é adorar olhar pro próprio rosto.

*Quem vai amar um rosto desses?*

— Ah! É, eu odeio a minha cara.

Penso que a frase vai sair com leveza, mas ela aterrissa feito uma rocha.

Jay deixa as mãos caírem e olha para mim.

— Por quê?

— Hã, é só... estranho. Essa combinação de traços.

Jay fica sério de repente. Ele passa os olhos pelo meu rosto, assimilando todos os detalhes.

— Hum, não sei. — Jay sorri enquanto volta os olhos para baixo. — Dei uma olhada e não achei nada de estranho aqui. Com certeza você tá apenas equivocada.

Minhas bochechas esquentam e eu tenho que desviar os olhos. Ele volta a estudar como se nada tivesse acontecido.

Meu reflexo no espelho me faz pular de susto — esqueci que ainda estou usando o suéter de Jay. Se não tivesse passado no banheiro, provavelmente teria entrado com ele na aula de cálculo com Suzy. Eu o tiro às pressas e o enfio dentro da mochila.

Depois da escola, eu o arrumo com mais cuidado: dobrado perfeitamente com um livro didático em cima, como um fundo falso. Minha mãe não costuma vasculhar minha mochila, mas isso deve servir caso ela dê uma espiada lá dentro. E, de alguma maneira, mesmo que eu não o veja, gosto de saber que o suéter está lá.

# DEZESSEIS

**Voltamos para o estacionamento** do shopping abandonado algumas vezes ao longo das semanas seguintes. Jay tira alguns cones de tráfego do porta-malas e os distribui pelas margens do terreno.

— Onde é que você arranjou isso? — pergunto.

Tenho que fazer baliza, diversas vezes, até não derrubar nenhum deles.

Então é hora da aula de reforço, quando Jay fica na minha frente em plena luz do dia, e dói olhar para ele por tempo demais. Ele me faz uma pergunta, abrindo os lábios ligeiramente enquanto me espera dizer algo, e preciso de todo o meu foco para lhe dar uma resposta que soe normal.

Na próxima noite em que nos encontramos, hesito atrás do volante.

— Sabe, eu dei uma pesquisada. Eu só poderia dirigir com alguém com mais de 21 anos no carro — digo.

Jay cerra os lábios e dá de ombros.

— Eu dirigia sozinho no carro do meu pai antes de tirar a carteira. No tempo em que eu ainda fazia donuts. — Do jeito que ele sorri, Jay fica diferente da pessoa que conheço até agora, e me pergunto sobre as pessoas que ele já foi. — Acho que essa área é rural o suficiente. Vai ficar tudo bem. É um risco calculado.

Ele me avisa onde virar, quando trocar de marcha, o que fazer com os pedais. Narrando tudo com a voz baixa e calma ao meu lado. Ficamos mais tempo nas ruas, fazendo os mesmos trajetos repetidamente pelos bairros adormecidos perto do shopping. E então voltamos para o estacionamento, ficamos parados sob o zumbido dos postes de luz, e logo vamos trocar de lugar e ele vai nos levar para casa.

Jay cutuca meu joelho.

— Posso ver mais fotos suas?

— O quê?

— As que você vive tirando?

Sinto dificuldade para respirar. E, na verdade, não tenho nenhuma foto salva no celular agora, mas — não acredito que estou fazendo isso — entro em uma das minhas dúzias de contas de e-mail.

Jay olha para a caixa de entrada, que é só uma lista interminável de e-mails em branco para mim mesma com fotos anexadas.

— Você sabe que existem opções de armazenamento melhores por aí, né?

Jogo o aparelho para ele e minha alma quase sai do corpo enquanto Jay vai passando as fotos.

— Você tem talento.

— E você tem merda na cabeça.

Ele examina a tela, sério.

— Por que você gosta de tirar fotos?

Estou cansada demais para inventar alguma coisa.

— Pra preservar as coisas, eu acho.

— Mas há mais do que o que já estava ali. — Ele morde os lábios, pensativo. — Você acrescenta algo a mais. Como esta aqui…

Jay vira a tela para mim, e é a foto que tirei quando estávamos indo embora, da primeira vez que nos encontramos para as aulas de reforço. As folhas amarelas estão deslumbrantes, banhadas pelo sol, ao lado da madeira quente da mesa de piquenique. Há um ar de expectativa ali, do jeito que a imagem foca o espaço vazio onde Jay estava sentado.

— Eu estava lá — diz ele —, mas não vi o lugar desse jeito.

Tenho quase certeza de que, se estivesse claro lá fora, Jay conseguiria me ver corar.

E me sinto ansiosa nesse instante, como se, caso eu concorde com ele, algo ruim fosse acontecer. Pessoas tiram fotos o tempo todo. Isso não faz delas *fotógrafas*. Não é como se eu pensasse que essa é uma coisa que eu posso ser.

— Tô cansada. — Pego o celular de volta e abro a porta. — Vamos pra casa.

Finalmente me sinto confiante o suficiente para dirigir um pouco mais à noite, então Jay me guia até o campo esportivo na escola de ensino fundamental. O estacionamento fica em uma pequena colina e há degraus para descer até o gramado — então, aqui de cima, o céu parece muito vasto.

— O acampamento de lacrosse ficava aqui? Como era?

Jay se recosta no banco e apoia os joelhos no porta-luvas.

— Muita correria sob o sol até a gente se cansar. Nada de pensar demais nas coisas. Aí eles traziam uma caixa enorme cheia daquelas coisas congeladas, sabe, aqueles tubos. E a gente se sentava na grama e comia.

— Que legal.

Na escuridão, o silêncio parece mais algo em que se aconchegar, e menos uma falha pessoal. Então ficamos ali sentados por um tempo, sem dizer nada.

O campo se estende à nossa frente e o espaço vazio clama para que algo o preencha. Nunca o vi desse jeito — é como se fosse um lugar totalmente diferente, sob a lasca fina de lua. O resto do mundo parece muito distante.

Não somos nada parecidos. Jay não é desprezível como eu. Mas ele vive me perguntando coisas, e parece muito interessado nas respostas. Talvez ele quisesse entender.

— Você queria saber por que eu saí correndo pra rua naquela noite, né?

Minha voz soa rouca, como se estivesse sem prática.

— É — responde ele, sem hesitar. — Queria.

— Tem… uma coisa estranha que a minha mãe faz. — Baixo os olhos para as mãos, empalidecidas na escuridão. — Ela me faz escrever cartas pro meu avô o tempo todo. Mas não sei qual é a cara dele e nunca recebi uma resposta. Minha mãe me faz escrever essas cartas desde que eu era pequena.

Estou assustada agora, olhando para a expressão vazia de Jay. Ele arqueia as sobrancelhas quando percebe que estou esperando que diga alguma coisa.

— Hum. — Jay assente. — Isso é estranho.

— É só que…

Estou perdendo a confiança ao chegar à parte sobre o que descobri. Talvez ele não entenda, no fim das contas. Talvez eu acabe parecendo horrível.

— Eu… disse pra minha mãe que não ia mais escrever essas cartas, porque não faz sentido. Aí ela ficou brava e eu voltei atrás na hora. Então tô escrevendo de novo, só que… mais curtas e passivo-agressivas.

Uma risada trêmula me escapa.

— Eu entendo. Minha mãe e eu brigamos, tipo, duas vezes por dia.

Jay está me olhando com atenção, na penumbra, esperando que eu continue.

— É só… engraçado que eu não conheça a maior parte da minha família. Minha mãe não quer tocar no assunto, mas eles aparecem nas histórias de fantasma dela. Então, de um jeito muito específico e esquisito, ela fala sobre eles o tempo todo. — Sinto um aperto no peito, como se fosse difícil voltar a enchê-lo com ar. — Nunca conheci meus parentes, mas eles estão… sempre por perto, de alguma forma.

Jay fica quieto de novo, mas parece que está pensando a respeito. Ele joga a cabeça para trás e traceja formas com um dedo no teto de tecido cinza.

— Minha mãe é meio que o oposto. Ela conta bastante sobre a própria infância. Meio que as mesmas histórias, repetidamente. — Jay encontra meus olhos e eu os desvio, piscando. — Mas isso meio que me lembra de algo que ela disse, que tinha muita coisa que os pais dela não falavam. Ela queria muito saber mais sobre a nossa família, então passou um tempo no Vietnã durante a faculdade. — Ele suspira, como se contar essa história fizesse seus pulmões arderem. — Mas… meu pai tava lá, tirando um ano sabático, viajando pra se encontrar. Ele acabou encontrando minha mãe em vez disso. Teria sido melhor pra todo mundo se ele tivesse só ficado em casa.

Jay aperta comprime os lábios, depois os abre com um estalo.

— Ela engravidou da Candace nessa viagem, na verdade. Largou a faculdade. Os pais dela ficaram furiosos, tipo: *Você está jogando sua vida fora, as oportunidades pelas quais trabalhamos tão duro…*

Jay deixa as palavras morrerem, e o silêncio se estende, pontuado pelo trinado dos pássaros ao longe.

— Acho que às vezes as famílias não falam.

Ele diz isso sem pensar muito, mas os pelinhos dos meus braços ficam praticamente de pé.

— Como assim?

— Hum. — Jay pigarreia. — Tipo… como a minha irmã.

— O que aconteceu com ela?

Jay inspira com força.

— Ah. Não sei por que toquei no assunto. Eu, hã… não quero falar sobre isso.

Há um muro entre nós outra vez e sinto que, se eu o empurrar, vou acabar quebrando algo. Então tento dar um quê de provocação à minha voz:

— Você é tão misterioso.

— Eu sou extremamente não misterioso. — Jay ri e soa quase aliviado. — Sou chato pra caramba.

— Eu meio que quero saber tudo sobre você — sussurro. — Tipo, eu assistiria a um documentário sobre você.

Jay solta o ar pelo nariz de repente e abre um sorriso largo, que faz o canto dos olhos dele se enrugar.

— Você é tão estranha.

— Acho que você desperta isso em mim.

Tento soar leve, distante, como se estivesse fazendo um comentário sobre o tempo.

— O que você quer saber? — Ele alonga os braços sobre a cabeça, pressionando as palmas no teto do carro. — Manda aí, uma coisa leve.

— Pelo que você se interessa?

— Quem tem tempo de se interessar por coisas?

Eu meio que esperava que Jay fosse falar sobre as coisas que ele desenha, seja lá o que forem.

— Tá bom, hum… Como… como é o seu trabalho?

— Tipo, o que eu faço?

— Como é que… é? Em detalhes.

Jay bufa, mas acho que decide entrar no jogo.

— É como… como se meu corpo estivesse desaparecendo aos poucos. Como se às vezes eu quase esquecesse que tenho um no meio da noite.

Ele parece estar atento às próprias palavras, decidindo que não parecem muito certas, tentando formulá-la de novo porque quer mesmo me dar a melhor resposta.

— Como se meu cérebro fosse só se fundir com a tela. Como se eu fosse só pensamentos flutuantes e pixels.

— Nossa, se você usasse um pouco dessas habilidades descritivas nas suas redações…

O riso de Jay soa como se ele tivesse acabado de sair para correr e estivesse ofegante.

— Parece que você coloca muita pressão em si mesmo — sussurro.

Jay respira fundo, depois solta tudo de uma vez.

— Não estou *colocando* pressão, ela *está* lá.

— Quer dizer... — Relembro a sensação que tive quando o vi dormindo no carro. — Mas sua mãe trabalha, não é? Você tem uma casa em um bairro bom.

— Por que a gente não deveria ter uma casa em um bairro bom? — A voz dele endurece. — Como você acha que a gente tá pagando a hipoteca? Como você acha que a gente vai amortizar o financiamento? Você por acaso sabe como funciona uma dívida?

*Você por acaso sabe como o amor funciona?*

Achei que soubesse alguma coisa sobre isso. Mas acho que não sei de nada.

— É, claro, talvez a gente pudesse procurar algo mais barato. Morar em outro lugar. — A respiração de Jay está tensa, como se nunca fosse haver oxigênio suficiente nos pulmões para me explicar como a vida dele é de fato. — Mas eu *posso* trabalhar duro assim e... por que elas não deveriam ter tudo isso? E talvez isso vá compensar por... Se eu puder...

— Eu não deveria ter perguntado! — digo rápido demais. — Desculpa perguntar.

Ele respira fundo algumas vezes e gira os ombros para trás, olhando para a frente.

— Desculpa ter ficado chateado. Na verdade... gosto que você tenha ficado interessada o suficiente pra perguntar. — Os olhos de Jay são poças escuras, com pupilas grandes, fixadas em mim. — Só não estou acostumado com isso.

Condensação se acumulou no para-brisas, transformando o mundo lá fora em borrões abstratos de cor.

— Ah, eu, hã... trouxe uma coisa pra você — conta ele, esticando o braço para o chão do banco traseiro para pegar uma sacola plástica.

Ele tira de lá uma câmera Polaroid e a entrega para mim.

— É antiga… Era da minha mãe. Mas ainda funciona.

Eu a pego, mal conseguindo respirar.

— Não posso te dar pra valer, mas você pode pegar emprestada pelo tempo que quiser. E comprei um rolo de filme pra você.

Jay aponta para o interior da sacola antes de passá-la para mim também.

Meus olhos estão quentes; minha garganta, apertada. Tenho que encarar o volante por um tempo até recuperar a compostura.

— Por que você fez isso?

— Sei lá, queria virar um mecenas? — Ele pigarreia. — Simplesmente conheço alguém que saberia usar bem essa câmera.

— Obrigada — respondo em voz baixa. — Vou cuidar bem dela. Posso te pagar pelo filme?

— Vou fingir que você não disse isso.

Saio do carro e tiro uma foto da fina lasca de lua sobre o campo. Jay já está no banco do motorista quando volto para o carro com a borda branca da Polaroid entre dois dedos. Ele acende a luz do teto. Com as cabeças curvadas na direção um do outro, observamos a imagem surgir do cinza leitoso.

# DEZESSETE

**Suzy aparece para nosso jantar** de domingo mensal — hambúrgueres que minha mãe comprou voltando do escritório, porque este projeto está engolindo as horas livres dela.

Não cumpri minha parte do acordo quando falei que pararia de escrever para Lolo Ric, mas mamãe se manteve fiel à dela. Não me contou uma única história sequer desde então. E ainda vai para algum lugar à noite, algumas vezes por semana, com tanta consistência que parei de anotar no meu calendário. Ela pode não fazer sentido para mim, mas este crédito ela merece: realmente cumpre o que promete.

Passo a noite toda com os músculos tensos, à espera de tudo desmoronar. E se Suzy disser algo sobre Jay, sobre o quão fofos ela acha que nós seríamos juntos?

Certa vez no ano passado, Suzy veio para o jantar. Minha mãe pediu pizza e nos sentamos ao redor da mesa da cozinha, rodeadas pelos vasos vazios sob a luz fraca, comendo de nossos pratos de papel oleosos.

Isso foi na época em que era eu quem não parava de falar sobre Alex. Quando achava que namorá-lo corrigiria as coisas em mim que eu não sei corrigir. Porque, se alguém como ele me escolhesse… alguém que todo mundo ama…

Suzy me provocou a respeito dele enquanto minha mãe estava no banheiro e eu comecei a suar. Mas, quando mamãe voltou, Suzy já tinha mudado de assunto, e restou apenas o pulsar do meu coração nos ouvidos durante o resto da noite, como um lembrete.

Hoje, porém, a conversa se mantém neutra, agradável. Suzy fala sobre as faculdades para as quais está se candidatando, e minha mãe não faz nenhuma pergunta constrangedora, de um jeito curto e grosso.

Quando o jantar termina, acompanho Suzy até o carro. Ela está na minha frente e, assim que a porta da frente se fecha atrás de nós, se vira, parando no degrau mais baixo.

— Ei, então… — Ela cruza os braços. — Acho que não vou mais conseguir passar as quintas com você.

Minha mãe tinha razão. Era só uma questão de tempo até Suzy se cansar de mim.

— É que… é o único dia em que eu tenho folga do trabalho e o Alex não tem treino, e… Quer dizer, acho que você ainda pode ir jantar lá em casa de qualquer forma, meus pais adoram você…

*Meu Deus, ela sente pena de mim.*

— Tudo bem! — digo, mais abruptamente do que gostaria, cruzando os braços para imitá-la. — Não tem problema.

Suzy parece angustiada, a boca entreaberta.

— Quer dizer, olha, ainda quero que você participe das coisas… mas você parece odiar tudo sempre que participa, e… e… — As palavras estão jorrando agora, um trem descarrilado. — Eu sou, tipo, nova nesse grupinho, e é muita coisa pra equilibrar, e…

Estou tentando ignorar a pressão que se forma no canto dos meus olhos.

Suzy passa a mão pelos cabelos, agitada.

— E às vezes é difícil se preocupar com o que eles vão pensar, e com o que *você* está pensando, e… quer dizer, eu amo você, mas você é meio *intensa* às vezes, e…

— *Suzy*, tá *tudo bem*. — Tenho que morder o interior da bochecha para me manter firme. — Te vejo mais tarde!

Consigo voltar para dentro de casa e apoiar as costas na porta fechada antes de começar a chorar de verdade.

✧

Jay e eu estamos na estrada de novo, com a lua crescente no céu e os tons calmos da voz dele, me dizendo para onde ir.

— Beleza, tem uma colina, você vai ter que reduzir a marcha.

Suor brota debaixo das minhas roupas e meus ossos chacoalham enquanto subimos, mas chegamos lá, ao topo da colina, de alguma forma. Jay me orienta a virar algumas ruas, e então estamos em outro estacionamento perto de uma área de descanso.

Estico o braço na direção do banco traseiro à procura da câmera de Jay e abaixo o vidro da janela para poder capturar as nuvens que encobrem a lua. Elas parecem iluminadas por dentro, como lanternas flutuantes.

Enquanto a foto se revela, meus olhos se ajustam. Há uma sensação de profundidade e textura na escuridão ao nosso redor. Adiante, dá para ver que há um declive. Um mar de copas de árvore se desdobra lá embaixo, uma massa escura e indistinta entre nós e as luzes da cidade. Aqui em cima, à nossa direita, há uma extensão de grama com mesas de piquenique antes da floresta começar.

— Então você conhece todas as áreas pra piquenique em um raio de cem quilômetros?

— O pai do Alex não curtia muito que eu passasse tanto tempo com eles. Assim que comprei um carro... passei a dirigir bastante por aí. Nos verões. Então, é, lugares pra passar o tempo de graça meio que são minha especialidade.

Do jeito que o luar recai sobre o carro, a metade superior do rosto de Jay fica na sombra, e isso faz meus olhos se voltarem para o pescoço, a mandíbula e a boca dele. Uma imagem aparece em minha mente, vívida demais: Jay se aproximando, pressionando os lábios contra os meus. Como devem ser macios e quentes.

*Concentre-se, Deedee!* Não foi para isso que viemos para cá.

*Desse jeito você vai acabar de coração partido, pensando que alguém como ele gostaria de alguém como você.*

Ainda bem que está escuro, assim Jay não consegue ver o quanto devo estar corada.

Então a música muda no rádio: é a mesma que ele pôs da primeira vez que dirigi durante o dia.

— De quem é música essa? — pergunto baixinho. — É legal.

— Ah. É antiga. My Bloody Valentine. — Ele parece envergonhado, por algum motivo. — A Candace gostava de ouvir.

Jay respira fundo e prende o ar, sem olhar para mim. É como se o momento fosse uma bolha de sabão e, se olharmos um para o outro, ela pudesse explodir.

— Minha irmã tinha um daqueles fones com cancelamento de ruído… — Ele tamborila os dedos na maçaneta. — Eram a coisa favorita dela, basicamente. Quando nossos pais brigavam, ela agia como se tivesse uma descoberta musical que precisava me mostrar *naquele instante*. Ela colocava os fones em mim e dizia que eu tinha que ouvir a música inteira, ouvir de verdade, e apreciar. Levei alguns anos pra perceber que ela fazia isso pra eu não ouvir meus pais gritando um com o outro.

Jay suspira e troca a música no celular. É algo mais novo agora: tem vocais melancólicos com percussão de tarol e chimbal.

— Ela me escrevia o tempo todo quando eu estava aqui, cartas de verdade. Ela achava que parecia mais especial do que, sei lá, mandar mensagem ou algo do tipo. Eu não era muito bom em responder, mas minha irmã continuava me escrevendo mesmo assim. E era a única que vinha me visitar. Veio pro fim de semana do Quatro de Julho.

— Então vocês eram próximos.

— É. Por um tempo.

— Você deve sentir saudades dela.

Jay ri, mas agora não há alegria no riso.

— Só morro de raiva dela, sabe? Por um longo tempo, minha irmã vivia tentando me proteger. Ela é mais velha, mas é coisa de dois anos. Mas assim que eu entrei no ensino médio e arranjei este emprego, foi mais tipo… sei lá, como se fôssemos um time. — Ele passa uma das mãos pelo cabelo e balança a cabeça. — Vou ficar menos divertido se a gente continuar falando sobre isso.

— Você não precisa ser divertido — sussurro. — Se quiser falar sobre isso.

Jay passa a mão no rosto.

— Hum. Ela e minha mãe brigaram, eu acho. As duas viviam brigando, mas aí tiveram uma briga muito feia e… a Candace voltou pra faculdade e parou de falar com ela. E eu meio que tive que escolher um lado.

*Dá para simplesmente parar de falar com a própria mãe?* A ideia me causa arrepios no corpo todo.

Do jeito que as coisas estão, já tenho poucas pessoas ao meu lado: não tenho pai, não tenho contato com parentes, mal tenho Suzy, Jay talvez. Só de pensar nisso, sinto que estou desaparecendo no ar. Quem eu sou sem minha mãe?

— Minha mãe não é perfeita — afirma Jay. — A gente briga o tempo todo. Mas… ela é um ser humano, sabe? Só tá dando o melhor de si. Queria que a Candace entendesse isso.

De repente, tudo fica quente e apertado demais ao redor da minha espinha.

*Como você espera que alguém te ame?*

*É como se faltasse em você algo que todo mundo tem.*

*Você sequer é um ser humano?*

Sei que minha mãe é um ser humano. Será que ela sabe que *eu* sou também?

Meus músculos estão todos tensos. O espaço entre Jay e eu parece muito pequeno e muito grande ao mesmo tempo. Ele escolheu um lado, o da mãe em vez do da irmã. Jay só vai ficar decepcionado quando perceber que não posso ser como ele, bem-ajustada, perseverante. Que sou defeituosa e difícil e imperfeita até a raiz. Que de algum modo jamais vou conseguir ser *grata* o suficiente para fazer com que pare de doer.

Porém, insistindo contra esse pensamento, uma pequena brasa de algo desconhecido brilha dentro de mim, como se o despeito fosse o oxigênio que lhe dá vida.

— Você já considerou a situação pelo ponto de vista da Candace?

Há algo de cruel e hostil em minha voz agora.

— Quer dizer, eu sei como foi a infância dela — diz Jay, de voz dura. — Eu tava lá.

— Você sabe mesmo como as coisas eram pra ela? Talvez você possa tentar *fazer perguntas melhores*.

Jay inclina a cabeça para trás, repousando as mãos no peito enquanto contempla o tecido cinza do teto.

— Você... ainda não me contou por que precisa de tanto ar fresco no meio da noite.

Não somos feitos da mesma fibra. Ele vai me odiar.

— Você falou que a sua mãe tem medo de que você aprenda a dirigir. É porque... aconteceu alguma coisa? — pergunta Jay, lançando os olhos para mim. — Aconteceu um acidente? Com o seu pai?

Ele está chegando perto demais das coisas sobre as quais jamais quero conversar. Do que eu fiz.

— Não. Ele teve câncer.

— Ah. Merda. Sinto muito.

— Tudo bem — sussurro, enquanto o vento lá fora sacode as árvores além das mesas de piquenique. — Não tem problema.

— E... E a família do seu pai?

— O que tem eles?

— Você não poderia falar com eles? Sobre... seja lá o que esteja acontecendo?

— Não conheço ninguém. — Não há muita coisa que nos conecte, nem mesmo um punhado de histórias de fantasmas.

Só uma pessoa da qual mal me lembro. — Vão ser só mais pessoas que podem me julgar por eu não me dar bem com a minha mãe.

— Deedee — diz Jay, com cuidado. — Você meio que dá a entender isso, mas… o que tá rolando com a sua mãe?

— Ela só fica… brava — murmuro. — Não é nada sério. Tem gente que aguenta coisa bem pior.

Jay fica em silêncio, mordendo a cutícula do polegar.

— Minha mãe vive falando que vou ficar igual ao meu pai — confessa Jay depois de um tempo, como se esse pensamento tivesse percorrido um longo caminho para chegar até aqui. — Eu tento dizer a mim mesmo que ela não tá falando sério, mas…

Jay mantém a voz leve, mas é óbvio que é algo que mexe com ele. Que ele está estendendo algo na minha direção, balançando-o no ar entre nós. E eu quero pegar essa coisa, mas… *Não, ele não vai ficar do meu lado, não posso confiar!*

Minha cabeça está ficando quente demais, e não consigo mais pensar nesse assunto. Meus dedos se atrapalham com a câmera, que continua apoiada no meu colo, e as palavras simplesmente irrompem da minha boca:

— Posso tirar uma foto sua?

Não sei bem o que me fez dizer isso, mas fico aliviada quando Jay ri de novo.

— Claro. Por que não?

Ele sai do carro e vai até o gramado, e eu o sigo.

Olhando pelo visor da câmera, enquadro a imagem de modo que a lua apareça acima da cabeça dele. A câmera cospe a foto e voltamos para dentro do carro, com Jay no banco do motorista outra vez.

Meio que amo essa estética. Há pequenas manchas de luz flutuando ao redor de Jay, e ele está de olhos semicerrados, com um sorriso brincalhão no rosto.

Sorrio e tiro uma foto da cena com o meu celular.

— Por que você não gosta da sua cara? — pergunto, ainda encarando a foto.

— Não ligo pra minha aparência no espelho, mas... nas fotos, nunca pareço a pessoa que vejo na minha cabeça, eu acho.

— E como é essa pessoa?

— Menos parecida com o meu pai. — Jay ri da franqueza das próprias palavras. — Talvez isso soe estranho, mas de alguns ângulos eu fico igual a ele, e parece que as fotos só pegam esses momentos.

— Acho que você ficou bem nesta aqui. Tipo, é uma foto "ruim", mas... me lembra de você. — Eu a estendo. — Mas não posso ficar com ela.

— Por que não?

— Vou ficar encrencada.

— Prefiro ter uma foto sua.

Meu coração palpita, mas eu passo a câmera para Jay e fico ali, rígida e suada, esperando que a foto me capture.

Jay ergue a câmera pelo visor, depois volta a abaixá-la.

— Ei — chama ele, a voz suave. — Relaxa.

Ele estende o braço e repousa a mão sobre a minha. Meu coração quase sai pela boca, e parte de mim quer virar a mão e entrelaçar nossos dedos.

Em vez disso, abro um sorriso trêmulo, e Jay se afasta e tira a foto.

Aos poucos, ela aparece: estou o encarando diretamente, com o queixo um pouco abaixado, preparada para que algo aconteça. Há um brilho na janela atrás de mim, onde o flash disparou.

Minha expressão parece intensa demais, e fico envergonhada, pensando no que Suzy disse. Talvez Jay não goste muito.

Mas o jeito como ele sorri quando olha para a foto...

— Certo — diz Jay, guardando as duas fotos dentro do bolso da jaqueta, sobre o coração. — Elas podem morar uma ao lado da outra.

# DEZOITO

**Já é Halloween e,** seguindo nossa tradição, Suzy e eu estamos assistindo a filmes de terror e distribuindo doces. Ainda vamos juntas para a escola, só não nos vemos muito no resto do tempo. Mas a noite de hoje parece mais normal do que as coisas têm sido há um bom tempo.

Estamos aninhadas no sofá azul e macio da sala de estar dela, esperando a campainha tocar. Mal dá para ver a tinta amarela e aconchegante nas paredes por conta de todas as prateleiras atulhadas de livros. A sra. Jang foi intercambista na Eastleigh e fazia o TCC sobre literatura inglesa do século XIX quando conheceu o pai de Suzy. Os livros dela estão por toda a casa, em lugares inesperados. Abro o armário para pegar um copo de água e dou de cara com alguns livros ali, ao lado das canecas.

Ben e Jake descem correndo as escadas de carpete bege, com Charlie correndo atrás deles. O homem está vestido de J. Jonah Jameson, com um bigode falso e um cigarro não aceso na boca.

— Quero fotos do Homem-Aranha! — ordena ele, enquanto Ben e Jake lançam teias imaginárias um no outro e a sra. Jang os filma com o celular.

Eles passaram semanas brigando para decidir quem seria o Homem-Aranha este ano. Em dado momento, Charlie teve que intervir, tirando os olhos do e-mail e segurando a testa.

— Vocês dois vão ser o Homem-Aranha, tá bom?

A sra. Jang desaba no sofá ao lado de Suzy, já exausta com os garotos.

— Isso é meu?

Suzy segura a manga da camisa de flanela da mãe entre dois dedos.

A sra. Jang se desvencilha da filha com um tapinha.

— Quem lava as suas roupas? Considere isso um imposto.

Minhas bochechas doem quando sorrio e minha pele parece rígida demais enquanto tento enfiar a inveja de volta no lugar de onde veio.

Durante todo o jantar, a sra. Jang não parava de sorrir e fazer perguntas sobre Alex. Ela começou uma narração dramática de como conheceu Charlie, e Suzy se intrometia e completava as frases da mãe.

Até eu sei a história inteira de cor agora: ela foi ver o show da banda do sr. Jang no campus, e os dois passaram a noite inteira no terraço do prédio do grêmio estudantil, conversando até o nascer do sol. Também participei, terminando as frases de Suzy para ela. Todos riram. Eu estava por dentro da piada, era quase parte da família.

Então chega uma mensagem, e uma foto de Jay aparece na minha tela.

Estão todos distraídos, mas não posso ver a mensagem aqui. Me levanto e corro até o banheiro. Sentada na privada com a tampa abaixada, checo o celular.

Tenho que colocá-lo virado para baixo sobre o joelho e me recompor, sorrindo para o nada, antes de olhar outra vez.

Lá está ele, recostado em uma cadeira de escritório preta, usando óculos enormes com aquele filtro para luz azul. Fazendo o sinal da paz, exagerando um pouco na adesão repentina às selfies.

Estou tremendo de rir, com a mão na boca.

Jay Hayes: crescimento pessoal?

Passo o resto da noite mal conseguindo me concentrar depois que o pai e os irmãos de Suzy saem. Não paro de pensar na foto e sentir uma pequena explosão de serotonina de novo.

— Ei. Você tá tão quietinha — comenta Suzy, me cutucando e apoiando o peso em mim. — Vem comigo no jogo do Alex semana que vem? Por favor. Por favor, por favor, por favor.

Ela só está dizendo isso porque se sente culpada.

Mas eu lhe dou tapinhas no ombro e respondo:

— Vou ver com a minha mãe.

Mais de um mês depois do nosso acordo, Jay quebra o protocolo pela primeira vez: ele me procura na biblioteca depois da aula, quando estou estudando para o vestibular. Talvez ele também saiba que Suzy e Alex estão no jogo agora, aquele ao qual minha mãe acabou não me deixando ir.

— Imaginei que talvez você estivesse com fome — diz Jay, deixando um pacote pequeno de batatinhas de sal e vinagre sobre a mesa.

— Você sabe que a gente não pode comer aqui.

— Hummm.

— Então eu vou só... ter que ir casualmente lá fora e conversar com você.

— Caramba, você desmascarou meus planos. — Ele ri e cutuca meu ombro. — Que inteligente. Você nem deve precisar estudar.

Vamos para trás do prédio juntos e nos sentamos contra a parede de tijolos, dividindo o pacote de batatinhas. É estranho — nossa primeira interação em um bom tempo que não gira em torno de uma tarefa. Jay passa longos períodos em silêncio, esfregando a nuca com uma das mãos. Quando acabamos com as batatinhas, enfio os dedos na boca para lamber as últimas migalhas salgadas e azedinhas. Dou uma olhada em Jay, e ele desvia o olhar bem rápido. Ele está... *corando*? Será que estou imaginando coisas?

Pego a câmera dele na mochila e tiro uma foto das nossas pernas esticadas lado a lado na grama desgastada. Os braços de Jay aparecem no enquadramento, com uma das mãos ainda segurando o pacote vazio.

Jay ri enquanto a foto se revela.

— Você achou mesmo meu melhor ângulo.

— Você devia beber mais água. — Aponto para a mão dele na foto, com as linhas saltadas das veias. — Está desidratado.

Ele sorri, franzindo o nariz.

— Valeu pela preocupação, vou dar um jeito nisso.

Não tenho orgulho, mas pesquisei no Google *como saber se um garoto gosta de você* algumas vezes nos últimos tempos. As pessoas descrevem vários desses sinais com muitos detalhes, como se tentassem ler folhas de chá.

*Talvez ele só precisasse de uma tutoria. E quem você pensa que é, afinal? Alguém tão difícil de amar, como você espera que...*

Mas aí... tem o jeito que ele me escuta, o jeito que tocou minha mão. O jeito que me traz batatinhas.

Talvez alguém como Jay possa gostar de alguém como eu.

Um pensamento se agita na minha mente durante os dias que se seguem, cada vez mais nítido. Quero escrever um bilhete para ele, mas isso me toma uma eternidade enquanto reflito sobre a coisa mais segura e menos constrangedora que posso dizer.

Então lembro do que Jay me falou no telefone, na noite em que encontrei as cartas e saí correndo para a rua. Como minha pele se arrepiou toda quando ele disse: *gosto de conversar com você.*

Então escrevo em uma ficha catalográfica:

Também gosto de conversar com você.

Enfio o papelzinho nos vãos do armário dele, junto com a Polaroid das nossas pernas.

Passo o dia todo nervosa, angustiada com o silêncio que se segue.

Não consigo dormir nessa noite e fico encarando o teto, me perguntando o que Jay achou do bilhete. Preocupada, pensando se deixei as coisas estranhas. Lembrando de cada coisa ruim que já fiz.

Desenterro o suéter de Jay do fundo da mochila e o visto. Ainda tem o cheiro dele e isso de alguma forma me ajuda a cair no sono.

Às 5h45, acordo em pânico, morrendo de medo de que minha mãe me veja com o suéter. Então salto para fora da cama e o coloco de volta em seu esconderijo, antes que ela acorde.

# DEZENOVE

— **Que bom que você veio** — diz Suzy enquanto toca a campainha da casa de Alex. — Tava com saudades.

Sinto uma pequena pontada de culpa. Talvez ela esteja sendo sincera.

— Sinto que as pessoas andam falando de mim ultimamente — comenta Suzy, brincando distraída com as cordinhas do moletom que está vestindo. Deve ser de Alex, cinza com FUTEBOL RHS escrito em letras verdes na frente. — Ontem, quando fui ao banheiro, umas meninas só cortaram a conversa super-rápido e saíram correndo.

— Você é famosa agora. Tem um monte de admiradoras do Alex de coração partido por aí.

Ela me olha de soslaio. Será que acha que estou falando de mim mesma?

— Mas não eu! Nem lembro por que gostava dele, pra ser sincera.

Merda, isso não saiu legal.

Suzy parece um pouco magoada, mas então Alex abre a porta, a abraça e nos convida para entrar com um gesto.

A sala de estar é um pouco caótica, com revistas e caixas não abertas da Amazon sobre a mesa de centro, carpete verde--ervilha de parede a parede e mobília que parece estar aqui há décadas. Vejo um monte de gente da escola espalhada por dois sofás, algumas poltronas e pelo chão.

Jay está deitado em uma poltrona reclinável, conversando com Ted e assistindo a um anime na TV, sem prestar muita atenção — algo sobre corridas.

— Olha quem chegooou! — exclama uma garota loira no sofá, dando tapinhas no espaço vazio entre ela e Alex. A garota se inclina para cutucá-lo. — Mano, eu amo essa menina, vê se não estraga tudo dessa vez!

— *Beth!* — esbraveja Alex, mais estressado do que eu esperaria.

Suzy vai até os dois, e eu continuo parada com cara de idiota perto da porta, olhando dela para Jay sem parar. Minha amiga já está envolvida na conversa, fofocando com essa tal de Beth como se as duas se conhecessem há anos.

As vozes vão e vêm ao meu redor. Estou à deriva nesta sala com as duas pessoas com quem mais quero conversar, mas muito distante de ambas.

*Falta em você algo que todo mundo tem!*

Não sei para onde ir, mas não posso continuar parada aqui. Então me forço a ir até uma cadeira vazia e me acomodo para observar todos.

Se não fosse tão insegura, estas são as fotos que eu tiraria agora:

Alex radiante ao lado de Suzy, emanando a energia de um golden retriever. Suzy gargalhando de algo que Beth disse, abraçando o próprio corpo. Os rostos animados de Ted e Josh, de braços estendidos, apontando para Kevin enquanto discutem sobre os detalhes de uma história que estão tentando contar ao mesmo tempo.

Queria não estar tão ciente da presença de Jay aqui perto, nas margens do meu campo de visão. Ele parece inquieto enquanto sacode a perna. Não era o que eu esperava, já que este lugar é como uma segunda casa para ele.

— Meu pai vive dizendo que eu preciso arranjar um emprego, esse é o meu problema — exclama Ted no final da história. — Suzy, como é isso?

— Isso o quê?

— Ter ética de trabalho! Ninguém aqui sabe.

Ted e Alex riem, e eu olho para Jay, que tem uma expressão vazia.

*Espera, então… eles não sabem sobre o trabalho de Jay?*

Alex desliza no sofá e se senta no colo de Suzy.

— Uff, garoto, você é pesado!

Ela finge se esforçar para tirá-lo de cima dela e Alex a envolve com os braços.

Eu me pergunto se poderia ter algo assim com alguém. Doeria demais, acho, pensar que posso e descobrir que estou errada. Então não deveria me permitir pensar nisso.

Tento prestar atenção no anime na TV. O motor do cara explodiu enquanto corria e ele está sentado sozinho na escuridão na beira da pista. Então um guincho chega e…

— Pai! — exclama o cara, surpreso pelo homem ter aparecido para ajudá-lo.

No caminho para casa, o pai diz que o motor não tem conserto e, para minha surpresa, o cara começa a chorar. Ele deve ser muito apegado ao carro.

O pai estende o braço, põe a mão na cabeça do filho e diz:

— Não é culpa sua.

Meu rosto esquenta, como acontece sempre que eu sinto os olhos lacrimejarem, de um jeito repentino e de dar raiva, toda vez que há um momento de carinho entre membros de uma família nos filmes.

Olho de soslaio para Jay e ele está fazendo uma careta como se tivesse acabado de comer limão.

O quê…

Ele se levanta e vai para o corredor. Espero alguns instantes, me certificando de que ninguém está prestando atenção, e vou atrás dele.

Jay está parado perto do banheiro, com a cabeça inclinada para trás, piscando bastante. Com certeza tentando não chorar.

*Ah.*

Passei esse tempo todo pensando que ele era muito melhor do que eu. Mais forte, capaz de lidar com tudo. Que a vida não o incomoda do jeito que me incomoda.

Mas ver a mesma coisa o afetar...

Talvez sejamos mais parecidos do que eu pensava.

Então Jay me vê e cobre o rosto com as mãos.

— Meu Deus, por favor, vai embora.

— Você tá...

Ele acena uma das mãos, com a outra ainda cobrindo o rosto.

— Não tem nada acontecendo aqui! — acrescenta em tom de brincadeira.

Não sei o que dá em mim, mas chego mais perto e o abraço de lado. O corpo dele enrijece a princípio, mas então Jay relaxa, coloca as duas mãos em um dos meus braços e aperta. Depois recua para fora do abraço e enxuga o rosto com as costas da mão, impaciente.

É como se eu pudesse ver a vergonha emanando dele, na forma como está se portando. Vem queimando, de algum lugar dentro dele.

Jay funga e força um sorriso.

— É uma resposta física involuntária, tá?

— Que papo é esse? Vai fazer medicina, por acaso?

Posso até imaginar Jay sentado em sua escrivaninha tarde da noite, pesquisando palavras que pode dizer a si mesmo para fazer o choro parecer clínico e inofensivo.

Ele passa a mão no rosto.

— Não me julga.

Ele está com medo de que *eu* o julgue? Passo tanto tempo preocupada com o oposto que a ideia me soa estranha.

Jay apoia as costas na parede e desliza para se sentar.

Faço o mesmo e ficamos olhando para a frente juntos, como se estivéssemos no carro.

— Eu… pisei na bola ontem. Esqueci que dia era e deixei a Gemma na escola por, tipo, duas horas sozinha.

— Você tá dando o seu melhor.

— Sabe o que ela falou pra mim? *Não dá pra contar com você!*

— Ela é novinha. E você é um bom irmão.

Jay vive tão estressado e estou piorando as coisas. Forçando--o a ficar acordado até tarde, dirigindo em círculos comigo.

— Talvez a gente deva parar! — deixo escapar. — A gente não tem que… fazer mais isso. Se for muito pra você.

— O quê? — Ele parece um pouco apavorado. — Por quê? É isso que você quer? Você sente que… não precisa mais de aulas?

— Não é isso que… Não! Já me viu dirigindo? Eu sou péssima. — Abraço os joelhos e olho para Jay de relance. — Só tô preocupada com você.

Jay suspira e apoia a cabeça na parede. Então ele se deixa tombar lentamente para o lado, até encostar a cabeça no meu ombro. Meu mundo inteiro se reduz àquele ponto onde o peso dele pressiona o meu corpo. Jay está tão perto que consigo sentir o cheiro do cabelo dele, traços de xampu de menta. O simples ato de respirar fundo ocupa por completo os últimos dois neurônios que me restam.

Ficamos sentados assim em silêncio por um tempinho, encarando o papel de parede floral antigo e os montes de fotos emolduradas na parede oposta. Há uma de Jay e Alex quando pequenos, parados no campo, o sol da tarde baixo nas árvores atrás deles.

— Olha só pra você! — Aponto. — Que fofinho.

Ambos deviam ter mais ou menos doze anos na foto, suados e com sorrisos largos. Alex está com o braço ao redor dos ombros de Jay, cujo cabelo parece ter sido cortado com uma tigela.

— Sabe, acho que fiquei surpresa… — admito, baixando a voz a um sussurro. É estranho falar quando cada palavra faz a cabeça dele se mexer. — Parece que… os seus amigos não sabem do seu trabalho?

Jay bufa.

— E quanto a você e a Suzy?

— O que tem a gente?

Minha voz soa mais defensiva do que eu queria.

— É só que… você meio que se esforça muito pra não contar as coisas pra ela.

— É complicado.

— Ok. Entendi. Claro.

Então passos se aproximam e eu me levanto, atrapalhada, e Jay faz o mesmo.

Suzy aparece no corredor e suor brota sob minha camisa enquanto ela olha para nós dois, confusa.

— Aqui é… a fila pro banheiro?

— Hã, é sim — responde Jay, apontando para a porta do banheiro e olhando para mim, com uma expressão subitamente séria. — Acabou de vagar. Sua vez.

— É, obrigada — digo com um sorriso forçado e me tranco lá dentro.

# VINTE

**Passo a semana inteira** pensando na cabeça de Jay sobre o meu ombro. Meu coração pulsa no ritmo do seguinte pensamento: *Alguma coisa vai acontecer. Está rolando algo aqui. Não pode ser só minha imaginação.*

Esta noite, dirigimos mais do que antes. Jay me direciona a outro ponto aonde ele costumava ir nos verões, quando queria ficar sozinho para pensar. A escuridão aumenta conforme adentramos a floresta — há apenas uma fina lasca de lua no céu, minguando rumo ao nada. Se eu não confiasse tanto em Jay, acharia isso uma péssima ideia.

Quando estamos quase na antiga ponte na fronteira da cidade, ele me diz para entrar no acostamento e estacionar.

Jay caminha até a ponte e se senta na passagem para pedestres da lateral, então eu me junto a ele — apoiamos os braços no guarda-corpo e ficamos com as pernas penduradas na borda. Abaixo dos meus pés, não há nada. Uma longa queda até os trilhos do trem que eu sei que estão lá, mas mal consigo ver.

Minha mãe tem uma implicância com pontes, como se nunca confiasse que não vão desabar. Toda vez que precisa passar por uma, ela fica tensa, segura o volante com força e repete baixinho: "Tudo posso Naquele que me fortalece." Ela provavelmente nunca vai parar de fazer isso, mesmo que a gente não volte para a igreja.

Mamãe sempre tem São Cristóvão olhando por ela no medalhão preso ao quebra-sol. O santo padroeiro dos viajantes. Perfeito para ela, que vive no trânsito, sempre indo a algum lugar, sem nunca chegar de verdade. Olhos fixos adiante.

Jay se joga para trás no concreto, com os braços cruzados sobre o peito.

Ele dá tapinhas no chão ao lado de si.

— Vem, você não tá vendo as estrelas.

Então eu me deito, extremamente ciente dos centímetros que nos separam, e encaramos os pontinhos de luz na escuridão acima.

— Às vezes você não sente que quer coisas demais? — pergunta Jay de repente.

— Como assim?

— Acho que… as pessoas contam comigo e eu as decepciono… — Ele deixa as palavras morrerem e o silêncio se expande. Ao longe, uma coruja pia. — E eu quero muitas coisas que não posso ter.

Me sinto tão agitada — estou perto dele, mas ainda distante, me perguntando o que raios está rolando.

Passo tanto tempo encarando as estrelas que elas começam a virar borrões, e *em cima* começa a parecer *embaixo*. É como se eu estivesse diante de um trecho interminável de água escura e pudesse cair a qualquer minuto.

Jay ri, desconfortável.

— Desculpa. Sou o prefeito da Coitadolândia.

Tenho que fazer algumas perguntas a mais só para sentir que estou no controle de mim mesma outra vez.

— O Alex ao menos sabe do seu trabalho?

Jay solta um suspiro surpreso.

— Existem diferentes tipos de amigo, tá bom? Ele… sabia que meus pais brigavam bastante. Depois de um certo ponto, eu só… não queria contar pro Alex coisas que ele talvez não entendesse. Mas… ele aparece quando eu preciso, sabe? Quando a gente chegou com o caminhão da mudança, ele tava bem ali, pronto pra descarregar as coisas.

Jay fica em silêncio por um tempo, enquanto o frio do concreto penetra minhas roupas. Fico me perguntando se o deixei chateado.

Ele suspira.

— Você quer mesmo saber por que não falo sobre o meu trabalho?

— Quero. Claro que quero.

Ele faz outra pausa longa.

— Eu... era meio que um merdinha antes da Candace ir pra faculdade. — A voz de Jay está mais rouca agora, tensa. — Quando ela parou de falar com a gente, tive que criar juízo, porque era ela quem cuidava de um monte de coisas lá em casa. E eu também queria compensar por tudo. Por como eu era antes. Por ela ter cortado relações com a gente. Pelo meu pai. E este emprego é uma coisa que eu posso fazer. Enquanto todo o resto está desmoronando. Às vezes odeio esse trabalho, mas... também tenho orgulho dele, sabe? É uma coisa que eu posso fazer — repete Jay, com mais firmeza, como se estivesse tentando convencer a si mesmo. — É uma coisa que eu entendo. Significa muito pra mim, eu acho. Não quero dar a ninguém a chance de entender tudo errado.

Fico um pouco tonta com o quanto me identifico com isso.

Ele vira a cabeça na minha direção.

— É por isso que não gosto de falar sobre o trabalho.

Nossos rostos estão tão próximos neste exato momento. Tudo que consigo fazer é encará-lo, enquanto as engrenagens giram à procura da coisa certa a dizer.

— Como... vão as coisas com a sua mãe? — sussurra Jay.

*Por que ele me perguntaria isso agora?*

Bufo.

— Você não vai só me falar pra me esforçar mais?

— Não. — Ele soa muito sério e aperta meu braço por cima da jaqueta. — Não quero que ninguém seja cruel com você.

Um sentimento luminoso e inquieto percorre meu corpo, do peito às pontas dos pés.

Não consigo mais olhar para ele. Meus olhos voltam a fitar as estrelas.

— O que são aquelas coisas sobre as quais você tava falando antes, afinal? — pergunto para o céu. — As coisas que você quer, mas não pode ter.

Jay ergue o tronco abruptamente, me olhando de cima. Embora seja difícil ver a exata expressão dele, o jeito como me encara é intenso, longo.

— Por que você faz *isso*? — O riso de Jay soa meio desesperado, no silêncio. — Você não para de… me fazer *perguntas*, desse jeito. É como se quisesse… me abrir, ver o que tem aqui dentro. Porque você tá entediada ou... ou… sei lá…

Preciso amenizar as coisas, ser engraçada para ele de novo.

— Tipo quando as pessoas abrem a geladeira só pra ver o que tem lá dentro?

— É! Tipo isso. — Jay ri, constrangido, olhando para cima e para longe de mim, esfregando a nuca com uma das mãos.

— Eu perguntei porque queria saber a resposta — digo, seca.

— Bom, alguém já te disse… — Jay se apoia nos braços e ri — …que não se pode ter tudo?

O tom dele é leve, brincalhão, mas uma pequena fagulha de raiva faísca em mim.

— Como se eu *andasse por aí conseguindo o que eu quero* — resmungo entredentes.

Jay solta um suspiro longo.

— Ok, beleza, me pergunta… alguma outra coisa.

Começo a suar frio sob as roupas, porque sei exatamente o que quero perguntar para ele. Sei desde o começo da semana, durante todo o caminho até aqui, em todos os minutos desde que chegamos. Todos os meus músculos estão tensos, como os da minha mãe ao passar por uma ponte.

— Você gosta de alguém? — pergunto.

Ele ri e meu coração murcha.

— O quê?

Merda. Preciso de uma desculpa plausível.

— Somos amigos, certo? — pergunto, tentando manter o clima leve.

— Hã, sim. — Ele soa tão travado agora. — É. Somos amigos.

— Amigos falam sobre essas coisas.

Jay volta a se deitar, olhando para o céu em vez de para mim. Ele parece respirar com mais dificuldade agora, cada vez que exala é quase como um suspiro.

— É só que... não é um bom momento pra eu gostar de alguém — responde.

É uma desculpa. Ele está com muito medo de me magoar. Não sei por que pensei que Jay pudesse gostar de mim.

Começo a me levantar e ele segura meu braço.

— Deedee. Fico muito feliz por sermos amigos.

Jay parece estar falando sério, como se as palavras carregassem peso.

Há tantas coisas que quero falar nesse momento; estou dividida entre o quanto isso significa para mim e o quão mais eu desejo. Mas engulo todas elas, me levanto e volto para o carro sem responder.

# VINTE E UM

**Vamos tirar uma folga** das aulas de reforço durante o feriado de Ação de Graças esta semana e não temos planos de dirigir.

Está tarde, e não consigo dormir. Meu celular diz que são 00h54.

O brilho de faróis atravessa minha janela. Eu me levanto e vejo Jay saindo da garagem outra vez.

Uma das histórias de minha mãe me vem à mente: bolas de fogo flutuantes que aparecem no céu noturno para te confundir. Que te fazem dar meia-volta, esquecer o caminho de casa e se perder a apenas alguns passos do seu destino. (*Kuya Boboy ficou tão confuso que acabou na província mais próxima!*)

Não vou pensar no passado.

Não mais.

Na mão dele no meu braço.

Na cabeça dele no meu ombro.

Nos olhos dele à luz da tarde.

Em nada disso.

Vou tentar ser mais como minha mãe.

Chega de *me deixar triste de propósito*, pensando nas coisas que não posso ter.

Meu aniversário cai no Dia de Ação de Graças este ano. O que é irônico, já que sou *a filha mais ingrata que existe*.

É sempre meio solitário, já que todos estão com suas famílias. Mas que se dane, é um feriado problemático de merda mesmo.

Quando Suzy me buscou ontem, havia um cupcake com uma única vela à minha espera no painel do carro e eu quase caí no choro.

— Tá tudo bem? — perguntou ela. — Você tá deprimida?

— Que pergunta é essa? — perguntei, com a boca cheia de cobertura.

— Sei lá, você anda meio… diferente ultimamente. Tentei pesquisar umas coisas sobre isso.

Então Suzy mudou de assunto e começou a falar sobre como está nervosa porque vai conhecer os pais de Alex quando for para a casa dele para o jantar de Ação de Graças.

O dia se arrasta, tenso e silencioso, como sempre. Tiro um cochilo antes do jantar e, quando acordo, encontro um envelope na minha escrivaninha, com a caligrafia da minha mãe em canetinha na frente:

*Feliz aniversário. Você é uma adulta agora. Não sei o que você quer.*

Quero que você volte a me contar histórias como fazia antes! Quero que você me diga que não sou tão ruim.

Espio o interior do envelope e há dinheiro aninhado lá dentro.

É para parecer um gesto de amor, então por que não parece?

Acho que sei o que mamãe diria. Que, se você estivesse morrendo de fome, isso pareceria amor. Que *você tem uma vida boa demais*.

Se esforce mais! Sinta-se amada!

Minha mãe está na cozinha, requentando o frango da rotisseria que comprou alguns dias atrás, nossa tradição de Ação de Graças.

— Dá menos trabalho e tem um gosto melhor mesmo — dizia ela quando eu era pequena e sentia que estava aprendendo um importante segredo da vida.

Coloco a salada que fiz mais cedo na mesa, uma receita com presunto em cubinhos, ervilhas e macarrão que aprendi no primeiro ano em um exercício de levar para casa sobre comidas de Ação de Graças. No mesmo ano em que minha mãe foi para o Dia de Levar Sua Mãe Para a Aula e o Dia de Levar Seu Pai Para a Aula. Sempre trabalhando em dobro.

Minha mãe não se cansava dessa salada, então comecei a prepará-la todo ano.

Agora, ela abre a lava-louças e faz um som de desgosto.

— Eu te avisei pra lavar antes!

A voz dela atravessa a névoa do meu cérebro, do jeito que poderia atravessar qualquer coisa. Poderia fatiar, picar e flambar. Daria para vendê-la em um programa de TV matinal.

— Desculpa.

Estou tentando ser boa e não responder. Ou talvez eu não consiga ser boa, mas quero pelo menos não piorar as coisas.

— Se for pra fazer tudo errado, é melhor nem fazer!

Mamãe tira as louças da máquina e as empilha no balcão, fazendo barulho.

— Deixa que eu...

— Você já fez o bastante!

Ela está agitada quando nos sentamos para comer.

— Não faça essa cara triste!

Forço um sorriso e minha mãe estala a língua.

— E não me venha com esse sorriso falso também! Ando trabalhando tanto que deveria poder finalmente *relaxar* agora, e aí... — Ela acena na minha direção. — *Aí vem você com essa sua cara triste, estragando tudo!*

De repente, sinto tanto cansaço que acho que não conseguiria encontrar as palavras para responder nem se quisesse. Só quero dormir.

— Sendo que você tem tudo isso! — A mão dela indica toda a sala. — Se isso é difícil pra você, como é que você vai aguentar lá fora, hein? Do que você é feita? Como você vai sobreviver?

Minha mãe sai da sala e volta alguns minutos depois com um espelho de mão. Ela o coloca na frente do meu rosto e eu recuo.

— É sério! Quem ia querer voltar pra casa e ver *isso*? Não é carinhoso, não é agradável, só… está *ali*, o tempo todo! Todos os meus dias, como um castigo!

A sala ondula, perdendo a forma. Estou chorando. *Por que estou chorando? Qual é o meu problema?! Pare pare pare pare pare!*

— Igualzinha ao meu pai, sempre sentindo pena de si mesma — resmunga minha mãe baixinho.

Levanto a cabeça de repente.

— O que a senhora falou?

Minha mãe põe o espelho virado para baixo sobre a mesa, vai até a pia e se serve de um copo d'água.

— A senhora falou…

— *Esqueça!* — exclama minha mãe, balançando a cabeça.

Voltamos a nos sentar para comer, mas acho que fico retraída demais, perdida na neblina da minha mente.

— Ótimo, não vai comer?! — Mamãe se levanta com meu prato e raspa o resto do meu frango no lixo. — *Pronto*, você me fez desperdiçar comida, está satisfeita?

Sinto que algo apunhala minhas entranhas, porque ela me educou para saber que desperdiçar comida é ainda pior do que sentir pena de si mesmo.

— Só vá pro seu quarto! — ordena minha mãe, então corro para o andar de cima.

Debaixo das cobertas, vejo as mensagens não lidas de Suzy perguntando se quero ir a uma festa na casa de Kevin.

Suzy Jang: a gente tem que ir arrumada

Suzy Jang: é uma tradição que o kevin começou

Suzy Jang: a "festa formal de inverno" dele

Suzy Jang: não sei qual é a graça mas o alex tá animado por algum motivo

Enterro a cabeça no travesseiro, sentindo o dobro de inveja. Suzy com o namorado no Dia de Ação de Graças, de mãos dadas, passando o purê de batatas. Voltando para casa e encontrando as sobras de frango frito feito pelo pai guardadas na geladeira, os pais e irmãos assistindo a um filme juntos no sofá.

E aqui estou eu: com um trágico crush não correspondido, uma mãe que me odeia e uma coxa de frango comida pela metade jogada no lixo.

Abro o Instagram para tirar o gosto amargo da boca e vejo uma foto de Suzy postada no começo da semana — Beth com o braço ao redor dela em uma festa, as duas de copos erguidos, se acotovelando, rindo.

Ok, já deu de ficar acordada por hoje!

Durmo por um tempo. Não sonho.

Mas acordo de novo por volta de uma hora, quando meu celular vibra.

Jay Hayes: o que você tá fazendo agora

*Ai, meu Deus.* Claro, bem normal um amigo mandar uma mensagem dessas a uma da manhã. Bom. Não tenho mais que impressionar ele.

Deedee Walters: chorando

Jay Hayes: chorando mesmo?

Deedee Walters: adivinha

As reticências vão e vêm.

Jay Hayes: quer dar uma volta?

Isso não é coisa normal de amigos, *Jason*!

Mas, em vez disso, respondo:

Deedee Walters: claro

Saio de casa e encontro Jay na entrada da garagem dele. É meio surreal estar aqui fora com ele de novo, na imobilidade que engole tudo.

— Você parece triste.

Quero gritar: *Não pareço não!* Ou talvez: *O que você quer de mim?*

Em vez disso, cubro o rosto com as mãos e digo:

— Então é só não olhar pra mim.

— Vem cá — chama Jay e me puxa para um abraço. O que, tecnicamente, pode ser uma coisa que amigos fazem, eu acho? Claro, tanto faz. Está tudo bem.

Pressiono o rosto no tecido da jaqueta dele. Tem cheiro de frio e de algo seco e limpo, como o ar da manhã.

— Quer dirigir? — pergunta Jay.

— Nem fodendo.

O jeito que uma risada irrompe dele quase faz eu me sentir melhor.

Deslizamos pelos bosques escuros e partículas flutuantes na estrada refletem as luzes dos faróis. Depois de um tempo, o jeito como me senti durante o jantar vai indo embora.

— Se você pudesse ir pra qualquer lugar agora — pergunto —, pra onde ia querer ir?

— Isso é um teste de personalidade? — provoca Jay. Mas, antes que eu possa retrucar, ele responde: — Nova York.

Isso me faz pensar na foto na minha mesa de cabeceira e no jeito como minha mãe se fecha quando pergunto sobre a vida dela antes de mim.

— Por que Nova York?

— Gosto da sensação de lá. A energia caótica. Tá todo mundo tão focado nas próprias merdas que ninguém fica se perguntando sobre você. É como se eu pudesse ser o que eu quisesse lá.

Me sinto tão terrivelmente próxima dele desse jeito. Na escuridão, é como se nossos corpos desaparecessem e estivéssemos só flutuando juntos. Espíritos se encontrando para bater papo.

Passamos por algumas casas com as luzes dos alpendres acesas, interrompendo a escuridão.

— Você já foi pra Nova York?

— Já, ano passado. Pra visitar a Candace. É... — Jay engole em seco, como se tivesse acabado de se lembrar que não deveria estar falando dela. — É lá que ela mora agora.

Fazemos as curvas familiares pelo bosque, até chegarmos ao estacionamento perto da lagoa. Voltamos para onde começamos, mas o lugar parece diferente esta noite, quase sem luar. O brilho alaranjado do poste é mais forte, mais pronunciado. Não consigo ver as árvores do outro lado da água.

Jay solta um suspiro longo e estende os dedos sobre o volante.

— Olha, então... não respondi sua pergunta muito bem, daquela última vez. Quando você perguntou se eu gosto de alguém. — Os olhos dele se voltam para mim antes de baixarem para as mãos, os cílios escuros tremulando como uma borboleta inquieta. — Tem... uma outra coisa que eu queria falar. Sobre isso.

Sinto a pele toda arrepiar.

— O quê?

Alguns galhos esqueléticos atravessam a poça de luz, estendendo-se na direção do céu. A imagem me lembra um raio-X de pulmões que vi certa vez, e imagino os meus agora, expandindo, contraindo. Tentando parecer normais e calmos.

— Antes de a gente se mudar pra cá... — Jay suspira. — Nunca contei isso pra ninguém. Mas você parece saber guardar segredo.

Ele respira fundo, e as palavras saem apressadas, atrapalhadas.

— Meu pai tava traindo minha mãe. E... eu sabia, mas não sabia se contar pra ela ia piorar as coisas. Eu só queria evitar essa história, não pensar no assunto. Tentei não ficar muito em casa, passava bastante tempo com a minha namorada. Aí voltei pra casa um dia e... mais tarde, todo mundo disse que foi um acidente. O médico dela prescreveu um remédio pra dormir, eu acho, mas... minha mãe tava no chão, desmaiada, e... — Jay engole em seco, com dificuldade. — Sinceramente, nunca senti tanto medo na vida.

Os galhos do lado de fora estalam quando uma rajada de vento passa por eles.

— Então terminei com a minha namorada. Falei pra mim mesmo que não podia me distrair. Eu tinha que *estar lá*. Ser *responsável*. — A voz dele está trêmula. — Acho que é por isso que sinto que não posso me dar ao luxo de gostar de alguém.

— Sinto muito por isso ter acontecido com você — digo, a voz carregada, com muitos sentimentos lutando dentro de mim. De uma vez só, estou tão exausta. É como se algo tivesse acabado de colidir com força no meu peito e eu precisasse me deitar. — Jay, por que... por que você tá me contando isso agora?

Ele parece congelado por um segundo, perplexo.

— Acho melhor eu voltar — sussurro.

Passamos todo o caminho de volta em silêncio, como se ele ainda estivesse tentando encontrar a resposta.

Jay estaciona na entrada da garagem dele e estou quase dentro de casa quando ele exclama:

— Você deveria vir jantar aqui!

A expressão de súplica em seu rosto e o quão ofegante ele soa... não consigo processar o que Jay está dizendo.

— Minha mãe queria que você viesse — acrescenta. — Pra te agradecer. Por melhorar minhas notas.

O que é que eu devo *fazer* com essa informação? Odeio o jeito como meu coração salta diante da ideia de ir jantar na casa de Jay.

— Vou dar uma olhada na minha agenda — respondo, e fecho a porta com tudo entre nós.

De volta à cama, olho o celular de novo, e há uma mensagem à minha espera.

Jay Hayes: eu te contei porque confio em você

Essa deve ser a coisa mais íntima que alguém já me disse.

Tenho medo demais de tirar um print da mensagem, então a leio mais dez vezes antes de a apagar do celular.

# VINTE E DOIS

**Depois de horas de agonia,** decido o que usar para conhecer a mãe de Jay: uma blusa preta de gola alta e uma calça wide leg laranja-amarronzada. Algo que eu poderia me imaginar usando numa entrevista de emprego ou num sarau, talvez. Depois passo a tarde questionando minha escolha.

É um sábado e disse para minha mãe que iria jantar na casa de Suzy. Ocupada no escritório, ela não ficou muito interessada e me mandou ir logo com um aceno.

Mas mamãe me mataria se soubesse que estou indo para a casa de um garoto. Então viro a esquina, como se estivesse indo para a casa de Suzy e atravesso os quintais de outras pessoas.

Quando chego lá, descubro que o quintal dos fundos da casa de Jay é fechado por uma cerca muito inconveniente.

Jay Hayes: cadê você
Jay Hayes: você se perdeu

Deedee Walters: tô indo pelos fundos

Jay Hayes: ??

Jay aparece bem a tempo de me ver escalando a cerca e me jogando no chão coberto de neve.

— É sempre assim com você, hein? — comenta ele, de ombros trêmulos, oferecendo a mão para ajudar a me levantar. — Nada pode ser simples.

Eu me ergo sem segurar a mão dele.

— Não tira sarro de mim.

— Mas aí como é que eu vou ser feliz?

Entramos, tiramos os sapatos e vamos até a cozinha.

Gemma colide com força total em Jay e abraça seu tronco.

— Me faz um lanche!

Jay meneia a cabeça.

— A gente vai comer daqui a pouco. A mãe fez thịt kho.

A facilidade como Jay diz essas palavras, os sons que sua boca emite de um jeito que eu não conseguiria reproduzir com a minha — por que isso me faz gostar ainda mais dele? Em comparação com o jeito como eu prolongo as vogais de *adobo*, com meus *Os* norte-americanos desajeitados.

— Ughhh, eu tô morrendo de fome! Odeio você!

Gemma sai correndo da sala, batendo os pés nas escadas.

Jay suspira e abre a geladeira. O lado de fora da porta é uma bagunça de lembretes, cupons e desenhos de Gemma, todos fixados com ímãs e unidos com clipes. Não há nada na nossa geladeira lá em casa.

Espio ao redor do ombro de Jay.

— Isso aqui com certeza é assombrado — diz ele, fechando a geladeira e abrindo o freezer. — Fantasmas de todos os vegetais vencidos que eu matei.

— Assassino.

— Eles vão se vingar de mim algum dia.

Jay tira do freezer um pão já cortado, remove o embrulho de plástico e coloca as fatias no forno elétrico.

Meu coração está acelerado só de pensar que a mãe dele vai chegar a qualquer minuto.

Quando o forno apita, Jay coloca o pão em um prato e abre o armário acima da bancada. Frascos de molho de peixe chamam minha atenção. Ele pega um frasco menor com uma etiqueta amarela, com o nome MAGGI impresso em uma bolha vermelha, e derrama o molho sobre o pão.

Vamos para o andar de cima, até a porta do quarto de Gemma, onde Jay bate duas vezes.

— Tem uma surpresa pra você na bancada.

A porta se abre e Gemma passa correndo por nós, um borrão a caminho da cozinha.

— Opa! — exclama uma voz de mulher quando Gemma passa em disparada.

A mãe de Jay está na base da escada, com as bochechas rosadas de frio.

— Ei, crianças, o que tem pra comer? Ah é, nada ainda.

Ela ri da própria piada e tira o casaco de inverno. A mulher é diferente do que eu esperava, com base na última vez que a vi. Algo nela ilumina todo o cômodo — as pessoas devem descrevê-la sempre como "a alegria da festa". A mãe de Jay usa as roupas como se ela se divertisse ao escolhê-las: uma blusa de seda enfiada em jeans skinny pretos e brincos azul-néon contra o corte pixie recente.

Ela tira uma tigela enorme da geladeira e começa a reaquecer a comida no fogão.

O jantar é um ensopado de porco caramelizado e ovos, quente e aconchegante, e caldo por cima do arroz. A neve cai do lado de fora da janela, e Gemma come como se não houvesse amanhã. Jay ri de uma história que a mãe está contando, interrompendo-a como se os dois fossem amigos. *Não, mas você... Espera, lembra daquela vez...*

É óbvio que eles se gostam de verdade. As coisas podem ficar difíceis às vezes, mas há um afeto ali que é estranho para mim. É tudo tão insuportavelmente acolhedor com eles ao redor da mesa que quero sair do próprio corpo.

— Deedee, fiquei tão feliz que você ajudou o Jason a tomar jeito! — diz a mãe dele, cutucando-o no braço. — Ele é tão inteligente, merece entrar em uma boa faculdade.

Estou sorrindo, com as bochechas rígidas, querendo que ela goste de mim.

A mãe de Jay gira o copo de água em uma das mãos.

— O lugar onde eu cresci era bem rural, não era muito diverso, sabe? Quando entrei na faculdade, foi tão diferente. Eu fazia parte da Associação de Estudantes do Sudeste Asiático, e a gente organizava noites de cinema... Ah! — Ela procura alguma coisa no celular e o passa para mim. — Jason queria que eu te mostrasse isso.

É o pôster de um filme, em um estilo mais antigo, com um desenho tão realista que poderia ser uma foto. É a cabeça de uma mulher voando pelo céu noturno, de cabelo preto bagunçado e pele pálida como a de um cadáver, com as presas à mostra e ensanguentadas. Do pescoço para baixo, há apenas um amontoado de órgãos e intestinos pendurados, de cor vermelho-tomate, carnudos, nojentos.

— Meu Deus, adorei.

Então as coisas estranhas da minha cabeça não estão sozinhas no mundo. De algum modo, isso faz eu me sentir mais real para mim mesma, mais sólida.

— É um filme tailandês, sobre a krasue. — A mãe de Jay sorri enquanto eu lhe devolvo o celular. — As noites de filme de terror eram as minhas preferidas.

Encontro o pôster na internet para enviá-lo para Suzy e ela responde com uma série de emojis de coração.

A mãe de Jay cutuca o ombro do filho.

— É, ele é um menino tão bom. Bonito igual o pai, também.

Jay suspira fundo e os ombros sobem, mas a mãe parece não notar.

— Acho que ele é bonito do jeito dele.

As palavras simplesmente escapam da minha boca, e então meu rosto esquenta como uma pequena fornalha.

— Claro — concorda a mãe, com um sorriso forçado. — Foi o que eu quis dizer.

Jay está olhando para baixo, tentando conter o riso. Ele se levanta para lavar a louça, e é tão constrangedor ficar aqui que eu não me aguento, então vou atrás dele.

— Vai se sentar — diz Jay, apontando de volta para a sala de jantar com a cabeça.

— Não, deixa eu te ajudar.

De má vontade, ele me passa um pano de prato.

Perto assim, Jay tem cheiro de... alguma coisa amadeirada, defumada. Ele está usando... *colônia*? Ele passou perfume já que eu estaria aqui?

Jay me olha de canto de olho, mas, quando percebe que o estou encarando de volta, desvia o olhar.

— Então. Aquela prova de história tá chegando.

Ele desliga a torneira e seca as mãos.

— Ah é, hã... Preciso dar uma revisada.

— É, a gente podia... — Jay coça a nuca. — Fazer isso. Juntos. Se você quiser.

Da mesa, a mãe dele exclama:

— Olha só pra vocês, tão estudiosos!

— É, hã, vamos lá pra cima — murmura Jay.

Vamos até o quarto dele e Jay fecha a porta.

Minhas palmas estão suando. *Estou no quarto de um garoto! Minha mãe vai ficar sabendo de algum jeito! Ela vai me matar!*

— Sua mãe não liga? — pergunto, apontando para a porta fechada.

Jay dá de ombros. Talvez o fato de ele trabalhar faça com que as coisas sejam diferentes.

O quarto dele é em grande parte uma bagunça — roupas e pilhas de mangá no chão, latas vazias de energéticos amontoadas na escrivaninha —, mas a cama está perfeitamente arrumada, com uma colcha xadrez azul sobre o colchão. Três estrelas que brilham no escuro estão presas a um canto do teto, entre a escrivaninha e a janela. Talvez sejam um lembrete do mundo lá fora para ancorá-lo, tarde da noite, quando ele sente que vai se fundir à tela do computador.

Há uma foto de Jay e Alex emoldurada na pequena prateleira acima da escrivaninha. Uma da mãe com Gemma e… acho que deve ser Candace? E lá estão as nossas Polaroids, coladas na parede perto do notebook aberto.

Aparentemente, faço parte de um clube bem seleto.

Considero as opções de lugares para me sentar — cadeira da escrivaninha, cama, cadeira da escrivaninha, cama — e meu cérebro entra em curto-circuito, então me sento no chão.

Jay ri e se senta ao meu lado. Ele acrescenta o gesto de aspas com deleite enquanto fala:

— Então você acha que eu sou "bonito do meu jeito"?

— Se gabe menos e estude mais. — Estou folheando meu livro didático com agressividade. — Sua mãe é diferente do que eu esperava.

— As pessoas são complicadas. Ela fica brava às vezes, mas… sei lá, acho que se você somar todas as coisas ruins da minha vida, não chegaria perto do que ela já passou.

— É assim que funciona? — Fecho o livro didático com força. — Você disse uma coisa um tempo atrás, na primeira vez que fomos à lagoa. Sobre como o passado pode ser útil. Foi isso que você quis dizer?

— Ah, hã… — Jay belisca o carpete como se estivéssemos em um campo e ele quisesse arrancar algumas lâminas de grama. — Acho que… minha mãe só conta umas histórias. Sobre como passava muito tempo sozinha, enquanto os pais viviam trabalhando. Ela basicamente criou os irmãos. E o pai dela vivia zangado. Meio que explodia, gritava, jogava coisas. Coisinhas pequenas o irritavam.

Essa não é minha história, então por que parece que Jay está entrando dentro de mim e enfiando os dedos na minha espinha?

— Mas, depois de tudo que ele passou, quer dizer… eles eram refugiados. Por pouco não conseguiram vir pra cá. Algumas pessoas que vieram com eles não sobreviveram. — Jay respira fundo e solta o ar outra vez. — Acho que só é bom lembrar que a minha vida é fácil, comparada com a dela.

A vergonha se acende, desabrocha no meu peito.

*Todos os meus dias, como um castigo!*

— Ok, bom... talvez eu não queira entender melhor minha mãe. — Estou sussurrando, mas meu coração para um pouco ao me ouvir dizer isso em voz alta. — Porque aí vou ter que me contentar em me sentir desse jeito pra sempre.

Jay coloca a mão no meu braço e eu me desvencilho dele.

— Desse jeito como?

*Aí vem você com essa sua cara triste, estragando tudo!*

*Quem ia querer voltar pra casa e ver isso?*

— Como se eu fosse *amaldiçoada*.

Jay parece confuso, mas não posso contar a ele, não posso explicar. Uma distração cairia muito bem.

Meus olhos pousam no mangá aberto, virado para baixo na mesa de cabeceira. Eu me jogo na cama e o pego.

E logo ao lado do mangá está o bilhete que escrevi para Jay. *Gosto de conversar com você.* Como se ele quisesse que essa fosse a primeira coisa que visse ao acordar.

Não consigo pensar nisso agora, então viro de costas, segurando o quadrinho aberto sobre a cabeça. Alguns quadros de um carinha acelerando o carro por um desfiladeiro em uma montanha.

Jay sobe na cama e tenta pegar o mangá.

Ele está rindo, e começo a rir também, segurando a revista na lateral da cama, longe dele, então Jay precisa se esticar por cima de mim para pegá-la.

— Mas o que é que tá *rolando* agora? — questiona ele.

— Esse é o mangá daquele...

*Daquele anime que te fez chorar.*

Jay pega o mangá e o arremessa para o outro lado do quarto.

E então talvez ele sinta o cansaço nos braços, porque se joga em cima de mim, com o rosto enterrado no meu ombro.

— Me deixa em paz — resmunga Jay, com a voz abafada.

Ele está, hã, deitado em cima de mim. Meio contraditório.

Meu coração bate com tanta força que deve estar fazendo a cama tremer.

— Acho que sei por que você chorou — digo entredentes, encarando o teto. Talvez eu o queira magoar um pouco agora. — Aquele dia na casa do Alex.

— Será que a gente pode não falar sobre a vez que eu chorei em público sem motivo algum, por favor? — pede ele no meu ombro. — Agradeço o apoio.

— Você só fica falando e falando o tempo todo, tipo, *tá tudo bem, tá tudo bem, tudo bem*. Aí quando você vê como as coisas poderiam ser diferentes, por um segundo… é aí que você desaba.

Jay ergue o tronco, se apoiando nos antebraços, e chega muito perto, com os olhos passeando pelo meu rosto. Quero tanto que ele me beije — me pergunto se Jay percebe. Ele torce de leve a boca, como se eu o estivesse fazendo sofrer.

O ar entre nós parece o céu antes de uma tempestade, cheio de energia acumulada, pronto para descarregar.

Não estou nem pensando agora. Estendo o braço e toco a bochecha dele, que está quente contra minha palma. Jay fecha os olhos e pressiona o rosto contra minha mão, como se a estivesse absorvendo, e isso não fosse suficiente.

Então os lábios de Jay encontram os meus, e devolvo o beijo, com a mão atrás da cabeça dele, e nossas línguas se encontram. Nunca senti algo assim antes, uma sensação que viaja por meu corpo inteiro. Para a minha espinha, para o meu coração. Para lugares sobre os quais tenho vergonha de pensar. Cada detalhezinho deste momento parece grande demais, parece engolir o mundo inteiro. A sensação do cabelo dele entre os meus dedos. O gosto dele, de menta e sal e Red Bull. Os lábios levemente rachados.

Uma onda de alívio me atinge porque passei muito tempo desejando isso.

Então a mãe dele chama do andar de baixo.

— Jason? Você pode me ajudar aqui?

E ele sai atrapalhado da cama, como se estivesse sonhando e tivesse acabado de acordar com um sobressalto.

— Merda, me desculpa. — Jay leva a mão ao cabelo. — Desculpa! Merda, me desculpa, eu não deveria... eu não deveria ter feito isso.

Odeio como ele soa apavorado.

— Você tá bem? E-eu cometi um erro, eu... — gagueja Jay.

Nunca senti nada mais profundo na minha vida inteira, e ele acha que isso foi um erro.

— Só finge que não aconteceu! — digo, irritada. Há muito calor e pressão atrás dos meus olhos.

Eu poderia ter vivido com esse desejo! Poderia ter escondido o que sentia! Mas agora Jay sabe e eu me sinto incrivelmente estúpida. Saio do quarto e desço as escadas antes que ele possa me ver chorar.

— Deedee, espera! — grita Jay atrás de mim.

Agarro meu casaco e os sapatos. Estou tão brava que nem me importo — vou arriscar sair pela porta da frente.

Enquanto corro de volta para casa, ainda consigo sentir a impressão dos lábios dele nos meus, como as formas que permanecem na sua vista depois que uma luz se apaga.

# VINTE E TRÊS

Jay Hayes: deedee
Jay Hayes: posso falar com você
Jay Hayes: me encontra hoje à noite?
Jay Hayes: por favor

**Horas depois,** estamos estacionados na frente da loja de conveniência, cujo letreiro em néon tinge o interior do carro de um azul suave. Eu me remexo no banco e, através das janelas de vidro da loja, posso ver Jay fazendo uma piada com seja lá quem está trabalhando no turno da madrugada.

As portas deslizantes se abrem para ele e eu volto a olhar para a frente, de braços cruzados, encarando a rua vazia. Jay entra no carro e a sacola plástica farfalha quando ele pega uma lata de café, um energético — sabor maçã verde — e um pacote grande de batatinhas de sal e vinagre.

Cruzo os braços com mais força, então ele fica com as batatas no colo e acomoda o café no porta-copos.

Consigo praticamente sentir Jay me examinando, tentando descobrir o que fazer. Odeio ser um problema para ele resolver.

— Escuta, eu… — Jay suspira. — Aquilo foi…

Conseguiu falar de amenidades com tranquilidade um segundo atrás. Por que não consegue dizer mais algumas palavras na minha frente?

Jay está tão bonito agora que chega a me dar náuseas. Cabelo bagunçado, olhos lindos, boca beijável — *e agora eu sei disso, não é só na teoria!* Mas, mais do que isso, me sinto *amolecer* quando olho para ele. Quero envolvê-lo em um cobertor, abraçá-lo com força quando ele estiver triste. Fazer mais perguntas estranhas para poder ouvir as respostas estranhas dele. Fazê-lo rir todos os dias da minha vida.

É insuportável. Faz eu me sentir vulnerável.

Jay ergue as mãos e as deixa cair no colo de novo.

— Quer dirigir?

— Pode ser.

Talvez isso me ajude a sentir alguma outra coisa agora.

Trocamos de lugar e eu ajusto os espelhos e coloco o banco mais perto do volante, aumentando o tempo em que não preciso olhar para ele.

Eu estava errada a respeito de Jay. Ele não gosta de mim desse jeito. Talvez tenha se confundido, por um segundo, mas ele mesmo disse: *Foi um erro!*

Jay pigarreia.

— Só esquece, tá bom? — esbravejo, ainda mexendo no espelho. — Foi um beijo. Não é nada de mais.

— Acho que... eu só pensei que... você... — Jay umedece os lábios, e seu pomo de adão sobe e desce, a pele tingida com um tom melancólico de azul. — Pensei que você... e eu só... agora não sei se consigo...

— Quem falou que eu *quero* que você seja alguma coisa? O que te faz pensar que eu sequer *gosto* de você?

Jesus, por que eu disse isso? É como se a voz da minha mãe tivesse saído da minha boca.

A expressão de Jay parece um pouco como se ele tivesse acabado de levar um soco no estômago.

Mas não tenho tempo para pensar nisso, porque bem nessa hora vejo, por cima do ombro dele e através da janela, a Mercedes bege usada da minha mãe passando pela rua.

Tudo desacelera. Jay está dizendo alguma outra coisa, mas não consigo escutá-lo. Com o coração pulsando na garganta, ligo o carro e manobro para fora da vaga.

— Hã... O quê... — balbucia Jay.

Saio com o carro e sigo minha mãe, pisando no acelerador para alcançá-la.

— Aonde você...

— Aquela é minha mãe — respondo, irritada. — Ela vai pra algum lugar. Tarde da noite, algumas vezes por semana. Eu ando... — Suspiro. — Foi por isso que eu quis que você me ensinasse a dirigir.

Ela está entrando na via expressa, muito adiante, e as luzes dos faróis traseiros da Mercedes desaparecem na curva. Vou perdê-la de vista.

— Ei, cuidado na curva!

Jay agarra a maçaneta da porta.

Entramos na via expressa vazia e tiro o pé do acelerador.

— Queria fazer alguma coisa a respeito dos meus problemas — digo, mantendo os olhos fixos nos pontos vermelhos de luz adiante. — Porque não consigo respostas sobre ela só perguntando. E... você falou que eu deveria tentar entendê-la, então...

— Hããã, eu definitivamente não falei pra fazer... seja lá o que for isso.

— Beleza, pode me julgar, sr. Filho do Ano!

— Nossa. *Nossa.*

Ele se inclina para o lado, arfando, como se a situação fosse engraçada para caramba.

A floresta escura passa zumbindo por nós dos dois lados, já que as pistas estão vazias.

Não quero pensar sobre o que ele estava falando ou o que isso me faz sentir. E, se não posso ter mais de todas as coisas que eu quero, talvez possa pelo menos conseguir algumas respostas. Algum sinal de que há mais nessa história do que apenas eu ser ruim, eu estragar coisas boas e ser tudo culpa minha.

Estamos atrás dela agora, à distância de alguns carros.

— Você tá dando muito na cara — comenta Jay. — Ela vai perceber.

— O quê? Agora você vai me ajudar?

— Quando é que eu *não* te ajudei? — Ele bufa e gesticula na direção do para-brisas. — É melhor você recuar um pouco.

Tiro o pé do acelerador e o carro dela desliza adiante, ainda visível, mas não perto.

Postes de iluminação passam em lampejos por nós, e a luz do carro vai e vem, com a lua meio encoberta acima. A via expressa se expande em duas pistas, depois três, depois quatro.

Jay encara a rua, sem falar. Está de braços cruzados sobre o tronco, como se estivesse com dor de estômago.

— Você pelo menos… — Ele solta um suspiro rouco. — Então o objetivo disso tudo era… na verdade só *isso*, o tempo todo? Ver pra onde a sua mãe vai?

O momento em que ele disse *eu cometi um erro* e a vergonha flamejante que eu senti não param de se repetir na minha cabeça.

— É. Era só isso. — Aperto os dedos ao redor do volante. — O tempo todo.

Então Jay fica quieto, em um silêncio arrasado, enquanto aceleramos juntos noite adentro outra vez.

# VINTE E QUATRO

**O carro da minha mãe desacelera adiante** e ela liga a seta. Saímos da via expressa e mantenho o veículo o mais longe que consigo sem perdê-la de vista.

Ela entra em um estacionamento e eu dou a volta no quarteirão, parando no centro comercial depois que minha mãe já entrou.

Há um letreiro de néon brilhando em cor-de-rosa, que anuncia um karaokê 24 horas.

Então é para cá que ela vem? Será que ela encontra alguém aqui?

Solto o volante e flexiono os dedos doloridos.

Não há muitos carros aqui. Acho que não é tão popular a esse horário, mesmo em uma noite de sábado.

— E aí? — Jay quase parece estar se divertindo, de um jeito distante. — E agora?

— O que *você* tem com isso?

Ele dá de ombros.

— Acho que já me meti nessa história.

Saio do carro e vou até a porta da frente enquanto Jay me segue. Não há sinal algum de minha mãe pelo vidro — só um balcão de recepção e um corredor que leva às salas.

Abro a porta e congelo quando a pessoa na recepção me cumprimenta.

Mas Jay intervém por mim.

— E aí, como é que vai? É nossa primeira vez aqui. Há quanto tempo vocês tão funcionando?

Acho que essa é a praia dele, bater papo com estranhos.

Enquanto eles conversam, atravesso o corredor, ouvindo as músicas que vêm das portas, sentindo o medo subir como a água de uma enchente.

E minha garganta aperta quando ouço a voz da minha mãe do outro lado. Eu me agacho, para que ela não consiga me ver pela janelinha, e escuto.

Levo um tempo para reconhecer a música, mas então me lembro, em um lampejo, quando ela chega ao refrão: mamãe a cantava junto com o rádio, às vezes, quando eu era criança e estávamos dirigindo pela cidade. Ela dizia que a música lembrava meu pai.

Uma tristeza profunda me toma.

Então Jay aparece ao meu lado, espiando pela janela por um segundo, depois desviando. Outra coisa que tive medo de fazer.

— Tem alguém com ela? — pergunto.

— Ela tá sozinha.

Sou tão idiota. Não tem mistério nenhum. Nada para descobrir.

Só eu, minha mãe e a solidão dela. Como eu sou ruim e como tudo é tão imperfeito.

Jay aponta com a cabeça para a janela.

— Então ela faz isso porque não consegue dormir?

— Acho que sim.

É claro que minha mãe não está escondendo nada importante. Ela só está... triste? Inquieta? Precisando dar um tempo de mim?

Estou tão decepcionada. Se houvesse um mistério para resolver, com pistas e uma resposta no final, talvez tudo pudesse ser diferente.

A música para, e há sons de movimento do outro lado da porta. Jay se levanta de novo, espiando pela janelinha.

— Ah, merda. *Corre!*

Disparo pela porta da frente, com Jay logo atrás de mim.

Mas, do lado de fora, o carro está muito longe, do outro lado do terreno. Ela vai nos ver. Dois adolescentes correndo, suspeito para caramba.

Jay e eu devemos perceber isso ao mesmo tempo, porque ele me empurra para um recuo ao lado da porta, bem quando um sininho toca e minha mãe sai.

Jay está me cobrindo com o corpo, as palmas pressionadas contra a parede, o concreto cinza tingido de rosa-salmão pelo letreiro néon. O peito dele sobe e desce a uma fração de centímetro do meu, respirando com cuidado. Jay faz força para manter a cabeça virada, então estou encarando sua bochecha, seu pescoço.

Minha mãe está inclinada sobre carro, procurando alguma coisa, com a luz do teto acesa. Há tantos sentimentos acumulados e caóticos no meu peito. Tenho medo de ser pega, medo do que Jay está pensando neste momento. Ele está tão perto que posso sentir seu cheiro — não apenas do sabonete, a brisa do oceano, mas o cheiro dele de verdade, debaixo disso. O aroma que não tenho palavras para descrever, que emana euforia e segurança ao mesmo tempo. Sinto um desejo irresistível de pressionar os lábios no músculo tenso logo abaixo da mandíbula dele.

— Ela já foi? — sussurra Jay.

— Ainda não.

Mas então minha mãe encontra seja lá o que estivesse procurando, porque desliga a luz, entra e dá partida no motor.

Quando o carro dela entra na rua e some de vista, eu finalmente digo:

— Beleza. A barra tá limpa.

Jay dá alguns passos para trás e solta um longo suspiro, esvaziando os pulmões. Ele coloca as mãos nos quadris, com os cotovelos para fora, como se tivesse acabado de correr um quilômetro.

Esfrego meu braço, tentando me acalmar.

— Por que você fez aquilo?

— Sei lá, instinto? — Ele soa irritado agora. — Me dá as chaves, por favor.

Jay parece farto de mim quando eu as solto na mão estendida dele.

— Mas ela...

— Escuta, eu não vou correr atrás dela até em casa. A essa altura, a gente vai chegar depois de qualquer jeito. Melhor não chegar ao mesmo tempo que a sua mãe. — Ele enfia as chaves no bolso, pega a carteira e olha lá dentro. — Já que a gente veio até aqui, vou cantar um pouquinho, pelo menos.

Acho que Jay deve perceber minha expressão de pânico, porque fecha os olhos outra vez e suspira.

— Vai ser só uma música. Você pode esperar aqui ou vir comigo, pra mim tanto faz.

Então ele vai embora, de volta lá para dentro, com a sineta ressoando às suas costas.

O que mais posso fazer? Vou atrás de Jay.

As luzes são fracas aqui dentro e estamos banhados pelo brilho azul sutil da tela enorme que aguarda nossa escolha.

Jay leva um tempo passando pelas músicas, de costas para mim, como se estivesse tentando fingir que não estou aqui. Então ele para em uma faixa e solta o ar, o resquício de uma risada. As palavras *Dancing in the Dark* aparecem na tela. A música nos rodeia, com batidas rápidas e sintetizadores dos anos 1980.

Palavras surgem na tela e Jay murmura no microfone, com a voz rouca e doce. Fico um pouco surpresa, como se, de repente, ele fosse uma pessoa diferente. A voz dele falha e Jay ri de si mesmo.

Então ele solta a voz para valer, de olhos fechados com força e pescoço tenso enquanto berra no microfone, toda a emoção acumulada vindo à tona.

As partes sobre estar cansado.

Sobre estar farto do próprio rosto.

Sobre estar de coração partido.

Jay gira os ombros, como se estivesse tentando se livrar de tudo que pesa sobre ele neste exato momento.

De alguma forma, nessa hora eu simplesmente me dou conta de que é assim que ele é de verdade quando não dá a mínima para como os outros o veem. De que Jay jamais deixaria alguém o ver desse jeito durante o dia.

A voz dele se torna quase um sussurro ao final da música, no mesmo momento em que há um pequeno solo de saxofone, absurdo e meio relaxante a essa hora da noite.

Então a música acaba e ele deixa o microfone no lugar. Fica um minuto encarando a parede.

— Ok — diz Jay. — Vamos pra casa.

O silêncio me deixa muito nervosa durante todo o trajeto de volta.

Jay solta suspiros sem parar. Está me dando nos nervos.

— O que você quer me falar? — explodo, enfim.

Ele respira fundo, depois solta o ar.

— Quer dizer, acho que eu tava errado, mas... por um tempo, eu pensei que você...

Jay hesita, engole a saliva outra vez. Umedece os lábios.

*Fala logo, seu covarde!*

— Foi idiotice. — Ele meneia a cabeça, com a mandíbula tensa. — Talvez seja melhor assim mesmo.

Odeio tudo. Não me importo mais. Quase desejo que minha mãe me pegue no flagra.

Mesmo assim, entro de fininho em casa e tudo está quieto. Do quarto dela, posso ouvi-la roncar. Mamãe deve ter caído direto no sono.

# VINTE E CINCO

Jay Hayes: oi então minhas notas melhoraram. não preciso mais do reforço
Jay Hayes: e parece que você já sabe dirigir bem. tirou de letra a categoria bônus de perseguição em baixa velocidade
Jay Hayes: então acho que tá tudo certo! te vejo por aí

**Não deleto as mensagens logo de cara.** Continuo as relendo, porque elas parecem diferentes a cada vez. Conforme a raiva se esvai e os dias passam, não paro de pensar nele me empurrando contra a parede. Como Jay soou abalado quando minha mãe foi embora e a tarefa do momento acabou. Como pareceu murchar por completo.

A imagem dele surge repetidamente na minha mente: os olhos fechados, a boca aberta, muito focada em soltar o som. Cantando sobre o coração partido.

— Parece que faz uma eternidade que a gente não se vê — comenta Suzy, debruçada sobre o volante ao pegar a rua cheia de curvas colina acima até a casa de Kevin. — Estava com saudades. Desculpa eu estar tão… envolvida com outras coisas.

A casa aparece no horizonte: três andares com um alpendre ao redor e uma pequena torre, amarelo-clara com guarnição branca.

— Se a pintura não fosse tão alegre, eu ia achar que essa mansão era de Detetive — digo.

— Foi o Coronel Mostarda, aquele desgraçado, só pode. — Suzy entra atrás de um Prius na lateral da garagem. — Aff, merda. Você pode pesquisar como estacionar em uma subida e me passar as instruções?

Com os pneus em um ângulo seguro e o freio de mão puxado, subimos o caminho sinuoso. Estou congelando, apertando a jaqueta ao meu redor, de vestido verde com glitter feito de um tecido fininho. E as botas de Suzy, para dar força.

Ela me ajudou a comprar este vestido on-line. Passei um tempo o namorando, porque era o tipo de coisa que eu sempre quis usar, mas nunca pensei que conseguiria. Imaginava que ia me sentir como outra pessoa com ele, aparecendo nesta festa onde Jay provavelmente vai estar. Mas agora as coisas foram por água abaixo e me sinto muito como eu mesma, estranha e como se estivesse brincando de me fantasiar.

Suzy está falando sobre Alex outra vez:

— Todo mundo fica falando que ele nunca namorou tanto tempo assim. Isso faz eu me sentir tão... visível. Mas também... meio que especial? Isso é ruim?

— Hum... Acho que não?

Eu deveria simplesmente contar para ela. Só desembuchar de uma vez. *Jay me beijou e agora não estamos nos falando!* Mas aí vem aquele medo de novo, encolhendo meu cérebro para o tamanho de uma noz, e não consigo colocar as palavras para fora.

Alex nos encontra no saguão, usando um terno como se isso fosse normal. Ele dá um abraço de urso em Suzy e a tira do chão, e ela dá alguns gritinhos e chutinhos.

Ele se oferece para pegar nossos casacos, e fico com vergonha ao tirar o meu e expor as costas decotadas do vestido. Uma grande ousadia quando ficar ereta parece uma afirmação impossível da minha existência.

Suzy me puxa pelo braço até a sala de estar, onde os amigos de Alex estão de pé com copos de plástico e tentando conversar por cima da música.

— Olha ela, alerta de gostosa! — grita Beth quando vê Suzy. Ela ergue o copo por cima da cabeça, com os braços abertos para dar um abraço em Suzy.

E lá está Jay, reservado em um canto, onde ele sempre parece estar. Veste uma camisa branca, jaqueta escura e calça social, sem gravata. Ele coloca dois dedos sob o colarinho e o puxa como se estivesse sendo atacado.

Sinto uma pressão entre as escápulas, um calor excessivo no peito.

Suzy já está no outro lado da sala, conversando com Beth e as amigas. Sou tomada por uma onda de riso e sinto uma pontada no estômago. Talvez ela só tenha me trazido porque se sente culpada.

Jay está me encarando agora e não sei se gosto disso.

Meus joelhos tremem, e meu coração dói, mas não consigo só ficar aqui parada. Então pego o celular.

Deedee Walters: é falta de educação ficar encarando

É engraçado ver Jay lendo a mensagem. Vê-lo rir um pouco e morder os lábios enquanto responde.

Jay Hayes: você não facilita as coisas

O que é que isso significa?

Atravesso a sala até ele e Jay parece um pouco apavorado.

O barulho ao nosso redor meio que desaparece; restamos só Jay e eu e este abismo entre nós. Só o movimento inquieto do peito dele enquanto encara o copo vermelho que está segurando, com as bochechas um pouco rosadas.

— Você tá bonito — comento, com a voz baixinha para só ele ouvir.

— O Alex me emprestou. — Jay ergue a jaqueta pela lapela e faz uma careta para o próprio peito. — Sei lá, não parece natural.

— Sinto que tô usando uma fantasia.

— Mas combina com você. — Ele ri e aperta a nuca com a mão. — Não tá com medo de ser vista comigo?

— Vou correr esse risco.

Jay balança o líquido no copo. Eu o pego e dou um gole. É um energético. Ele vive mesmo disso.

— Olha só quem apareceu! — De repente, Kevin surge ao meu lado. — Onde é que você tava se escondendo?

Ele repousa a mão sobre minhas costas nuas, causando arrepios onde não quero.

Eu me afasto, com as bochechas queimando.

Kevin chega mais perto, ignorando meus sinais.

— Ahh, não faz isso não. Nada de ficar quietinha, se escondendo atrás do cabelo.

Isso me deixa tensa. Vim aqui esta noite torcendo para agir diferente do que o de costume e, em vez disso, acabo recebendo isso de volta. Odeio que as pessoas pensem que estou me escondendo.

— Cara, vai se foder — digo, com a voz leve, porque tenho medo de como ele vai ficar se eu o deixar chateado de verdade.

Prendo o cabelo em um rabo de cavalo alto com o elástico que está sempre no meu pulso.

Jay fixa os olhos em mim enquanto faço isso. Ele parece decepcionado.

— Viu só — diz Kevin. — Agora consigo ver o seu rosto. Você é fofa. Olha pra essas sardas.

Me sinto tão exposta e meu rosto está tão quente.

— Nossa, você é *tão* observador — respondo.

— É, eu sei. Sou um cara sensível. Sempre reparo em você. — Kevin toca meu braço. — Qual é a sua etnia? Você tem, tipo, uma cara exótica, sabe?

Bem quando eu acho que posso esquecer vem o lembrete, como se alguém tivesse acertado minha pele com um elástico.

— Cara — fala Jay, erguendo o queixo, em tom de aviso. — Você tá deixando ela desconfortável. Talvez você devesse dar o fora.

— Ou você vai fazer *o quê*? — questiona Kevin.

Meu Deus, estou apavorada. Em pânico, começo a olhar ao redor da sala para checar se Suzy está vendo.

— Eu posso falar por mim mesma, ok? — esbravejo. Não quero que Jay me defenda. Não quero precisar dele de jeito nenhum.

Jay parece atordoado, de boca entreaberta.

Kevin bufa.

— Você é o quê? O irmão mais velho dela?

Meu rosto esquenta. Sinto vontade de gritar: *A gente não é nem o mesmo tipo de asiático!*

— Não! — Jay ergue as mãos e balança a cabeça. — Com certeza não.

Ele se move de lado em meio ao mar de pessoas e se junta a Josh, Ted e Alex, que estão parados em um grupinho a alguns passos de distância.

Forço um sorriso.

— Ótima festa — comento, saindo de perto de Kevin, fugindo com a bebida de Jay até a cozinha e a jogando na pia.

# VINTE E SEIS

**Vir à festa foi uma péssima ideia.** *O que você estava esperando?*

Subo as escadas correndo e atravesso um corredor de iluminação suave, sacudindo o cabelo para tirar o elástico.

O corredor termina em uma porta, então eu a abro. É um closet espaçoso, com uma série de casacos pesados dobrados no fundo. Como o lugar onde o Professor Black guardaria o corpo.

Ouço passos atrás de mim e sinto um arrepio na nuca.

— Bu! — exclama Jay.

Quando me viro, ele está perto demais.

— Seu filho da puta! — Eu empurro seu peito. — Tava me seguindo?

Ele leva a mão ao ponto onde eu o toquei, perto do coração.

— Ah, não, eu só... tenho o mesmo gosto por corredores desertos. — A mão migra para a nuca. — Sim, é óbvio que eu tô te seguindo.

— Por quê?

Jay faz um som gutural e incerto que quer ser uma palavra, mas não consegue se concretizar de fato. Ele fecha os olhos, frustrado.

Cruzo os braços.

— Sério que você veio atrás de mim só pra ficar parado sem falar nada de novo?

— Você gosta quando ele fala das suas sardas? — pergunta Jay, irritado, arregalando os olhos de um jeito exagerado. — Nossa, é *tão inesperado* ver sardas num rosto como o seu!

— Você não tem o direito de ter uma opinião sobre isso! — Ergo as mãos para o ar. — Afinal, *o que* é que eu sou pra você?

Jay bufa e olha para o teto de forro de madeira, como se eu tivesse dito algo revoltante. Ele passa a língua por dentro do bochecha.

— Sabe — diz Jay com cuidado —, por um tempo, pensei que você não gostava de mim daquele jeito, que só precisava de uma coisa de mim. E isso era… Isso é seguro, é tranquilo. Você precisa de algo de mim, eu preciso de algo de você. Eu tenho uma desculpa. E ninguém tem que saber como passar tempo com você faz eu me sentir.

Jay encara o tapete chique que cobre o meio do corredor e enfia as mãos nos bolsos.

— E aí, eu acho, comecei a sentir… *coisas demais*, mas tava tentando ignorar, porque me sentia muito culpado. Comecei a pensar… que talvez isso também signifique alguma coisa pra você. E… eu me deixei levar e… e não conseguia mais ignorar. — Ele solta um suspiro pesado. — Mas aí foi como se a gente tivesse voltado pra estaca zero, e isso foi um tapa na cara. Tipo, *ah, então tá*. Você só tá me usando pra conseguir o que quer, no fim das contas. E, tudo bem, beleza. Isso… Isso deve ser melhor pra todo mundo. Mas as coisas que você falou…

Jay fecha os olhos com força e sacode a cabeça.

— Eu me senti tão idiota. Tipo, você ao menos se importava comigo? Como pessoa, não como alguém que pode fazer coisas por você.

A raiva que senti está evaporando e há um pânico crescente subindo minha garganta. *Sou ruim sou detestável estraguei tudo outra vez!*

Mas ando pensando muito nisso, há dias. Como me sinto às vezes, quando Suzy ignora algo importante para mim. Quando minha mãe diz que sou errada pelas coisas que sinto. O que eu queria que elas dissessem.

Grito em silêncio entre minhas mãos, depois as deixo cair de novo.

— Jay, aquelas coisas que eu falei... não é isso que eu sinto por você. — Respiro fundo e desacelero um pouco, me forçando a olhá-lo nos olhos. — Consigo entender por que... aquilo foi babaca. Desculpa por ter dito aquelas coisas. Desculpa por ter feito você se sentir desse jeito.

Ele ri um pouco, desconfortável, se vira parcialmente para longe de mim e esfrega os olhos.

— Nossa. Desculpa. É que é legal ouvir alguém dizer isso.

— Você... significa muito para mim. — Respiro fundo, me preparando para o que estou prestes a confessar. — Eu tava magoada e queria disfarçar o que eu sentia, porque... você disse que aquilo foi um erro e... — Preciso parar, estou muito frustrada. Minhas lágrimas estão começando a se formar e tenho que fazer força para segurá-las. — Não é muito legal, o jeito como você tenta ter as duas coisas. Me manter perto e distante ao mesmo tempo.

Vou vomitar. Essa deve ser a primeira vez desde que eu era pequena que fiquei brava com uma pessoa, *em voz alta*, por como ela *me fez sentir*. Como se isso sequer tivesse importância para alguém.

Jay solta o ar, longa e lentamente, do jeito que se deve fazer quando se está debaixo d'água.

— É — diz ele, assentindo com a cabeça. — Você tem razão.

*Eu tenho razão?!*

Jay dá alguns passos na minha direção e põe as mãos nos meus braços. Minha cabeça está girando por conta de um sentimento que não consigo nomear.

— Eu gosto muito de você, Deedee. — Jay parece tão exausto neste momento, de olhos semicerrados, me fitando. — Sabe quantas vezes eu quis te beijar? E me segurei?

*Vai doer, vai doer*, é por isso que mamãe não compra flores, porque elas vão morrer mesmo — *o que eu acho que vai acontecer?*

Na minha cabeça, as flores desabrocham em uma explosão.

Agarro a frente da camisa dele e o puxo para trás, para dentro do closet.

— Nossa, ok!

Ele ri enquanto a porta se fecha.

— Oi — digo.

Por um momento, juntos no escuro, somos apenas vozes e pensamentos sem corpo.

Então enterro o rosto no pescoço dele e inspiro seu cheiro. Jay leva as mãos às minhas costas, causando os arrepios que eu quero.

Estamos nos beijando; Jay se adianta, com as mãos nos meus quadris, e eu recuo, fazendo os cabides sacudirem. Ele me pressiona contra a parede, e o cheiro de cedro nos rodeia; a madeira lisa toca o ponto das minhas costas onde está o decote.

Toda a energia nervosa acumulada transborda para fora de mim e colide em Jay, como se houvesse um limite de tempo para memorizarmos cada centímetro da boca um do outro. Quando paramos para respirar, quase me sinto como na vez em que fiquei bêbada ano passado, quando fui com Suzy para uma festa de faculdade em Eastleigh.

Jay dá um passo para trás e uma lâmpada amarela e fraca se acende. A corda dança quando ele a solta.

— Tava com saudades do seu rosto — diz Jay.

Encostada na parede, deslizo até o chão, com cuidado para não mostrar nada a ele por acidente.

— Só porque você ficou com ciúmes do Kevin?

— Não. — Jay empurra os casacos para afastá-los de nós e se senta ao meu lado. — Sinto saudades do seu rosto o tempo todo.

Ficamos em silêncio por um minuto, só respirando lado a lado. Viro a cabeça na direção dele e Jay já está me encarando de volta. O mundo se inclina a partir dessa perspectiva, como se estivéssemos deitados no chão um ao lado do outro mais uma vez.

— Pra responder sua pergunta: não, eu odiei quando o Kevin falou sobre a minha *cara exótica*. — Encaro o mar de casacos e faço uma voz brincalhona. — Sou um animal exótico, vai ser difícil me fazer passar pela alfândega.

Jay cutuca meu ombro com o dele.

— Eu sou um carro exótico, pouco confiável e difícil de manter.

Rio, alto e grosso, talvez nem do que ele disse exatamente.

— Pra mim, você parece a pessoa menos difícil de manter. Não exige nada de ninguém. Parece que só exige muito de si mesmo.

Jay grunhe e se inclina para a frente, cobrindo a cabeça com os braços. Mas, quando dá uma espiada em mim, está sorrindo.

— Você não se sente confuso às vezes? — pergunto. — Por ser mais de uma coisa?

Ele tamborila os dedos nas coxas.

— Me sinto confuso por muitas coisas, eu acho. Mas tento não pensar a respeito.

Sinto um certo nervosismo, me preparando para ser julgada.

— Mas isso era importante pra minha mãe. Saber de onde você vem — conta Jay. — Ela queria muito que a gente aprendesse um pouco de vietnamita pra poder conversar com os nossos parentes. Vive cozinhando alguma coisa, contando uma história sobre o prato. Onde aprendeu a prepará-lo, o que ele significa pra ela.

Sou tomada por uma pequena onda de inveja, mas de um tipo mais gentil, suave e sentimental, como nostalgia de algo que nem sequer conheci.

— Sei lá, acho que… essa coisa de identidade, de se encontrar… — Jay dá de ombros. — Eu tô bem aqui, o que é que tem pra encontrar?

A memória da primeira vez que o vi à luz do dia me volta à mente: parado no estacionamento da loja de conveniência, fazendo piada sobre a crise de um quarto de vida.

— Por que você mudou de nome? — pergunto.

— Ah, hã… — Jay esfrega o braço e parece envergonhado outra vez. — Porque meu nome é… literalmente o nome do meu pai. Do começo ao fim, eu acho... Tirando o meu nome do meio. É o nome da minha mãe, da família dela. Mas me sinto meio... estranho quando o uso. Tipo, quem eu acho que sou pra usar um nome que nem sei se tô pronunciando do jeito certo?

Então não estou sozinha. Passo a mão pelas tábuas do piso entre nós e cubro a dele.

Os sons abafados da festa atravessam a porta fechada, vindos do andar inferior — alguém soltando um grito animado, a vibração de um baixo no aparelho de som.

Jay vira minha mão e entrelaça os dedos nos meus. Isso aquece todo o meu corpo, como quando usei seu suéter.

— E aí, o que acontece agora? — sussurra ele.

— Tá perguntando pra mim? É você quem não queria.

— Acho que... desse jeito tá bom. Tô tranquilo com tudo que preciso fazer. E você não quer que ninguém saiba mesmo, então... — Jay belisca o pescoço, distraído, e a pele fica vermelha. — A gente pode só... continuar se vendo como tava fazendo antes. Mas de um jeito diferente. Se você ainda quiser guardar segredo.

Independentemente do ângulo em que eu olhe pra essa situação, sinto como se estivesse tentando memorizar todos os contornos de um objeto estranho, mas, quando chego a um lado, esqueço o que estava no outro. É melhor que as coisas só continuem do jeito que estão.

— Tudo bem assim? — pergunto.

Jay engole a saliva, fazendo o pomo de adão subir e descer, e olha para o chão.

— Você sabe que eu não sou muito fã de contar as coisas pras pessoas.

Nessa hora, ouço duas vozes no corredor, que vão ficando mais altas e mais próximas. Insatisfeitas, pelo jeito como oscilam de volume. Jay estende o braço e puxa a corda, e assim voltamos para a escuridão.

— Você sabe o que ela falou sobre mim? Você sequer se importa?

*Merda, é Suzy.* Ela parece estar se esforçando para manter a voz baixa.

Não sei por quê, mas nunca a imaginei brigando com Alex. Sempre que pensava no relacionamento dos dois, era como um daqueles showrooms de loja de móveis: perfeitos demais porque ninguém mora lá de verdade.

— Isso é tão importante assim? — pergunta Alex.

Sinto vontade de gritar: *Você não tá vendo o quanto ela tá chateada? Deve ser bem importante!*

— Você vive procurando motivo pra ficar chateada.

— Você tá de brincadeira?!

Os passos dela se afastam de nós outra vez.

— Espera, tá bom? Suzy. Espera.

Encosto a orelha na porta para ter certeza de que eles já foram. Jay roça os dedos no meu braço, mas já estou espiando do lado de fora.

— Vou ver se ela tá bem — digo, saindo para o corredor.

Começo a correr por esta casa ridícula, abrindo portas enquanto arrumo o cabelo para não parecer que acabei de sair de um closet, onde dava uns amassos furtivos. Chego ao vestíbulo onde Alex deixou nossos casacos, e o de Suzy continua junto do meu, então pego os dois para o caso de ela querer ir embora.

Finalmente eu a encontro, sentada em um balanço no alpendre de Kevin, com as mãos no rosto. Cutuco o ombro dela com a mão que está segurando o casaco.

— Ei. O que aconteceu?

— Ugh.

Ela funga e balança a cabeça.

— Acho que tá na hora de a gente assistir *Gremlins* de novo — digo.

É o filme de conforto de Suzy. Ela assente.

— É mesmo.

Descemos a entrada escorregadia e suja de neve e, quando entramos no carro de bancos cinza e fechamos as portas, a luz do teto encolhe o mundo de volta a um tamanho familiar, com o qual é mais fácil lidar.

Enquanto descemos a colina, recebo uma mensagem.

Jay Hayes: você foi embora?

— Fiquei sabendo que o Kevin foi um babaca com você — comenta Suzy. — Você tá bem?

— Hã... Não foi nada de mais.

Deedee Walters: fui mas te vejo logo

Encaro a mensagem antes de enviá-la. Será que acrescento um coração? Ou é exagero?

Suzy olha de relance para o meu celular, que brilha nas minhas mãos.

— Você... pegou o número de alguém?

Eu rio e envio a mensagem com um coração.

# VINTE E SETE

**Andávamos meio afastadas,** mas aqui está Suzy, perto outra vez, ao meu lado no sofá. Reagindo como se não tivesse visto este filme centenas de vezes.

Tem algo acontecendo de verdade agora, tenho algo para contar. Os dedos de Jay nas minhas costas, a respiração dele no meu pescoço. Seu riso reverberando no meu peito.

Só fale logo! *Jay me beijou. Não foi a primeira vez.*

Mas, se eu começar, não sei para onde isso vai me levar. É um fio solto em uma ponta, e a outra está amarrada ao meu redor, pegajosa e podre, da cor do breu. Se o puxar, ele vai revelar todas as outras coisas que não quero contar a Suzy.

Nós nos aprontamos para dormir e eu me acomodo na cama dobrável que o pai dela sempre monta para mim. E, como de costume, alguns minutos depois de desligar a luz, Suzy começa a falar:

— Tá dormindo?

— Alguma vez eu já disse que sim?

— Tenho que te contar uma coisa.

Tudo fica tenso.

— O quê?

— O Alex e eu transamos.

— Ah. Hum. Parabéns?

Estou tão distraída sendo a pior amiga do mundo que não consigo pensar em alguma coisa normal de se dizer.

— Foi tipo um mês atrás. Não sei por que não te contei. Acho que... talvez eu não quisesse que você se sentisse mal.

Odeio ser esse tipo de pessoa para ela, mas tento disfarçar, me ouvindo rir e torcendo para soar relaxada o suficiente.

— Não precisa me contar nada se não quiser.

*Na verdade, engraçado você mencionar isso, também tem uma coisa que eu não te contei.*

Mas as palavras ficam presas na minha garganta.

— Você se sente diferente? — consigo perguntar em vez disso.

— Talvez. Não sei. Na verdade, não.

— Foi... bom?

— Foi ok.

— Nossa, que avaliação maravilhosa.

Ela bufa, achando graça, e se vira na cama.

— Sei lá. A experiência pode variar!

Estou rindo, mas me sinto uma babaca.

— Enfim. Só me senti mal por não ter te contado.

*Na verdade, eu beijei Jay.*

Mas não consigo parar de pensar no que mais posso ter para dizer. Quando Suzy perguntar por que estou fazendo isso, por que ando guardando tudo para mim mesma, por que as coisas são assim com a minha mãe.

E, para explicar, vou ter que contar para ela. O que eu tirei da minha mãe, o que fiz para o meu pai. Por que minha mãe jamais conseguirá me amar do jeito que os pais de Suzy a amam.

Aquela vergonha se espalha por todo lado, travando meu corpo, embranquecendo os nós dos meus dedos. De repente, não consigo levar ar suficiente aos pulmões. Tento ficar bem rígida debaixo do cobertor, com respirações curtas.

Suzy suspira do outro lado do quarto.

— O que raios eu tô fazendo com aquelas pessoas?

— Como assim?

— Sabe o que a Beth falou de mim? Na festa, eu a ouvi sem querer. — Suzy funga um pouquinho. — Fui pra uma varanda e ela estava conversando com alguém no andar de baixo.

— O que ela disse?

— Que eu sou muito falsa. Que eu sou a escolha mais estranha que o Alex já fez, como se ela fosse avaliadora oficial das namoradas dele. — Suzy bufa e hesita por um segundo. — Que eu nem sou tão bonita assim.

— Ok, tá na cara que ela é, tipo, muito ruim em reconhecer o básico.

Suzy ri e respira fundo como se estivesse prestes a dizer algo importante. Mas então engole em seco, e o momento passa.

Bem quando estou quase caindo no sono, ela volta a falar:

— Tô com saudades de você.

Sinto uma pontada fraca no estômago.

— Eu tô bem aqui.

— É, mas... — Ela suspira e vira para o lado. — É. Boa noite.

*O que ela ia dizer?* A ansiedade pulsa por mim, mas tento manter o tom leve.

— Bons sonhos.

A única pessoa que já me escolheu, de verdade, é Suzy.

Quando ela tinha acabado de se mudar para Rosemore, entrou no quarto ano e decidiu que eu era a parceira dela.

E agora talvez Jay, mas... será que foi um sonho?

Quando fecho os olhos, a memória retorna: a boca, o cheiro, as mãos dele nas minhas costas; e esqueço o que estava pensando.

# VINTE E OITO

**— Até onde a gente vai?**

Peguei a via expressa durante o dia pela primeira vez, debaixo de um dossel espesso de nuvens achatadas. Elas são estáveis de um jeito que faz parecer que somos nós que estamos parados, mesmo enquanto aceleramos a um ritmo assustador.

Jay me diz para pegar a saída seguinte, então olho para trás de novo por cima do ombro, nos espelhos. Fico me perguntando quando confiar na minha percepção. Ansiosa, temendo não ver tudo o que preciso.

Estamos em meados de janeiro e já faz quase um mês que estamos namorando. Andamos nos encontramos tarde da noite, saímos escondidos depois da escola e trocamos mensagens quando ele foi para Boston ver a família durante as festas de fim de ano. Jay me mandou uma foto com alguns dos primos, crianças de diferentes alturas e idades que se parecem todas um pouco com ele, e senti aquela dorzinha suave outra vez.

Minha mãe saiu ontem à noite para uma viagem de negócios, e agora Jay e eu temos um maravilhoso dia inteirinho juntos.

Estamos entrando em outro estacionamento de shopping, a algumas cidades da nossa, sem chance de encontrarmos alguém que conhecemos.

Enquanto caminhamos até a entrada, Jay segura minha mão, a palma colada com a minha, quente contra o frio.

— Tá com fome? — pergunta ele.

Entramos na fila para comprar minicachorros-quentes com massa de pretzel em um quiosque no corredor, e eu o abraço pela barriga, repouso a cabeça no peito dele. Jay paga pela comida antes que eu consiga impedi-lo e passeamos pelo shopping, dividindo os cachorros-quentes até eles acabarem.

Quando passamos por um vidro espelhado, paro por um segundo, surpresa diante da imagem de nós dois, aqui de verdade, juntos.

Jay me abraça por trás e apoia o queixo no meu ombro, e nossos olhos se encontram no reflexo. Meio que não consigo acreditar que podemos fazer isso.

A mãe de Jay vai passar o dia todo fora com Gemma, então voltamos para a casa dele. Estamos no quarto dele, na cama, nos beijando.

Me afasto um pouco e olho para ele, ofegando como se tivesse acabado de voltar de uma corrida.

— É uma loucura isso ser tão bom. São só... *bocas*? A coisa que a gente usa pra comer? Encostando uma na outra?

Jay beija um ponto no meu pescoço logo abaixo da mandíbula, inclinando minha cabeça. Um desejo intenso me percorre, como o vento sacudindo grama alta.

— Então isso não é bom?

Os lábios dele se demoram ali, a respiração quente sobre minha pele.

— Não tira sarro de mim.

— Adoro tirar sarro de você.

Jay aninha o nariz no espaço atrás da minha orelha. Então meu lóbulo está na boca dele e a sensação é tão forte que eu poderia simplesmente esquecer de mim mesma, me perder nela para sempre.

*Você tem muito mais a perder do que ele.*

— Ok. Nossa. — Ponho uma das mãos no peito dele. — Acho que preciso parar.

Jay se afasta, me dando um pouco de espaço.

— Tá tudo bem?

Aceno com a cabeça, porque não quero deixá-lo preocupado.

— A gente não vai fazer nada que você não queira, tá bom? — O rosto dele está tão cheio de aflição que é difícil encará-lo por muito tempo. — Só me diz o que você quer.

Sinto muita tensão entre as escápulas, como sempre acontece quando estou estressada.

— Você pode tocar minhas costas? — sussurro.

Jay desliza a mão pelas minhas costas por cima da blusa. É tão reconfortante, a sensação dos dedos quentes dele em um lugar sensível que não está acostumado a ser tocado. Apoio a cabeça no ombro dele e o abraço com força outra vez.

Não sei como absorver esse sentimento bom. É como uma reportagem que vi certa vez no jornal, sobre uma enchente no deserto. A terra fica tão seca e árida que endurece e, quando chove, as pessoas se afogam.

Estou tentando me concentrar na minha respiração, no cheiro dele, nos dedos nas minhas costas.

Mas não consigo relaxar. Sinto falta deste momento antes mesmo de ele acabar. Já tenho tanto medo de que acabe. De que desapareça.

# VINTE E NOVE

**Devo estar ligando demais para ele.** Toda vez que minha mãe e eu brigamos, toda vez que não consigo dormir — basicamente não consigo mais cair no sono sem falar com Jay. Ouço o barulho de teclas ao fundo, como ASMR de baixa qualidade. Então me lembro, como se acordasse de um sonho: *Ah, merda, ele está trabalhando.*

— Tô te incomodando. É melhor eu te deixar em paz.

E ele suspira, um som pesado, e antes de desligar diz:

— Você nunca me incomoda.

Jay parece mais cansado durante o dia, sempre com olheiras fundas.

E, à noite, quando pergunto se tem algo de errado, ele sempre responde que está bem.

Tento me segurar quando Jay vai ver a família durante o Tết. Não mando mais do que três mensagens de uma vez sem ter uma resposta. Mas quebro essa regra autoimposta depois de metade de um dia: uma represa transborda com todos os meus desejos e necessidades. Posso sentir que estou sendo *meio intensa*, mas não sei bem como parar, enquanto estou aqui, ansiosa, pensando em por que ele não me respondeu na hora.

Estou pensando tanto em Jay — a próxima vez que vou vê-lo, a próxima vez que vamos nos beijar — que é como se eu passasse o resto da vida no modo sonâmbulo, fingindo prestar atenção quando Suzy está por perto. Agora, ela age como se nunca tivesse tido briga nenhuma com Alex, falando em dobro sobre o namorado, como se quisesse compensar por ter fraquejado.

— Deedee? — chama ela. — Você tá ouvindo?

Então repito a última parte da história dela para disfarçar.

Jay e eu nunca brigamos, mas ele fica bem quieto às vezes. Ainda nos evitamos na escola — e ainda sinto medo demais para mudar isso —, mas faço rotas diferentes entre as aulas, para poder passar pelo armário dele e ter um vislumbre de Jay.

E de repente Beth começa a aparecer lá com frequência, sempre por perto, conversando com Jay. Tocando o braço dele e rindo. Não consigo ver o rosto dele, não consigo ver sua reação — tenho que continuar em movimento ou vai parecer estranho. Mas sinto um calafrio nos ossos, um pensamento novo na cabeça, que gira e gira e me faz perder o sono.

Embora eu ainda odeie Beth pelo que ela disse sobre Suzy, dá para entender por que alguém gostaria dela. Parece divertida, afetuosa, dona de si mesma. Não um peso morto como eu.

Voltei a ter dificuldade para dormir, e a luz de faróis atravessa minha janela. Me levanto para ver o carro de Jay desaparecendo na escuridão.

Em uma outra vez, estamos na rua à noite. Não paro de perguntar o que ele está pensando, e Jay não para de me dar uma resposta vazia, com menos e menos sílabas a cada vez.

— Tem certeza de que não tem nada errado? Eu fiz alguma coisa?

— *Deedee* — diz Jay, irritado. — Nem tudo é sobre você.

Isso me atinge em cheio.

— Desculpa. Merda, eu não quis… — Ele suspira e balança a cabeça. — Só tô estressado. Com as mesmas coisas. É chato. Ah…

Jay acende a luz do teto e estende o braço para pegar a mochila.

— Comprei uma coisa pra você.

É um chaveiro com um fantasminha de pelúcia.

— Pras suas chaves, quando você tiver um carro.

Encarar essa coisinha fofa pendurada na mão dele me deixa com tanta vergonha. Não pensei que Jay fosse do tipo que liga muito para o Dia dos Namorados.

— Não te comprei nada.

— Eu comprei porque queria dar isso pra você, não porque queria alguma coisa em troca. — Ele coloca o chaveiro na minha mão. — Esse é meio que o conceito de presente.

E me sinto mal depois, por pelo menos duas coisas: que ele deve ter voltado para casa pensando que não gostei do chaveiro e que o deixei de mãos vazias.

Quero consertar as coisas, mas não posso fazer compras on-line. Meu cérebro superaquece pensando em como pegar uma carona com minha mãe ou Suzy sem explicar o que vou fazer. Então, depois da escola, faço uma longa caminhada até a loja de conveniência e compro meia dúzia de ovos.

Não sei desenhar como Jay. Mesmo que ainda não tenha me mostrado, a julgar pelos vislumbres que tenho do caderno dele, está claro que Jay tem habilidades que não tenho. Mas imprimo a foto de uma garrafa de molho de peixe e a contorno.

E, quando nos encontramos de novo, entrego para ele a caixa de ovos com um desenho colado em cima, com a frase *Acrescentar molho de peixe* escrita em letras arredondadas no topo.

Ele ri até perder o ar.

— Você é tão fofa.

— Não tenho muitas maneiras de comprar coisas na surdina, tá?

— Vou usar com carinho — diz Jay, e abraça a caixa de ovos.

# TRINTA

Suzy Jang: a gente vai almoçar! com os amigos do alex
Suzy Jang: você vem
Suzy Jang: passo aí em 15 minutos

**É um sábado** e não tenho desculpas.

Jay não é uma das pessoas sentadas ao redor da mesa quando chegamos ao restaurante e tento não deixar minha decepção transparecer. É um lugar *à la carte*, na Main Street, um prédio em estilo colonial, com cadeiras de encosto vazado e talheres de prata elegantes.

Alex sorri e me cumprimenta com um aceno de cabeça, depois aperta a mão de Suzy em cima da mesa. Kevin e Josh estão discutindo sobre alguma coisa, e Beth está contando uma história enquanto Ted a escuta, balançando a cabeça.

— Você vai no jogo de lacrosse amanhã, né? — pergunta Suzy, apertando meu braço.

Então digo que vou e tento acompanhar a conversa, rir nas horas certas, não ficar pensando muito em onde Jay está. Peço sopa de mariscos e despejo nela dois pacotes inteiros de biscoitinhos salgados. Suzy insiste que eu coma as batatas fritas dela e franze o nariz quando eu as mergulho na sopa. Terminamos e pagamos — dividir a conta é um processo, que Suzy organiza.

E bem quando estamos prestes a sair, lá está Jay, do outro lado do restaurante, cruzando a porta. Pisco e esfrego os olhos, como se talvez estivesse alucinando.

Ele está com algumas pessoas que não reconheço. Uma mulher asiática que não é nem a mãe, nem a irmã mais velha. Que parece estar no meio do caminho em termos de idade. E um homem, pálido e alto, com cabelo castanho e cacheado.

Ah. *Ah*.

Só pode ser o pai dele.

Quando os dois estão lado a lado, fica mais evidente o quanto têm em comum. O formato do rosto de Jay. O jeito como o cabelo bagunçado cacheia um pouco. O jeito que ele fica quando sorri de um canto da boca. Mesmo os traços que se parecem com os da mãe têm algo do pai — é engraçado como isso funciona. Visto de perfil, o nariz de Jay parece mais com o do pai; de frente, com o da mãe.

Então Jay nota minha presença e parece sofrer um pouco. Eles são levados a uma mesa do outro lado do salão, longe de nós.

O pai de Jay deve ver Alex, porque ergue a mão e acena.

— Ah, oi!

Como algo acontecendo em câmera lenta em um filme de terror, incontrolável, Alex se põe de pé, vai até eles e todo mundo o acompanha. Eu fico para trás, perto de Suzy. Jay parece estar fazendo um esforço extra para não olhar para mim.

— Sr. Hayes, como vai? — pergunta Alex, e o pai de Jay se levanta, dando-lhe tapinhas nos ombros.

Beth está muito focada em Jay outra vez, rindo, conversando. O pai de Jay o cutuca com o cotovelo, como se estivesse tentando fazê-lo retribuir, e os músculos das minhas costas ficam tensos.

— Ei, preciso usar o banheiro — sussurro para Suzy.

Há uma parede que separa a área perto dos banheiros e corro para trás dela, sumindo de vista. Mas ainda consigo ouvi-los.

Então o grupo vai embora, passando por meu esconderijo sem olhar na minha direção e o murmúrio das conversas misturadas vai desaparecendo. Meu celular vibra.

Suzy Jang: tô te esperando aqui fora

— Tem alguma coisa rolando aqui? — pergunta o pai de Jay, do outro lado da parede. — Entre você e a loirinha?

Eu me encosto na parede e fecho os olhos, não ousando nem espiar.

— Literalmente não é da sua conta — responde Jay.

*Por que ele só não disse "não"?*

— Ela tá praticamente se jogando em cima de você. Você percebeu, né? — O pai dele ri. — Você definitivamente não me puxou. Não tem a malícia.

*Ugh, o quê?*

Jay tosse, como que se engasgado com a água.

O pai só continua falando.

— Aquela outra asiática é gostosa. Aquela parada nos fundos, com a namorada do Alex? — Minhas bochechas queimam e sinto o couro cabeludo formigar. — Se eu fosse você, ia nela.

Ouço uma cadeira sendo arrastada, o tilintar dos talheres e parece que Jay bateu na mesa.

— *Cala a porra da sua boca!*

— Que isso, amigão.

— Não sou seu amigo! — Jay soa atordoado, como se, para cada palavra que vem à tona, houvesse muitas outras que ele não consegue pôr para fora. — Presta atenção, ok? A gente não precisa de você. A gente não precisa do seu dinheiro. Eu posso tomar conta delas *sem você*. Só vim aqui hoje porque minha mãe pediu.

Uma onda de afeto aperta meu coração, porque é como se Jay estivesse me defendendo também.

Mas nunca o ouvi falar desse jeito e algo nisso me assusta. O quanto Jay soa diferente da pessoa que eu conheço. Da pessoa que ele me deixa ver.

Ele nem me contou que o pai vinha visitá-lo.

Um novo medo se infiltra, como se alguém tivesse deixado a janela aberta e de repente viesse uma corrente de ar. Pensei que estivesse dentro do círculo íntimo da vida de Jay, mas na verdade estou do lado de fora, com todos os outros.

O pai dele ri e fala algo em voz baixa demais para eu ouvir. E então eles estão saindo, vindo na minha direção. Jay me vê e fazemos contato visual por um segundo. Acaba rápido demais, mas ele parece irritado, envergonhado. Como se se sentisse traído por eu estar aqui.

Ele ficou tão furioso quando o pai falou de mim.

Pensei ter entendido o porquê, mas o significado se transforma, muda de forma, quanto mais penso a respeito.

Parte de mim sabe o que significa. Mas outra parte se foca na história de Beth. Se fixa e se fixa, até eu não conseguir mais ouvir o resto.

É tarde da noite e estou ligando para ele.

A ligação chama por um tempo, mas Jay não atende. Do outro lado da rua, a luz dele continua acesa.

Então ele atende.

— Oi. Espera aí.

A mãe dele está gritando nos fundos. Furiosa, em tom de acusação. O peso de um enorme ressentimento.

Então ouço a voz de Jay, abafada, como se ele estivesse cobrindo o celular.

— Mãe. Mãe. Você precisa parar. Não estou *dizendo* que você é louca. E não sou meu pai, você não pode continuar dizendo isso. Tá bom? Não vou mais discutir com você sobre o assunto. Vou lá pra cima.

Ouço Jay caminhando e uma porta se fechando.

— Oi. — A voz dele está baixa e um pouco rouca, diferente de antes. — Não é um bom momento. Te ligo mais tarde.

— Então fala comigo sobre isso! — Dá para ouvir o quão desesperada e assustada eu pareço, mas não sei como parar. — Qual é o problema? Pode me falar.

Jay suspira e a respiração dele muda. Parece que está se movendo. Pela janela, vejo-o subindo no telhado.

— *Tá bom*. — Há algo que eu não tinha ouvido na voz dele antes, algo afiado e sarcástico. — Quer saber qual é o problema?

Tento colocar um pouco de força na voz.

— Quero.

Ele respira fundo, devagar.

— Tô tentando sorrir e agir como se estivesse tudo bem e como se eu conseguisse dar conta de tudo. Tô interpretando um papel. Do bom filho. Do bom irmão. Do bom... — Jay inspira, soando enojado consigo mesmo. — Mas eu *odeio isso*. Queria poder ser o tipo de pessoa que não odeia. Mas não consigo. Simplesmente *não consigo*.

Jay está falando mais rápido, a todo vapor, como se estivesse com medo de que alguém possa pegá-lo no flagra e ele não vá conseguir botar tudo para fora a tempo.

— Só quero ficar sozinho, *o tempo todo*! — A voz dele falha e eu o imagino tentando segurar as lágrimas, lá fora acima da rua. — Só quero entrar no carro e dirigir e dirigir e não parar mais. Só *ir embora*, igualzinho ao merda do meu pai. *O tempo todo*.

— Jay — chamo, inutilmente. Devo estar o decepcionando.

— Não é uma resposta legal, né? — De repente, ele está gritando. — Talvez você devesse pensar bem antes de perguntar essas merdas!

Então resta apenas o ar parado. Jay desligou.

Fico só encarando a janela por um tempo, em choque, mal conseguindo respirar. Vejo ele voltar para o quarto e apagar a luz.

No fundo, é assim que ele se sente sempre? Quando parece estar prestes a ficar chateado, mas respira, faz uma piada e suaviza as coisas? Ele as varre para debaixo do tapete, me dá tapinhas na cabeça. Diz que dá conta de tudo.

E eu acredito nele e esqueço de ficar preocupada. Porque já acho que Jay é mais forte e melhor do que eu.

Pensei que sabia tanto sobre ele, mas agora estou repensando tudo que Jay já me falou. Me perguntando quantas vezes ele esteve ao meu lado, se sentindo desse jeito. E eu deveria ter imaginado, mas disse a mim mesma que estava tudo bem com ele.

# TRINTA E UM

**Ir ao jogo de lacrosse de Alex** no dia seguinte é torturante, mas Suzy está praticamente brilhando, sentada nas arquibancadas frias de metal ao meu lado.

— Vai, vai! — grita ela.

Alex está correndo com a bola. Há pessoas amontoadas próximo da grade mais perto do campo, apoiadas nela e torcendo, uma fileira de moletons cinzas e touquinhas verdes.

Então vejo Jay, chegando atrasado, e meu celular vibra outra vez.

Jay Hayes: posso falar com você
Jay Hayes: por favor

Ele inclina a cabeça para mostrar aonde está indo e desce os degraus.

Aperto o ombro de Suzy e me levanto.

— Vou ao banheiro.

Jay está esperando por mim debaixo das arquibancadas. Lá em cima, as pessoas gritam de novo, batendo os pés com força.

— Oi. — Jay respira fundo assim que me vê na frente dele. — Não mandei mensagem mais cedo porque queria dizer isso pessoalmente. Desculpa mesmo pelo jeito que eu agi. Não deveria ter falado com você daquele jeito.

— Tá tudo bem — respondo baixinho.

— Não tá, não! Na verdade...

Ele ofega, um pouco apavorado, como se achasse que não vai conseguir encontrar as palavras a tempo.

Jay chega mais perto e coloca as mãos nos meus ombros.

— Ninguém nunca deve falar com você daquele jeito, ok? Não deixa ninguém falar com você daquele jeito. — Ele funga, depois solta o ar como se doesse. — Ainda mais eu.

O que é que ele está *dizendo* para mim agora? Minha mãe fala daquele jeito comigo o tempo todo. É praticamente o único jeito como ela fala comigo. Sinto aquela onda de calor atrás dos olhos que deixa tudo um pouco distorcido. Não, merda, não quero que ele me veja chorar.

Então Jay me solta e dá alguns passos para trás. E o jeito como ele não consegue me olhar neste instante me faz sentir uma pontada no peito.

— Deedee. Eu me importo muito com você. — Ele está respirando com muito cuidado, de mandíbula tensa e narinas infladas. — Mas não posso mais continuar assim.

Está acontecendo, a coisa da qual estou sempre com medo, está acontecendo de verdade. Penso nisso o tempo todo, mas continuo muito despreparada.

— É por causa da Beth?

— Quê? — Do jeito que o rosto de Jay fica franzido, é como se eu tivesse lhe dado um tapa. — Por que você faria uma pergunta dessas? É isso que pensa de mim? Então acho que você concorda com a minha mãe. Que eu sou exatamente como meu pai.

— Não, não é isso...

— Você só... Você vive infeliz e... eu não consigo dar um jeito isso! — Jay solta o ar, trêmulo, como se algo viesse crescendo em seu interior há algum tempo. — Não posso consertar como você se odeia.

Estou mordendo a língua, desejando poder me segurar a alguma coisa, como se tivéssemos acabado de fazer uma curva fechada.

O jeito como as palavras irrompem dele… É assim que Jay se sente o tempo todo?

— Então acho que *você* não se odeia — digo, o mais calmamente possível, com a voz elegante de telefone que minha mãe me ensinou.

Jay ergue a cabeça para as arquibancadas, piscando bastante.

— Eu só sinto que tô *falhando*, o tempo todo! E que tô te magoando também, não tô te fazendo feliz…

Estremeço ao lembrar de minha mãe dizendo: *E não me venha com essa cara triste.*

— Você me faz tão feliz! — Sei que pareço desesperada. — Eu posso melhorar! Posso parar de te ligar à noite! Posso te dar mais espaço!

— Por favor, não… — Jay aperta a cabeça, fechando os olhos com força. — É culpa minha, ok? É culpa minha. É culpa minha. Desculpa. De verdade. Por tudo. Eu só… preciso ficar sozinho por um tempo.

Ele parece tão exausto, com o rosto inchado, implorando para que eu o deixe em paz. É insuportável.

Saio correndo, me agachando sob a barra de metal, atravessando o gramado em direção ao prédio da escola. É isso que eu ganho por deixá-lo se aproximar, por dar a Jay a chance de ver demais. Ele não se deixou iludir pelas minhas baboseiras e percebeu o quão podre eu sou por dentro. Fui esperta com Suzy, mas com Jay cometi um erro.

Eu vivia em uma bolha com Jay, sob uma luz dourada com sua risada aconchegante e os lugares no meio do nada para onde ele me levava. Vou voltar para o meu lugar agora, para minha casa cheia de segredos e coisas que espreitam à noite.

# TRINTA E DOIS

**Aconteceu uma coisa engraçada** quando eu não estava prestando atenção. Quando via Jay de longe, quando entrava no carro dele, quando a gente conversava até tarde da noite — ver o rosto dele fazia eu me sentir em casa. Ou pelo menos o que eu imagino que se sentir em casa possa ser, algum dia.

E aí olhei outra vez, e a expressão dele era como a de uma casa com a porta fechada, as luzes apagadas e sem alguém que me reconheça.

Ir para a escola é insuportável. A luz do sol é forte demais e sinto que todos conseguem ver dentro de mim, todos os tecidos nojentos que seria indelicado mostrar.

Depois da escola, coloco a câmera e o suéter de Jay em uma caixa de papelão velha e a deixo no alpendre dele, toco a campainha e saio correndo.

À noite, quando não consigo dormir, pego a foto secreta na minha mesa de cabeceira e tento imaginar uma época em que minha mãe era feliz. Então acordo em um quarto tomado pelo sol de sábado e com mamãe me batendo com o travesseiro.

— Levanta! Sabe que horas são? São duas da tarde!

Ergo os braços para proteger o rosto.

— Acho que tô deprimida.

— Você não pode estar deprimida, Deedee. Depressão é coisa de gente branca que não sabe a sorte que tem! — Ela soa como se estivesse prestes a perder a cabeça. — Levanta! Como ousa ficar deprimida, com tudo que você tem? Sinceramente, é egoísmo se entregar às emoções desse jeito!

Lembro quando Suzy terminou com o primeiro namorado e a mãe dela a afagou nas costas enquanto a filha chorava, dizendo-lhe para botar tudo para fora.

Minha mãe me acerta com o travesseiro outra vez, algumas vezes seguidas. Então ela o solta e me bate com as mãos pequenas, desajeitada, em lugares aleatórios nos meus ombros e torso.

— Dá pra sentir sua tristeza *lá de baixo*! A vida já é difícil o bastante, e aí tenho que voltar pra casa e ver você, *sugando toda a energia que eu tenho*!

Fecho os olhos com força e Jay está na minha frente, debaixo das arquibancadas, dizendo: *Não deixa ninguém falar com você daquele jeito.*

E eu meio que o odeio agora. Mas talvez ele tenha razão.

Agarro o travesseiro e o uso para tirá-la de cima de mim.

— Você pode só *fechar a porta e me ignorar*! — grito. — É uma opção!

É difícil dizer quem fica mais atordoada, eu ou minha mãe. Estamos ambas encarando uma à outra, boquiabertas.

Então ela nota a foto, jogada ali no colchão, e faz uma careta.

— O que eu te falei sobre isso? — pergunta, em voz baixa e firme, a mais assustadora.

É o último lembrete que tenho de quando estávamos todos juntos, completos. Mas estou exausta demais para lutar contra ela.

Mamãe faz um som de desgosto e desaparece corredor afora com a foto.

Tudo que quero fazer é dormir, mas, quando estou acordada, envelopes começam a chegar pelo correio. É o futuro se reafirmando, mesmo que não pareça real para mim. Rejeições de Princeton e de Yale — não havia o suficiente para fazer minhas candidaturas se destacarem, eu acho.

Mamãe balança a cabeça.

— Eu esperava mais de você.

Entro na Georgetown, mas também é cara demais e, quando imagino Washington, tudo que vejo é cinza.

— Você anda meio pra baixo ultimamente — comenta Suzy no caminho para a escola. — Aconteceu alguma coisa?

— Só tô preocupada com o ano que vem.

Qual é o sentido de contar para ela agora que acabou?

— Você vai receber boas notícias, tenho certeza.

Estou tentando me segurar, mantendo os dedos pressionados com força nas palmas.

— E você? Tá tudo... bem com você e o Alex?

Minha pergunta fica pairando mais tempo no ar entre nós do que eu esperava.

— É que não consigo me livrar da sensação de que ganhei na loteria ou coisa do tipo — responde ela depois de um momento, com os olhos fixos adiante. — Não paro de pensar que ele nunca namorou alguém por tanto tempo. Acho que só tô meio nervosa? Tipo, como se tudo fosse evaporar se eu começasse a questionar as coisas.

— Se evapora tão fácil assim, será que era bom mesmo?

Pisco ao me ouvir dizendo isso.

Suzy franze as sobrancelhas.

— Quer dizer, como você ia saber, né? Você nunca namorou ninguém.

Isso me atinge em cheio no estômago.

— É. Acho que sim.

Minha história com Jay... Afinal, quem sabe o que foi aquilo?

Passo o dia todo querendo dormir e a noite toda com dificuldade para não ficar acordada, tentando não olhar pela janela por causa dos faróis que posso acabar vendo. Sério, foi um erro estratégico me apaixonar tragicamente pelo meu vizinho.

Às duas da madrugada, abro o aplicativo de anotações. E, sem pensar muito, escrevo:

**Vantagens de ser uma aswang:**

- Ela tem o próprio meio de transporte
- Os homens têm medo dela
- Não tem medo de deixar outras pessoas verem o que tem dentro dela
- É adaptável (metamorfa)
- Não deve se incomodar por ser mais de uma coisa
- Não deve se preocupar por ser Meio Que Difícil

Releio a lista e me sinto um pouco menos solitária com minha piada. É o suficiente para cair no sono.

Semanas se passam. Estou dormindo a noite toda com mais frequência. E, quando consigo, tenho sonhos estranhos.

Em um deles, estou vagando em um jardim à noite e o fantasma decapitado de um cavaleiro espanhol me diz com uma voz lamuriosa para *enunciar*.

Em outro, estou parada em meio aos vasos cintilantes na sala de estar enquanto o sol se põe, pego-os um a um e os arremesso no chão para que se estilhacem, de modo que resta apenas um piso cheio de cacos.

Quando acordo, mamãe está sentada na beira da minha cama. Ela alisa o cobertor, parecendo um pouco triste e murcha.

— Já te contei da vez que seu Tito Andoy pegou uma aswang?

*Ela quer contar as histórias outra vez?*

— Foi quando éramos crianças. Sua Lola Cecilia, mãe dele, sua tia-avó, estava doente.

Minha mãe me lança um olhar irritado, como se minha falta de conhecimento sobre nossa árvore genealógica fosse um defeito pessoal que exige dela grande paciência para aceitar.

— Ele ouviu alguma coisa no telhado. — Mamãe ergue as sobrancelhas e arregala os olhos. — Então tentou subir lá, com uma escada e uma lanterna. E encontrou alguém, *alguma coisa*, lá em cima. À espreita. Esperando. Com a língua looonga e comprida passando por uma janela, procurando por sua Lola Cecilia.

Uma expressão distante passa pelo rosto de minha mãe. Me pergunto do que essa história a lembra.

— Mas quando ele apontou a lanterna para a coisa, reconheceu o rosto dela. Era uma garota que seu Tito Andoy conhecia da escola. Ela pulou para o chão, se juntou com a metade inferior e ele a perseguiu até a floresta.

— E aí o que aconteceu?

Mamãe se levanta de repente.

— Ele nunca mais a viu. Disseram que a família dela se mudou. Lola Cecilia se recuperou pouco tempo depois.

As histórias da minha mãe são assim às vezes: cortadas, incompletas. Ela se levanta para sair outra vez e fico deitada na cama, inquieta.

Deve haver mais do que isso na nossa história.

Não descobri muita coisa quando a segui da última vez, mas descobri quando entrei no escritório dela. Em um lampejo, as cartas surgem em minha mente outra vez, derramando-se no chão.

O que mais tem lá que ela guarda a sete chaves?

Quando perguntei como Jay aprendeu a fazer seu trabalho, ele deu de ombros e respondeu que ficou pesquisando as coisas obsessivamente na internet. Fiquei irritada com o jeito como ele fez isso parecer tão fácil. Mas agora abro o YouTube e pesquiso *como abrir uma fechadura*.

Ouço os passos de minha mãe no corredor e fecho o aplicativo. Na porta, ela me lança um olhar cético.

— Esqueci — diz, me entregando um envelope. — Chegou isso pra você.

É de Eastleigh e minhas mãos tremem enquanto o abro. Minha mãe já foi. Acho que não tem interesse no que uma faculdade estadual tem a dizer.

É um prazer informá-la de que…

Uma bolsa integral.

Leio e releio a carta algumas vezes para ter certeza.

Significa que vou morar aqui no ano que vem, que não vou sair desta cidade. Mas o sangue sobe até minha cabeça só de pensar em fazer alguma coisa por conta própria. Como se eu finalmente tivesse colocado algum dinheiro em casa.

Talvez isso não seja amor, mas faz meu coração acelerar.

Nessa mesma semana, estou indo para a aula de física e lá está Jay, saindo atrasado. Ele está na turma avançada, e eu não. E acho que alguma coisa o fez ficar mais tempo, porque Jay é o último a sair da sala, às pressas e desajeitado, tentando não olhar para mim. Tão preocupado que deixa alguma coisa na carteira.

Não consigo evitar a curiosidade. Eu me sento e espio lá dentro.

É a edição dele de *Enquanto agonizo*, aberta como se Jay a estivesse lendo durante a aula. Não estamos mais estudando esse livro na aula de inglês. Não há motivo para ele o ler agora.

Enfiado entre as páginas está meu desenho do frasco de molho de peixe.

Fecho o livro e o empurro para o fundo da carteira. Não posso me permitir pensar a respeito, não posso confiar nele de novo. Passo a aula toda tentando esquecer o assunto.

# TRINTA E TRÊS

**As árvores que perderam folhas** estão ficando cheias de novo, e o verde vibrante das copas balança com a brisa. Paro no fim do quarteirão e tiro uma foto delas oscilando na mesma direção.

Ando caminhando mais de vez em quando depois da escola, se o carro de Jay não estiver na garagem. E, antes de ir dormir, olho para as fotos outra vez. Antes eu me forçava a não fazer isso, apenas as enxotava para o fundo da mente, como se algo ruim fosse acontecer se eu cedesse às minhas vontades. Mas acho que o jeito como Jay falou sobre as minhas fotos me marcou. Como se eu pudesse fazer algo novo, não apenas me agarrar furiosamente ao que já está lá. Algo entre o que eu sinto e o que é.

Estou quase chegando em casa, pensando no kit para abrir cadeados que comprei na loja dos Jang como quem não quer nada e que ainda não tive coragem de usar. E, quando entro na minha rua, lá está Jay no quintal da frente. Sentado no gramado, em uma cadeira dobrável, ao lado de Gemma. Ela está usando um par de óculos rosa-choque, relaxada com a cabeça inclinada para trás, pegando um sol.

O carro dele não está na garagem, não era para ele estar aqui! *Isso é uma violação da merda do contrato social!*

Aperto o passo, pisando firme e rápido até a porta da frente, bem quando Jay se levanta às pressas e corre até mim.

— Deedee! Deedee, espera, eu...

— O que você quer, *Jason*? — questiono, irritada. Agora ele está parado na minha frente, no meio da rua. De mãos erguidas, com as palmas voltadas para mim. — Por que você tá aqui? Seu carro não tá na garagem.

— Deixei na oficina. — Ele ri, tenso. — Você tá mesmo me evitando.

— *Por que* eu não te evitaria?

É difícil ficar cara a cara com ele desse jeito. Muitas coisas continuam sendo memória muscular. O impulso de tocá-lo. A consciência da facilidade com que nossos corpos se encaixariam se eu desse mais alguns passinhos à frente. Do cheiro que eu sentiria se fizesse isso.

No gramado de Jay, Gemma está esticando o pescoço para ver melhor. Ela ergue os óculos de sol e os apoia no topo da cabeça.

— É isso que eu preciso te falar, eu... eu tava errado. Antes. Eu só... entrei totalmente em pânico. Queria te dizer isso, mas... não te vi mais à noite e parecia errado mandar mensagem, mas, se eu falasse com você na escola, você não ia querer... — Jay suspira, se detém. — Eu fiz merda, Deedee. Me desculpa.

*O quê?*

Não posso ouvir isso agora.

— Ótimo. Agora você já falou. Tchau! — digo, e saio em disparada até a porta da frente.

— TCHAU, DEEDEE! — berra Gemma atrás de mim.

Quem ele pensa que é?

*Guia, contrapinos, pinos-segredo, cilindro.*

Estou agachada na frente da porta do escritório da minha mãe, suando, mexendo nas ferramentas inseridas na fechadura. Ela ainda deve demorar algumas horas para voltar do trabalho. Os vídeos fazem parecer tão fácil, mas acho que meus músculos não têm as memórias corretas.

*Empurre os pinos para cima, um a um. Você deve conseguir senti-los ceder.*

Bem quando aprendo a viver sem ele, Jay aparece de novo.

Nosso término foi como ser jogada de uma cama quentinha para um lago congelante. Mas quando me lembro de como me senti, perto do fim, vejo que não é assim que quero ser. Não quero ir dormir de novo envolta em um véu, me escondendo do resto da minha vida. Apavorada diante do que eu tinha a perder, como se precisasse de Jay para respirar.

Agora eu entendo. Tenho um buraco no coração, e não há como um garoto preenchê-lo.

Para fazer isso, preciso invadir o escritório da minha mãe.

Puxo as ferramentas para fora da fechadura, deixo os pinos caírem e se alinharem. Flexiono a mão, aperto e solto. Isso me faz pensar em todas as vezes em que o motor de Jay morreu, como eu ficava estressada e suada quando isso acontecia.

Mas eu consegui.

O jeito como ele disse: *Você vai pegar o jeito, continua tentando.*

Ao meu lado, meu celular vibra contra o piso de madeira.

Jay Hayes: tô com saudade

Esse babaca.

Quero ligar para Jay, já que ele gosta tanto da merda do celular, e gritar: *Não dá para ver que eu estou ocupada?!*

Talvez eu o afaste, o assuste.

Deedee Walters: seja mais específico

Apago as mensagens, sem tirar print, e respiro fundo, inserindo as ferramentas outra vez. Esvaziando a cabeça, mal conseguindo respirar, indo devagar. Empurrando os pinos, um a um, e…

O cilindro gira. Estou dentro.

Puta merda.

Sinto que estou abrindo uma tumba antiga e deixo meus olhos se ajustarem. O ar está parado e partículas de pó flutuam na luz que penetra pelas persianas parcialmente fechadas.

Há um armário enorme em uma das paredes, com uma porta sanfonada. Quando eu a abro, encontro um monte de caixas de arquivo empilhadas.

Eu as retiro uma a uma, tentando memorizar a ordem em que devem voltar para seus lugares.

Uma delas está cheia de envelopes amarelos, de um laboratório de revelação de fotos que deve ter fechado há muito tempo.

Uma mina de ouro.

Abro um dos envelopes e encontro uma foto dos meus pais, posando diante da Torre Eiffel. Minha mãe está usando óculos de sol enormes, parecendo glamorosa. Não sabia que eles tinham ido para Paris. Não sei por que isso é tão surpreendente. Que ela já tenha sentido alegria uma vez na vida, que tenha feito algo que não estivesse relacionado a estritamente *sobreviver*. Tenho a sensação de que cheguei no meio do filme e, por não ter pegado o começo, talvez não entenda bem o final.

Um dos envelopes está cheio de fotos de Nova York.

Uma de uma lanchonete, com sua fachada de pedra.

Uma do meu pai, sentado a uma mesa, escondendo o rosto atrás de um cardápio.

Meu coração bate um pouco mais rápido. Eu nunca tinha visto essas.

Esses resquícios de quando os dois eram felizes, da época em que eu não era nascida.

Vejo a foto de um prédio de tijolos, situado perto de uma linha de trem elevada.

Meu celular vibra outra vez, várias vezes, ao meu lado.

Jay Hayes: tô com saudade do seu senso de humor
Jay Hayes: das suas milhões de perguntas
Jay Hayes: de como você é doce e áspera ao mesmo tempo

É irritante como meu corpo reage, o jeito como meu estômago se revira, a sensação familiar no peito. Aff, caramba, por que ele teve que responder de verdade?

Apago as mensagens, coloco o celular na escrivaninha da minha mãe e me debruço mais fundo no armário.

No canto, atrás das caixas, encontro um antigo álbum de fotos. Eu o pego e o abro. Está cheio de páginas com bolsinhas transparentes preenchidas com fotos, uma mistura caótica de tamanhos e formatos.

Rostos desconhecidos me encaram de volta, pessoas que se parecem vagamente comigo. Fragmentos congelados do passado que não consigo juntar para formar uma história. Crianças com cortes de cabelo tigela contra um fundo de pinheiros retorcidos.

Vejo minha mãe quando criança, posando diante de uma porta de igreja de madeira, usando um vestido branco. A peça contrasta com a pele dela, um tom mais escuro de marrom do que ela deixa chegar atualmente.

Meu celular não *cala a boca*, vibrando sem parar sobre a escrivaninha. O que é que ele pode estar falando?

Jay Hayes: tô com saudade do seu jeito de ver as coisas
Jay Hayes: do jeito que você pensa
Jay Hayes: da sua risada
Jay Hayes: do jeito que você fica muito obcecada por uma ideia
Jay Hayes: do seu gosto muito específico pra batatinhas

Sinto os cantos dos olhos arderem, mas tento conter a emoção e desligo o celular. Volto para o chão, viro a página do álbum. E alguma coisa parece muito errada.

Em cada imagem que vejo, há um buraco, algo que falta.

Algumas das fotos têm um lado irregular, uma borda rasgada, uma pessoa retirada do enquadramento.

Em outras, parece que algo foi cortado com um estilete.

Um talho na foto, com o braço ao redor da minha avó.

Uma raiva antiga reverbera daquela ferida irregular no papel brilhante da foto. A emoção que minha mãe deve ter sentido quando o rasgou e cortou, às vezes de forma desesperada, às vezes cirurgicamente precisa.

Há um grito silencioso vindo da página, uma ausência estrondosa. O espaço negativo onde antes havia um homem.

Aquele espaço em branco me desafia, me provoca.

*Um mistério a ser resolvido.*

Há um bolso na contracapa com alguns papéis dobrados. Finos, frágeis.

Eu os retiro com cuidado.

Há uma página recortada de um jornal, ou talvez uma revista. Amarelada, quebradiça. E lá está a mulher que parece tão triste nas fotos antigas. Aquela que me deu minhas bochechas e boca.

*Partiu cedo demais*, diz o recorte. Um acidente trágico, uma batida de carro não muito longe de casa.

Ela era uma atriz. Há uma lista com os nomes de alguns de seus filmes. Ela não tinha tido tantos papéis assim, mas iluminava a tela.

*Deixa...* o marido. Um nome que não reconheço.

Não é Lolo Ric. Não é Ricardo. Uma outra pessoa.

Tento pesquisar o novo nome no Google. Não encontro nada a princípio, mas então procuro o nome dele junto com o da minha avó.

Há um artigo curto. Um obituário. De um homem que aparentemente *era* meu avô, mas não aquele sobre o qual minha mãe me contou.

Esse homem morreu há mais de dez anos. Por volta da mesma época que ela me fez começar a escrever cartas para um avô que não existia de fato. Outro fantasma.

Cubro a boca com a mão, mordendo um dedo para não gritar no quarto abafado.

Derrubo o álbum e começo a abrir as gavetas da escrivaninha, procurando por alguma coisa, algo mais. Canetas, clipes de papel, arquivos, recibos. Recibos atrás de recibos. Uma pilha de cheques. Cheques antigos com a palavra *aluguel* escrita.

Enviados para minha mãe. De um endereço em Nova York.

Pesquiso o endereço e o vejo no Street View.

Um prédio de tijolos marrons próximo a uma linha de trem elevada.

Vasculho as fotos, encontro aquela em que estou pensando de novo.

É o mesmo prédio.

Por que ela está com esses cheques? O que esse prédio tem a ver com ela?

Ao lado deles, há um envelope, onde a palavra *Reservas* está escrita com caneta esferográfica. Dentro, há chaves. Chaves de uma casa. Parecem cópias de uma mesma chave.

Guardo uma no bolso e recolho o álbum e as fotos.

Minha cabeça está girando com muitas perguntas enquanto tranco a porta atrás de mim, subo as escadas e escondo com cuidado essas coisas no meu armário.

*Por que mamãe mentiria para mim sobre ele?*

*Por que ela me fez escrever aquelas cartas?*

*O que o pai dela fez com ela?*

*O que aconteceu com a mãe dela?*

*Que prédio é aquele e o que são essas chaves?*

E, tendo uma chave no bolso, algo em que me agarrar, sinto como se simplesmente precisasse *ir lá*.

Parece uma *pista*.

Uma migalhazinha de esperança de que há um mistério a ser resolvido, com respostas no final.

E preciso me agarrar a isso agora. Porque nada disso faz sentido nenhum.

Passo todo o jantar com minha mãe tentando parecer normal.

Aceno a cabeça enquanto ela conta uma história sobre o trabalho, mas, na minha mente, estou calculando o dinheiro que economizei do almoço e das aulas de reforço.

*Mentirosa. Mentirosa. Mentirosa.* A palavra se agita na minha cabeça depois de cada palavra que ela diz.

E, quando me levanto e volto para o quarto, volto a ligar o celular para pesquisar preços de passagem de ônibus. Enquanto minha mãe estiver na próxima viagem a trabalho, posso ir para Nova York. Testar essa chave eu mesma.

Há um monte de mensagens de Jay.

Jay Hayes: tô com saudades do seu rosto
Jay Hayes: do jeito que você usa suas roupas
Jay Hayes: do jeito que você é meio doida
Jay Hayes: do jeito que você me assusta um pouquinho
Jay Hayes: porque você fala de coisas sobre as quais eu digo a mim mesmo para não pensar

É como quando Jay estava tentando responder minha pergunta sobre como é o trabalho dele. Provavelmente vai continuar jogando respostas até sentir que chegou à melhor e mais correta. Ou até eu mandar que pare.

Outra mensagem aparece, enquanto estou encarando a tela.

Jay Hayes: e das suas dicas de redação, óbvio. muito úteis

Isso me faz rir.

Deedee Walters: é claro

Jay Hayes: é, ouvi dizer que você costuma cobrar uma boa grana por elas

Deedee Walters: e o que mais?

Jay Hayes: sinto saudade de conversar com você
Jay Hayes: e sinto saudade de ficar sentado do seu lado em silêncio
Jay Hayes: sinto saudade de tudo

Sinto um nó na garganta. O calor e a pressão no fundo dos meus olhos ameaçam me fazer chorar.

Deedee Walters: eu meio que te odeio

Jay Hayes: eu sei
Jay Hayes: quero consertar as coisas

Desligo o celular outra vez e não respondo.

# TRINTA E QUATRO

**O auditório da escola do fundamental** está agitado na noite do Concerto de Primavera. Os Jang estão parados no corredor, então chamo a atenção de Suzy e aceno para eles.

— Vou ficar ali — diz minha mãe, indo para um assento perto dos fundos.

Ela insistiu em vir hoje por algum motivo, mesmo que obviamente não quisesse.

— Você vive na casa deles! — justificou-se. — Preciso ser simpática. Que imagem eu ia passar?

Há tantas coisas que eu quero dizer. *Qual é o seu problema com os Jang? Por que você insistiria em vir por causa da imagem que isso passaria e aí não conversar com ninguém?*

— Não quer dar um oi? — pergunto.

Mamãe me lança um olhar incisivo.

— Já não é o suficiente eu estar aqui?

Então mordo a língua e atravesso o corredor na direção deles.

— Ei, olha quem chegou! — O pai de Suzy me dá tapinhas no ombro. — Mal posso esperar para o ano que vem. Você vai ter que me contar tudo sobre a minha antiga faculdade.

Ele continua muito animado porque tanto eu quanto a filha vamos para Eastleigh, como ele e a sra. Jang.

A mãe de Suzy me dá um abraço.

— Estou tão orgulha de vocês, meninas.

Olhando por cima do ombro da sra. Jang, minha mãe parece infeliz, uma ilha isolada e tensa. Fico um pouco triste por ela, pensando sobre o buraco nas fotos antigas. E, ao mesmo tempo, estou brava por ter mentido para mim. Os dois sentimentos se entrelaçam, como uma corda que me puxa em uma direção: talvez, se eu for para o lugar onde mamãe foi feliz, isso me ajude a montar uma história que eu possa aceitar.

Os pais de Suzy riem juntos.

— Você devia voltar com a banda! — A mulher lança um olhar provocador para o marido. — Você vivia dizendo que vocês só estavam à frente do seu tempo. Bom, já se passou um bom tempo!

— Muito engraçado — diz o sr. Jang, balançando a cabeça e fingindo rir.

Alex atravessa o corredor na nossa direção, e a sra. Jang lhe dá um abraço, puxando-o para perto de si, fazendo um milhão de perguntas. O rapaz parece nervoso quando ela pergunta qual é o livro favorito dele.

— Bom... eu gosto de vários... É, hã... difícil escolher só um.

Consigo praticamente ver uma gota de suor gigante de desenho animado se formando na testa dele.

— Ah! — diz Charlie. — Quase esqueci. — Ele pega uma bolsa gasta para câmera debaixo de um dos assentos. — É um presente atrasado de parabéns. Ou um presente adiantado de ida para a faculdade. Mas achamos que você deveria ter a própria câmera, para todas as recordações que vocês duas vão criar.

O auditório está perdendo o foco nos cantos de minha visão. Mal consigo manter a atenção, assustada demais para olhar para minha mãe. O que ela vai pensar? As duas coisas de que menos gosta, enfim juntas: a família de Suzy e meu interesse em fotografia.

— Na verdade, é a câmera que eu usava quando tinha a idade de vocês. Ainda está em boas condições, e a Suzy nunca vai usar, então...

— Adorei — consigo dizer, com a voz meio engasgada. — Obrigada.

Ele me dá tapinhas de leve nas costas quando uma professora anuncia que está quase na hora de o espetáculo começar.

Eu me junto de novo à minha mãe, sentindo o suor se acumular sob a camisa.

— O que é isso? — pergunta ela, com os lábios franzidos.

— Um presente.

Aperto a alça da câmera com mais força, com medo de mamãe pegá-la de mim. Mas ela só fixa os olhos no palco, com a mandíbula tensa, e comenta:

— Legal.

As cortinas da cor de vinho tinto se abrem e o coral da escola sobe no palco. Ben e Jake estão usando camisas brancas e calças sociais iguais, com o cabelo penteado para trás e modelado com gel. E lá está Gemma, parada na outra ponta da fileira, usando um vestido azul-claro e sandálias brancas. Então Jay e a mãe dele estão aqui em algum lugar. Sinto as palmas suarem contra o assento de plástico duro.

O coral respira fundo e começa a cantar, com os braços rígidos nas laterais do corpo e os peitos estufados. Nas duas músicas que se seguem, Jake começa a se soltar. Em pouco tempo, ele passa a gesticular tão animado com os braços que quase dá um tapa na criança ao lado dele.

Ao final de uma interpretação particularmente explosiva de "Let It Go", eu me levanto para ir ao banheiro.

E, quando volto para o saguão, Jay está vindo na minha direção. Somos só eu e ele e este espaço cada vez menor entre nós, com o eco de seus passos no linóleo branco e os sons abafados do espetáculo que atravessam as portas pesadas de madeira.

Odeio o fato de que ver Jay ainda me faz sentir um friozinho no estômago.

— Ei. Oi. — Ele leva a mão à nuca, o cotovelo dobrado. — Posso falar com você? Lá fora?

Jay segura a porta para mim e eu passo, sentindo o coração bater com força. O silêncio é ainda maior quando as portas duplas se fecham às nossas costas. Grilos cricrilam no estacionamento escuro e uma luminária antiga zumbe acima de nós, com seu brilho laranja e sombras de insetos mortos acumulados no fundo.

Parece que Jay ainda está pensando no que quer dizer enquanto encara o concreto entre nós dois.

Não aguento mais. Preciso falar primeiro.

— Olha. Não vou mentir e dizer que não sinto saudade. Mas ainda tô brava contigo. — Cruzo os braços, lutando contra a vontade de estendê-los e tocá-lo. — E andei pensando sobre o que você disse… se as coisas eram tão ruins a ponto de você não suportar mais conversar comigo, o que tem de diferente agora?

Ele respira fundo e solta o ar lentamente.

— Sabe aquela vez que eu gritei com você? Quando você me ligou? Ainda me sinto mal por isso. E nada justifica o que fiz, mas… — Jay me olha nos olhos. — Eu tava pedindo pra minha mãe fazer terapia.

Levo um segundo para assimilar a informação.

— Você pode simplesmente *pedir* pra sua mãe fazer terapia?

Minha mãe diz que terapia é bobeira, que *só gente doida vira terapeuta*. Mas meio que soa… bom e importante, com base no que todo mundo fala. Não que eu tenha a opção de fazer algo do tipo agora.

Jay abre a boca e solta um riso trêmulo.

— Quer dizer, foi difícil. Porque eu ainda… sinto que a decepcionei, eu acho, só… deixando meu pai ser um bosta com ela por tanto tempo. E a Candace até tentou convencer minha mãe a fazer terapia, um tempo atrás. E a coisa não deu certo.

— Então o que ela respondeu?

— Hã, no começo ela não gostou. Ficou toda "está dizendo que eu sou uma péssima mãe?" e "você é igualzinho ao seu pai, dizendo que eu sou louca". — Jay repousa uma das mãos sobre o peito, pressionando o polegar nos dedos, algumas vezes cada um. — Mas, por algum motivo... é, minha mãe me ouviu dessa vez. Ela tem ido.

— Isso é ótimo — falo baixinho.

— Algumas das coisas que a Candace disse antes... Pensei nelas, quando as brigas com a minha mãe tavam piorando, no outono e no inverno. E eu acho que... sei lá, comecei a pensar que... não dava pra continuar daquele jeito.

Você pode simplesmente *decidir*? Que não dá para continuar desse jeito?

Ele bufa de maneira brusca, com a cabeça virada para baixo.

— Quando meu pai veio pra cá...

— Você nem me contou que ele vinha.

— Eu não queria pensar no assunto até a coisa estar literalmente acontecendo. E... — Jay tamborila os dedos sobre o coração, como se o estivesse mandando se acalmar. — A namorada nova do meu pai... ele fala com ela do mesmo jeito que costumava falar com a minha mãe, como se só tivesse copiado e colado alguém no lugar que ela ocupava. Mas minha mãe queria que eu fosse vê-lo, né? Então passei o dia com ele e depois nós buscamos a Gemma pra jantar. — Jay sacode a cabeça e volta os olhos para o estacionamento. — Meu pai simplesmente... deu um tapa na bunda da namorada na nossa frente. Eu queria cobrir os olhos da Gemma, mas não reagi a tempo. Eu só... me senti impotente, como antes. E senti como se fosse decepcionar as duas de novo, e...

Os olhos de Jay seguem uma mariposa que passa voando por ele, batendo as asas ao redor da luz laranja.

— Meu pai disse uma coisa que ficou presa na minha cabeça: *Você acha que é melhor do que eu? Você é sangue do meu sangue, não somos tão diferentes assim*. Acho que pensei... — Jay fecha os olhos com força. — Pensei que poderia te proteger saindo da sua vida. Esse é o único jeito de garantir que seja assim. É a única coisa que eu posso fazer.

As coisas que ele falou na ponte à noite me voltam à mente. *É uma coisa que eu posso fazer. É uma coisa que eu entendo.* Parecia que Jay estava se agarrando àquelas palavras como se sua vida dependesse delas.

— Que condescendência de merda você achar que pode decidir isso por nós dois.

Jay deixa os braços caírem na lateral do corpo e assente.

— Você simplesmente me jogou pra escanteio — insisto.

— Eu sei. E eu quero... — Ele respira fundo e segura o ar por um segundo antes de soltá-lo outra vez. — Quero ser melhor do que isso. Sei que posso ser.

— Sabe quando você disse que sentia que tava me deixando infeliz? Talvez eu não estivesse feliz, mas não era por sua causa. Não sou mais um trabalho pra você. Não preciso que você me conserte.

Mas estou envergonhada, porque, se as coisas tivessem continuado do jeito que estavam, eu provavelmente ia mesmo querer que Jay me consertasse, naquela época. E não estaria dizendo isso agora.

— Eu sei — sussurra ele, encontrando meus olhos de um jeito que deixa meu peito apertado.

Há tantas outras coisas que quero dizer neste momento, mas me decido por uma:

— Não sei, Jay, minha mãe tá aqui. É melhor eu voltar lá pra dentro.

Quando o espetáculo acaba e as luzes se acendem, minha mãe se vira para mim, irritada, e declara:

— Certo, vamos dar um oi.

Charlie acena com a cabeça quando vê que estamos nos aproximando.

— Gloria. Obrigado por vir.

— É claro — diz mamãe, *enunciando* talvez ainda mais do que de costume. — Foi um espetáculo maravilhoso. Os meninos estão tão crescidos agora.

— Estão crescendo cada dia mais um pouco — responde a sra. Jang.

Nessa hora, Jay, Gemma e a mãe estão subindo o corredor, a caminho da saída.

— Deedee! — exclama a mãe dele, que chega mais perto para me dar um abraço. — Que maravilha te ver de novo. Como vai?

O jeito como o rosto todo dela se ilumina, a voz tão calorosa — é como se quisesse que eu namorasse o filho dela, como se me ter na vida deles fosse ser algo legal.

— Mãe, esses são nossos vizinhos da frente — explico, tentando sorrir. — É, hã, engraçado a senhora não ter conhecido eles ainda!

Minha mãe mal os cumprimenta, encarando-os com um silêncio gélido.

Jay parece ainda mais desconfortável do que eu, o que é um feito e tanto.

— Mãe, é melhor a gente ir, né?

Ele está virando a cabeça, mas me segue com os olhos.

— Você não gostava daquela garota? — pergunta a mãe de Jay, quando ainda podemos ouvi-los um pouco.

Não consigo escutar a resposta dele. E estou muito tensa enquanto caminhamos até o carro, me perguntando o quanto minha mãe ouviu.

# TRINTA E CINCO

— **Então** — diz minha mãe, no banco do motorista, enquanto seguro a bolsa da câmera no colo —, você gosta muito de tirar fotos.

Fico quase emocionada pelo jeito como ela comenta isso, como se fosse um assunto neutro. Então fico irritada e confusa, pensando em todas as vezes em que brigamos por causa disso. Na rigidez dela ao falar com os pais de Suzy e na expressão em seu rosto ao conhecer a mãe de Jay.

— Tem alguma coisa acontecendo entre você e aquele garoto?

Ok, respira. Mamãe só vive em alerta para essas coisas. Ainda dá para eu me safar dessa.

— Não — respondo, observando as luzes da escola desaparecerem no espelho lateral.

Em um semáforo, a luz vermelha ilumina a curva desdenhosa de sua boca.

— A mãe daquele garoto se veste igual a uma adolescente. Quantos anos será que ela tinha quando teve os filhos?

— Mãe — resmungo. — A senhora nem conhece eles.

— O que está acontecendo com a vizinhança?

Em geral, não insisto muito. Finjo não ouvir. Mas as coisas que encontrei no escritório de minha mãe e o que Jay me disse… Está tudo se revirando, alimentando este desejo de ser imprudente. De quebrar coisas, como os vasos no meu sonho.

— Como assim?

Ela balança a cabeça.

— Está ficando tão *étnica*.

— Mãe, isso é racista — digo, um pouco alto demais. Nunca falei algo do tipo para ela, nunca projetei o incômodo para fora. Só o enterrava fundo até misturá-lo ao resto da minha vergonha.

Minha mãe ri, curta e grossa.

— Vocês, jovens, acham que tudo é racista. O que você vai fazer, me cancelar?

— Qual é o seu problema com eles? *De verdade?*

É como se uma outra coisa estivesse falando através de mim neste momento, mais forte do que eu costumo ser.

Ela suspira como se eu tivesse acabado de lhe pedir para recitar a tabela periódica de cabeça.

— Eles só são... Aqueles meninos? Uns mal-educados. Aquela menina usa maquiagem demais. E a mãe, agindo como se fosse uma amiga em vez de uma mãe, é irresponsável. Como é que as crianças vão aprender disciplina? E o pai... — Ela para de falar, como se não fosse preciso. — Tão ignorante. Tão norte-americano.

Chegamos em casa agora e agarro a alça da bolsa da câmera enquanto sigo minha mãe.

Parece que estou traindo toda a família de Suzy ao deixar essa conversa acabar.

— Qual é o problema agora? — pergunto, alto demais outra vez, e mamãe para à minha frente, então estou falando com as costas dela. — É porque eles são étnicos demais ou norte-americanos demais pra você? *Ou os dois?*

Se eu não sei como melhorar as coisas e não sei viver com elas continuando iguais, acho que só tenho que piorá-las.

— É porque o pai da Suzy tem tatuagens? Ou é porque eles não *se odeiam*?

Minha mãe se vira para me encarar e deixa uma risadinha amarga escapar da garganta.

— O que você sabe sobre se odiar? Você não faz a menor ideia.

Ela realmente não me entende nem um pouco.

— Eu sei que quero me misturar mais com *eles* do que com *você*!

A distância entre nós desaparece em um instante quando minha mãe me dá um tapa. Sua palma aberta é como um clarão de dor no meu rosto.

— *Como ousa?* Depois de tudo que eu fiz por você. — Os olhos dela estão cheios de nojo. — Você só tira e tira e *tira*! Faz ideia do quanto já *tirou de mim*?

Uma vozinha no fundo da minha mente diz: *Sim, a essa altura talvez eu tenha alguma ideia.*

Mas a raiva está encolhendo, evaporando. A raiva que vinha me impulsionando para cima, me dando coragem, está indo embora e estou recuando para dentro de mim mesma outra vez, com aquele sentimento contaminado surgindo, quente e pegajoso, me puxando para baixo, me enterrando.

Mamãe agarra um pedaço de pele no meu peito entre dois dedos, através da minha camisa, logo acima do meu seio direito, e aperta com força, torcendo-o na intenção de machucar. Solto um grito agudo.

— *Que desrespeito!* — exclama ela entredentes.

Minha mãe balança a cabeça, atravessa a sala e afunda no sofá. Então começa a falar, como se eu nem estivesse na sala com ela:

— Meu pai tinha tanta raiva desses norte-americanos. Dizia que eles se aproveitavam da gente, pensavam que eram melhores do que nós. Que eu não deveria acreditar neles.

Sinto o braço arrepiar. Nunca ouvi essa história antes.

— Ele passou um tempo aqui. Como era veterano de guerra, lutou por este país. Mas dizia que o tratavam feito lixo.

Minha mente está girando. Isso é tão diferente das histórias que ela costuma contar. Não é uma história sobre Lolo Ric, meu amigo imaginário que nunca fez nada de errado na vida. Só pode ser sobre o homem arrancado das fotos.

— Ele vivia tão *preso nisso* — recomeça minha mãe, como se estivesse conversando consigo mesma. — Falava sobre isso o tempo todo! Eu sempre pensava: "Por que o senhor não esquece isso? Por que não consegue superar?"

Então ela me olha e sinto o corpo todo formigar.

— Sua cara triste só me lembra dele. De como ele nunca deixava de se sentir como uma vítima.

Todas as vezes que ela gritava quando eu chorava me voltam à mente, empilhadas uma sobre a outra.

— Ele falava tudo isso. — Mamãe tira os olhos de mim e volta a se recostar no sofá. — Mas me dizia desde pequena que eu deveria vir pra cá. Passei a vida toda me preparando pra vir pra cá. Mal falávamos tagalog em casa.

Então os sentimentos conflitantes são de família.

Sigo a linha de visão de minha mãe, como se, se eu encarasse o mesmo ponto por tempo suficiente, os fantasmas que ela está vendo fossem aparecer para mim também.

— Então eu conheci a família do seu pai e eles nem sabiam o que eram as Filipinas. — Mamãe solta um riso tristonho e vira a cabeça de um lado para o outro. — Pra viver de um jeito confortável neste país, você precisa esquecer a história.

Isso é tudo que ela sempre quis, não é? Viver de um jeito confortável.

— O seu povo lutou contra nós, assassinou centenas de milhares de nós. Tentou nos afogar. Nos dominou. Nos fez pensar que deveríamos ser como vocês. Apoiou um ditador que nos aterrorizou. Agora vocês nem conseguem nos encontrar em um mapa.

Aquela configuração familiar de ilhas surge na minha mente, aquela que encarei tantas vezes no aplicativo de mapa, como se fosse me dizer algo algum dia. Estou me agarrando a ele agora para não ter de ser parte desse "vocês", mas, quanto mais me esforço para focar, mais o mapa perde a forma.

— Já te disse um milhão de vezes, não faz sentido pensar no passado. Não dá pra mudá-lo. Mas de alguma forma você sempre dá um jeito de me arrastar de volta pra lá. — Minha mãe me encara, projetando o queixo para frente. — Você não escuta. Não sabe a sorte que tem. E meus melhores anos foram todos simplesmente... *desperdiçados* com você!

Ela se levanta, de ombros tensos e punhos cerrados. Os vasos ao redor da sala cintilam à luz do abajur.

— Sabe de uma coisa? Conhecer você me ensinou que o amor *morre*. Desaparece. Não sabia disso antes.

Meu cérebro está girando, incapaz de assimilar qualquer coisa. Nada faz sentido.

De alguma maneira, tudo que consigo pensar em fazer é ir até a geladeira e pegar o bagoong e uma manga. Mamãe me observa colocar um pouco de bagoong em uma pequena tigela, pegar uma tábua de corte e uma faca grande, separar a fruta do caroço.

— Não estou com fome — diz ela. — Vou me deitar.

Termino de fatiar a manga em silêncio e transfiro as fatias para uma tigela enquanto a ouço subir as escadas, os passos pesados, a porta se fechando.

A sensação no meu peito é a mesma de quando estou assustada na estrada, agarrando o volante, me perguntando por quanto tempo isso vai durar, se vou chegar do outro lado.

Limpo a faca, lavo a tábua de corte.

Fico ali parada em silêncio, comendo sozinha.

Deedee Walters: me leva pra nova york

A tela do celular é o único ponto de luz no meu quarto escuro. As reticências surgem, desaparecem, reaparecem.

Jay Hayes: dá pra dar mais detalhes?

Deedee Walters: se você sente tanta saudade de mim
Deedee Walters: então me leva pra lá

Jay Hayes: tipo... agora?

Solto uma risadinha debochada.

Deedee Walters: você faria isso?

Jay Hayes: talvez

Ele não pode estar falando sério.

Deedee Walters: daqui a algumas semanas
Deedee Walters: quando minha mãe viajar a trabalho de novo

Ele não vai, não é? Nem Jay faria isso.

Há um sentimento, confuso e alucinado, me incitando. Como se eu não tivesse nada a perder agora e estivesse jogando uma moeda, deixando o destino decidir. Porque não sei o que eu quero mais: afastá-lo ou ir até lá com ele.

Deedee Walters: você pode até ver a candace enquanto a gente estiver lá

As reticências ressurgem, desaparecem.

Jay Hayes: vou pensar no assunto

Agora que eu não vou conseguir dormir.

Porém de alguma forma eu durmo, porque, quando abro os olhos outra vez, já é de manhã. E há um cheiro bom vindo do andar de baixo.

Minha mãe está esperando por mim na cozinha, usando um avental. Colocando alguma coisa em uma tigela, colocando--a no balcão.

*O que está acontecendo?*

— Fiz café da manhã pra você — diz ela. — Vamos, coma.

Minha mãe odeia cozinhar. E, depois da noite passada, de tudo que ela me disse?

*Conhecer você me ensinou que o amor morre.*

Eu sinto mesmo que estou enlouquecendo, mas me sento ao balcão. Pego a colher, dou uma mordida.

É arroz caldo, um prato do qual me lembro da última vez que visitamos a família dela. É um mingau de arroz fumegante, aconchegante como um abraço, com gengibre, frango desfiado e um ovo cozido.

Mamãe deve ter acordado cedo, talvez até ido ao mercado, só para fazer isso. Todas as coisas que eu sei que ela odeia.

*Isso mostra que ela te ama! Sinta-se amada!*

É uma enchente no deserto. Não sei como receber esse gesto.

Estou comendo rápido demais agora, quase me engasgando. Lágrimas começam a se formar e sinto aquele estresse na espinha vindo do esforço de contê-las. Isso me faz pensar em minha mãe dirigindo sobre uma ponte, com São Cristóvão cuidando dela.

Ela tem tantos medalhões daquele tipo. Um no carro, um na bolsa, alguns reservas em uma gaveta na mesa do corredor onde guarda as chaves.

— Está bom? — pergunta minha mãe, e assinto, com as bochechas cheias.

*Qual é o seu problema? Sinta-se amada!*

Dou outra mordida, tento deixar a comida me aquecer. Mas não consigo parar de pensar no que ela disse ontem à noite.

Não consigo parar de pensar no que é mais verdadeiro, esta comida ou as palavras dela.

*Conhecer você me ensinou que o amor morre.*

Fecho os olhos com força, esperando o sentimento passar. Tentando não chorar na frente da minha mãe, porque isso com certeza vai piorar as coisas.

É um alívio quando finalmente fujo para o meu quarto. Encontro algumas mensagens me aguardando no celular.

Jay Hayes: ok
Jay Hayes: vou te levar
Jay Hayes: me manda as datas

O chão se inclina sob os meus pés. Ele só pode estar brincando.

Minhas mãos tremem, segurando a tela perto do rosto. Meu Deus, o que eu fiz?

# TRINTA E SEIS

**— Eu reservei o que você escolheu.**

Jay me passa o celular dele com a confirmação e eu clico no anúncio. *Apartamento inteiro, duas camas, duas noites.*

Duas semanas se passaram e estamos de volta ao carro de Jay, estacionado atrás do boliche onde Ted está comemorando seu aniversário, repassando os últimos detalhes de logística. O céu está começando a corar sobre o teto reto do prédio. Há lixeiras à nossa esquerda, com o bosque logo atrás.

Jay tem um cartão de crédito, então ficou responsável por fazer a reserva. Mas, quando tiro da bolsa o dinheiro que tinha economizado e o entrego para ele, Jay separa metade e a devolve.

— Não! O que você… Você já me ajudou a economizar com o ônibus. E… eu me sinto mais segura indo com você do que ficaria sozinha.

É engraçado como ele faz este plano parecer mais realista e mais absurdo ao mesmo tempo.

— Ótimo — diz Jay, me encarando, então deixo de insistir só para ele parar de me olhar desse jeito.

Vamos amanhã. Sinto como se estivesse prestes a decolar rumo à lua — passei o dia todo mal conseguindo prestar atenção quando Suzy falava comigo. E não consegui pensar em um jeito de escapar quando ela determinou: *Você vai pra festa do Ted! Fim de papo.*

Mas ela e Alex têm discutido a noite toda, indo para os cantos para *ter uma conversa* durante longos minutos. Então não foi muito difícil sair de fininho.

— Por que você tá fazendo isso? — pergunto rápido demais.

— Porque você pediu.

Balanço a cabeça.

— Talvez tenha sido uma péssima ideia.

Jay solta um riso abrupto.

— Talvez?

— Você tá achando que vai acontecer alguma coisa quando a gente chegar lá?

— Não faço ideia do que vai acontecer.

— Você sabe que a gente não vai… — *Ficar juntos de novo?* — Talvez tenha sido… injusto da minha parte sugerir essa ideia. Você não precisa mesmo fazer isso. Foi só… — Sacudo a cabeça. — Não deveria ter te pedido.

— É importante pra mim cumprir a minha palavra. — Ele dobra a mão, mantendo os olhos colados à tela do celular. — E eu meio que gosto do quanto isso é ridículo. Quero fazer alguma coisa impulsiva pra variar.

Jay ergue a cabeça e semicerra os olhos.

— Então sua mãe aluga um apartamento? O que você planeja fazer quando a gente chegar lá? Tem alguém morando lá, não tem? Você acha que eles sequer…

— Só sinto que isso vai me dizer alguma coisa! Ir lá. Só estar lá, eu acho que vai… me ajudar a entendê-la melhor. De alguma maneira. Se eu for. — Suor se acumula sob minha camisa. — Eu sei que minha mãe anda mentindo para mim. Sobre meu avô.

— E você não quer perguntar pra ela…

— Nem todo mundo pode simplesmente *pedir pra mãe fazer terapia*, tá bom? — explodo.

— Olha, eu não tô aqui pra te julgar — diz Jay, de mãos erguidas. — Sinto muito por ela estar mentindo pra você. Deve ser horrível.

*Sua cara triste só me lembra dele. De como ele nunca deixava de se sentir como uma vítima.*

O rasgo na foto surge na minha mente.

— Acho que... às vezes tenho uma sensação… como se minha mãe estivesse brigando com uma pessoa que não está ali. Se a situação pudesse fazer mais sentido, talvez eu pudesse… — Não sei nem como terminar a frase. Cravo as unhas no lado interno do braço. — Sinto que… eu simplesmente não sei o que ser. Ela comenta umas coisas sobre outros imigrantes. Fico morrendo de vergonha… E confusa.

Meu coração está acelerado porque nunca falo sobre isso. Mal falo comigo mesma quando não está ativamente acontecendo alguma coisa, muito menos com outras pessoas. Há uma culpa que me oprime, fazendo meu cérebro superaquecer. Não quero ser associada às coisas que ela diz. Ao mesmo tempo, não quero envergonhá-la.

— Sei que não tô fazendo muito sentido. — Solto o ar dos pulmões lentamente enquanto afundo no banco do passageiro. — Acho que só passei muito tempo presa no mesmo lugar com ela. Preciso tentar algo diferente. Mesmo que seja a coisa errada.

Jay olha pela janela à sua esquerda, para o céu em tons pastel sobre as silhuetas escuras das árvores.

— A Candace provavelmente diria alguma coisa sobre *racismo internalizado* se você contasse isso pra ela. Minha irmã tinha um monte de opiniões fortes sobre… — Ele volta a olhar para mim. — Sei lá, ela tinha coisas mais inteligentes pra dizer.

— Você andou pensando em ir vê-la?

— Sabe, depois que você falou que… o que era mesmo? *Já considerou as coisas pelo ponto de vista dela?* — Ele suspira e passa a mão no rosto. — Eu meio que pensei mais mesmo sobre isso. E acho que… Sei lá, pensei sobre como nosso pai era mais duro com Candace do que comigo. E… talvez ela sentisse que nossa mãe nunca a apoiava nesse ponto.

Eu me sinto tão caótica agora, com culpa de um lado e uma inquietação implacável me puxando do outro. Talvez uma parte de mim quisesse que Candace fosse horrível, porque isso significaria que a inquietação estava errada e eu poderia parar de me sentir dividida. Mesmo que isso significasse desistir de mim mesma.

— Acho que eu só vivo dizendo pra mim mesmo que... eu deveria ser capaz de lidar com tudo — continua Jay. — Então ela também deveria? Tipo, se eu tentar entender por que minha irmã fez aquilo, vou ter que... — Ele inclina a cabeça para trás e encara o teto, como se estivesse implorando por uma intervenção divina. — Sinto saudade dela. Muito, ainda. Mas ela não deu apoio durante, sei lá, o divórcio, a mudança, nada disso. Não veio ver a gente na casa nova durante todo o verão. Não sei bem como superar isso.

Quero tocá-lo, mas tenho medo de voltar para como eu era antes. Tão necessitada dele, pensando que Jay pode me consertar. E, quando tento imaginar como eu quero ser, vejo apenas um cinza turvo, sem formas definidas.

Então em vez disso tiro o medalhão de São Cristóvão da minha mochila e o entrego para ele.

— O que é isso?

— O santo padroeiro dos viajantes.

— Tipo um amuleto da sorte?

— Pra cuidar de você.

Jay ri e prende o medalhão ao quebra-sol.

O vento balança o carro de um lado para o outro e estremeço. Talvez uma pequena parte de mim quisesse que ele desistisse, mais uma vez com medo do que vou encontrar.

E de com quem vou encontrar isso.

E de como Jay ainda faz eu me sentir.

Volto para a festa primeiro, para não parecer que estávamos juntos. As pessoas estão reunidas ao redor das máquinas de boliche, gritando por cima da música ruim, e as luzes decorativas giram pelo salão. Beth está sentada no colo de Ted, com a cabeça jogada para trás, rindo de algo que ele falou. Ted parece assustado, como se nem ele pensasse que o que disse era tão engraçado assim.

— Você viu a Suzy? — pergunta Alex, que aparece ao meu lado, parecendo estressado.

— Hã, achei que ela tava com você?

Ele nega com a cabeça, exasperado, procurando ao redor do salão.

Então aqueles famosos olhos verdes se voltam para mim e ele chega mais perto, abaixa a voz:

— Ei, então... Não sei exatamente o que tá rolando entre você e o Jay, mas...

Todos os meus nervos ficam em alerta de repente.

— O quê?

*Será que ele contou para Alex? Como Jay pode* contar *para ele?*

— Ele pode não mostrar muito... é um cara muito fechado. Mas ele é... mais sensível do que parece. E teve um ano difícil. Pega leve com ele, tá bom?

— Achei você! — exclama Suzy, surgindo da multidão, parecendo confusa por estarmos conversando.

*Como assim, Jay?* Estou fervendo, mas não posso ficar com raiva dele agora, não com nossa viagem tão próxima.

Mordo o polegar e vejo Alex e Suzy discutirem outra vez. Ela está com o corpo inclinado para longe do namorado, de braços cruzados, como se quisesse fugir.

*Será que Alex vai contar para ela?*

Meus dedos ficam dormentes.

*Ele é mais sensível do que parece. E teve um ano difícil.*

Sou tomada por uma onda de vergonha, pensando em quão solitário Jay parece e como eu lhe dei mais uma coisa que ele precisa esconder de todos.

Kevin está por perto, conversando com um cara que não reconheço. Todas as perguntas começam com: "Quem você acha que..." Sua voz é alta, como se ele quisesse que as pessoas ouvissem.

— Quem você acha que é, tipo, uma piranha entre quatro paredes? — pergunta o cara.

Kevin olha direto para mim.

— Aquela menina quietinha, com certeza.

Ele sabe que consigo ouvi-lo, a julgar pelo olhar provocante e o sorriso malicioso, cheio de satisfação.

Sinto todo o estresse que venho carregando feito combustível na minha espinha — é como se alguém tivesse acabado de acender um fósforo.

Aquele sentimento visceral sobe e a pressão explode, pois há muito calor e ruído dentro da minha cabeça. Isso me impulsiona adiante, onde empurro Kevin com as duas mãos.

Ele ri, como se eu fosse uma piada, e eu lhe dou um tapa seco no rosto. Com a mão na bochecha, Kevin cambaleia para trás, derramando a bebida na camisa.

Ouço risos constrangidos e um coro de "Eitaaaaa".

Levo a mão à boca. Alguns pinos tombam quando uma bola que alguém jogou antes do tapa chega a seu destino.

— Jesus! — exclama Kevin, de braços abertos em questionamento, segurando o copo vazio. — Qual é a merda do seu problema?

Meu Deus, eu sou minha mãe. Estou me tornando algo que não entendo!

— É, Kevin, você não deveria ter dito aquilo! — intervém Beth. — Todo mundo sabe que ela é virgem mesmo.

Risos se espalham pelo salão.

Então vejo Alex, parado no círculo de pessoas que se juntaram ao nosso redor. Não está rindo com elas, mas parece um pouco entretido.

E lá está Suzy, empurrando o ombro do namorado.

— Você tá de brincadeira com a minha cara?

— Que foi? — Ele ergue as mãos. — Por acaso é culpa minha?

Estou estragando tudo. Não posso mais continuar aqui.

Saio correndo, empurrando pessoas, e cruzo as portas da frente. Passo por Jay, que está com um grupo de pessoas do lado de fora.

— Deedee! — chama ele enquanto eu corro para trás do prédio, feito um monstrinho em fuga.

Me escondo atrás do lixo, afundando até agachar. Agora estou chorando. Ah, droga. Ah, merda.

— Deedee. Oi.

Jay se agacha ao meu lado, tocando meu rosto.

*Falta em você algo que todo mundo tem.*

*Conhecer você me ensinou que o amor morre.*

*Focar no que você não pode ter só vai te fazer sofrer.*

Afasto as mãos de Jay e cubro o rosto.

— Ei, ei. — Ele soa como se estivesse confortando Gemma e não quero isso, não é isso que eu quero! — Fala comigo. O que aconteceu?

— Você *contou pra ele*? Você contou pro Alex sobre… o que quer que seja que a gente tava fazendo?

— O quê? Não, não contei. — A voz de Jay endurece, o tom um pouco na defensiva. — O que ele falou pra você?

O estresse faz minhas escápulas formigarem.

— Não contei pra ninguém. — A voz dele fica mais gentil. — Mas talvez… às vezes as pessoas só liguem os pontos.

Mordo o interior da bochecha. Talvez, se eu não disser nada, ele se canse e vá embora.

Jay coloca a mão nas minhas costas.

— O que aconteceu lá dentro?

— Dei um tapa no Kevin!

Jay ri.

— Não tem graça!

— Olha, não tô dizendo que violência seja a solução, mas... — Ele mal consegue conter o riso. — Acho que ele vai sobreviver. Deve ter merecido esse tapa.

Quase não consigo ouvi-lo com todo o ruído na minha cabeça. Minha mãe dizendo que arruinei a vida dela. A ambulância desaparecendo atrás das árvores, por minha causa e pelo que eu fiz.

Se pude destruir o amor de uma mãe, o que mais posso arruinar? A vida inteira de Jay, provavelmente.

Ele tenta me tocar e eu me desvencilho.

— Jay, *para com isso*! — Minha voz me soa tão ferida, aguda, estranha. — Você deveria só... deveria só *fugir de mim* enquanto pode!

Ele franze as sobrancelhas.

— Do que você tá falando?

Me levanto de repente, e ele perde o equilíbrio, cai para trás sobre as palmas das mãos.

Jay se levanta, desajeitado, e eu o fuzilo com os olhos do mesmo jeito que a aswang me fita nos meus sonhos: olhos flamejantes, de penetrar a alma, pronta para alçar voo. Entranhas prestes a explodir para todo lado. Como se eu fosse o monstro desta história, não a pessoa que deve ter medo.

— *Porque eu estrago a vida das pessoas* — digo, enunciando cada palavra.

Então saio correndo, esbarrando no ombro dele, de volta para a porta da frente, onde Suzy me aguarda. Corro direto para os braços de minha melhor amiga.

— Ei. Ugh. Aqueles idiotas. — Ela me aperta com delicadeza. — Vem, vamos dar o fora daqui.

# TRINTA E SETE

**Agora não tem a menor chance** de ele querer ir comigo.

Estraguei tudo. Jay viu como eu sou.

A mala escondida debaixo da cama é inútil. Eu deveria simplesmente desfazê-la, mas não consigo juntar forças para me levantar.

O céu está clareando lá fora, um azul-escuro ficando mais pálido.

Não vamos conseguir um reembolso tão em cima da hora. Vou ter que pagá-lo. Todo aquele dinheiro desperdiçado.

Minha mãe já está de pé, andando pelo corredor.

Coloco as pernas para fora da cama, toco os pés descalços no chão frio. Me visto devagar. Desço as escadas.

Ela está parada na sala, a mala de rodinhas pronta, com a alça levantada.

— Você vai ficar bem?

Não sei por que está perguntando isso. Minha mãe já me deixou sozinha em casa várias vezes antes.

Então ela me dá outro sorriso forçado e sai com a mala de rodinhas. A casa fica silenciosa.

Eu me sento à mesa da cozinha e encaro os vasos sobre o armário. Já tracejei aquelas curvas na minha mente mais vezes do que sou capaz de contar e a luz vai mudando nelas conforme o dia clareia lá fora.

Então ouço uma buzina na frente da garagem.

O carro de Jay está lá. Ele está encostado no veículo, com as mãos nos bolsos. Esperando por mim.

O *quê?*

Enfio os pés nos sapatos e corro para fora.

— Você ainda não tá pronta? — pergunta ele, como se estivesse tudo bem.

— Pensei que... talvez você não fosse querer ir. Depois de ontem à noite.

Jay bufa e olha para os pés.

— Vai, pega suas coisas. A gente não tem o dia todo.

Depois de colocar minha bagagem no porta-malas, trancar a casa e me sentar no banco do passageiro, ficamos parados em silêncio, nos perguntando quem vai falar primeiro.

— Ei. — Jay estende o braço e coloca a mão no topo da minha cabeça. — O que tá acontecendo aí dentro?

Não sei se quero afastar a mão dele com um tapa ou me deixar ser preenchida pela sensação, como um gato doméstico sob a luz do sol.

Cruzo os braços e tento ignorar o formigamento na pele.

— Eu não te assustei?

— Desculpa te decepcionar, mas você não é tão assustadora assim.

— Não tá com medo de que eu vá arruinar a sua vida?

Jay faz que não com a cabeça e sorri como se eu fosse ridícula.

Me sinto estressada outra vez, tentando conter a vontade de chorar. É muita coisa. Não consigo processar tudo isso. Vou me afogar.

— Não tô com medo — responde Jay antes de dar a partida no carro.

Não acredito que ele queira mesmo fazer isso.

Mas Jay está do meu lado, no banco do motorista. Cantarolando a música que colocou para tocar, estranhamente despreocupado.

É quase relaxante viajar por aí com ele, suspensa entre o passado e o futuro.

Então recebo uma mensagem de Suzy e meu coração pula até a garganta.

Suzy Jang: ei, você tá bem?
Suzy Jang: quer vir pra cá?

Merda. Merda. Merda.

Deedee Walters: oi. não posso esse fim de semana. tô de castigo

É uma desculpa boa o suficiente. Acontece o tempo todo.

Suzy Jang: ah nãooo
Suzy Jang: bom sinto muito por ontem à noite

Deedee Walters: não precisa se desculpar! desculpa eu ser um caos

Suzy Jang: você é o melhor caos
Suzy Jang: você já vai ter saído do castigo no baile de formatura, né?

Tem sido impossível esquecer que o baile de formatura é no próximo fim de semana. O comitê demorou para organizar as coisas este ano, então vai acontecer logo antes das provas finais. Armários foram decorados, cartazes foram colados. Outro dia, fiquei presa no meio de um convite performático que monopolizou o corredor inteiro, me impedindo de chegar à sala de francês.

Ai, socorro. Só faça o que sua mãe faz. Compartimentalizar. Seguir adiante.

Deedee Walters: vou com certeza

Respiro fundo e devagar, desligando o celular.

Jay me olha de soslaio.

— Tudo bem aí?

— O que você falou pra sua mãe sobre o que vai fazer no fim de semana?

— Que tenho que ir pra Nova York a trabalho.

— Ah. Ela sabe que você vai pra lá?

— Sabe. Acho que é mais fácil. Ela não questionou nada. — Jay dá de ombros, mantendo os olhos na estrada e uma das mãos no volante. — O escritório da empresa fica lá, na verdade. E ficam abertos no Memorial Day. Posso passar lá e dar um oi.

— Chantagear o Phil como quem não quer nada.

Ele faz uma careta.

— Tentar arranjar um emprego de verdade lá.

Fazemos uma parada depois de um tempo e compramos sanduíches na loja de conveniência de um posto de gasolina. Vou ao banheiro enquanto Jay se acomoda em uma mesa de piquenique sob um amontoado de árvores.

Quando volto, vejo alguns potes Tupperware espalhados pela mesa.

Um de tamanho normal, com fatias de manga. Três pequenos, cheios de molhos.

— Aquele tem pasta de camarão. Este foi feito com molho de peixe. E… — Jay pega o pote e o inclina na minha direção. — Pimenta e sal. Pode se esbaldar.

Estou mordendo o indicador, com a mão trêmula sobre o rosto, e ele me olha com um pouco de incerteza.

— Você disse que gostava…

— Não, eu gosto!

Meu Deus, estou chorando e nem está escuro aqui fora, então não posso fingir que Jay não está vendo.

— Você tá, hã... Você tá bem?

— Hum, é só... — Esfrego o rosto. — Muito gentil. Gentil demais.

Jay leva a mão à nuca.

— Não é nada de mais.

Ele mergulha uma fatia de manga no molho de pimenta e sal e dá uma mordida.

Pego a câmera na minha mochila e tiro uma foto da mesa posta.

É a primeira vez que sinto coragem suficiente para usá-la. A câmera só ficou guardada no meu armário desde que a ganhei, porque eu esperava que, se minha mãe não a visse, ela esqueceria de ficar brava.

Jay parece muito feliz, apoiado em um cotovelo, me vendo comer a maior parte do que sobrou.

Dá para ver que ele gosta de cuidar das pessoas. E isso me deixa preocupada quando lembro daquela vez que ele gritou no telefone. Jay gosta de cuidar dos outros até ficar exausto e perceber que não sobrou nada para si mesmo.

— Por que você concordou com esse plano? — pergunto.

— Acho que... só quero dar um tempo de tudo. Quero curtir o momento, por um fim de semana. Nem me importa o que a gente vai fazer lá, sinceramente. — Jay semicerra os olhos, que refletem o sol a se pôr atrás das árvores. — Minha vida é meio pesada. E sair por aí com você, estar em todos esses lugares onde não era pra gente estar, sei lá... dá uma sensação de leveza, por um minuto. — Ele curva as sobrancelhas para baixo e franze o nariz. — O seu jeito impulsivo. O jeito específico dos seus planos serem meio ridículos. Isso me anima por algum motivo.

— Nossa, valeu. — Estou sacudindo de tanto rir, tremendo inteira. — Fico feliz em ajudar. Sendo ridícula.

Estou com muita energia acumulada, então chego mais perto e faço cócegas na lateral de Jay.

E, caramba, ele é muito sensível a cócegas. A voz dele fica tão aguda, as risadinhas, e ele dobra os braços para dentro. Por que não descobri isso mais cedo?

Jay segura meus punhos para me deter e me olha nos olhos, cheios de um castanho delicado e sincero. Tenho que fechar os meus e respirar fundo, porque tenho muito medo de muitas coisas. De precisar muito dele. De mim mesma, do que sou feita. De como posso ser ruim para ele. De como Jay pode me machucar outra vez.

— É — diz ele, perto demais. — Tô tão feliz por estar aqui que chega a ser estranho.

Jay me solta, e eu abro os olhos e pego a câmera de novo. O corpo da lente é reconfortante na minha mão.

— Pra celebrar o momento — digo.

E, em vez de cobrir o rosto como costumava, ele tenta sorrir. Mal hesita. Me dá permissão.

# TRINTA E OITO

**Chegamos lá depois do anoitecer,** com luzes cintilantes e prédios altos se erguendo ao nosso redor.

Pela janela, encaro boquiaberta todas as pessoas, a vida que se desdobra.

Passamos por uma montanha de sacos de lixo empilhados na calçada e tenho a impressão de ver um rato correndo enquanto estamos parados em um semáforo.

Suzy aparece na minha mente, berrando "City Baby Attacked by Rats" a plenos pulmões, e tento não pensar no que ela poderia dizer sobre o que estou fazendo agora.

O aplicativo de mapa anuncia que chegamos ao nosso destino e Jay está debruçado sobre o volante, espiando as placas na rua. Levamos uma eternidade para encontrar um lugar onde estacionar. Deve ser a primeira vez que o vi estressado ao dirigir.

Sinto um aperto no peito ao pensar na coisa intensa que estamos prestes a fazer. Passar uma noite juntos. Em um apartamento. Só nós dois. Em uma cidade estranha.

Eu realmente não pensei direito nisso.

No elevador, Jay parece completamente exausto. Ele se joga contra a parede, segurando a mochila em um ombro.

É bastante apertado aqui. A tinta bege das portas está lascada, e um marrom enferrujado aparece por baixo.

Não consigo deixar de notar cada pequeno movimento que ele faz — o subir e cair do peito, o jeito como flexiona os dedos. O estalo de um dos nós dos dedos.

O elevador para com um solavanco, chacoalhando enquanto tenta encontrar o andar.

O corredor é estreito e escuro. Uma ambulância passa lá fora, o som da sirene se distorcendo conforme se aproxima e se afasta.

Minha mãe com certeza diria que isto é um erro.

Jay enfia a chave na fechadura e faz força por um segundo, sacudindo a maçaneta.

— Tá emperrada.

Ele força um sorriso rápido, como se fosse o apartamento fosse dele e quisesse me impressionar.

A porta se abre e… não há nada de mais no apartamento.

— Tá de sacanagem comigo? — diz Jay.

Minhas costas ficam tensas. Eu deveria ter pensado nisso. Deveria ter sugerido ficarmos em um hotel.

Jay está abrindo o e-mail de confirmação, fazendo uma careta.

— Olha, eu juro que eu não…

Ele me passa o celular para eu poder checar o anúncio outra vez. Balanço a cabeça e devolvo o celular para ele.

— Eu sei. Acredito em você.

Jay tira os tênis e sobe na cama no meio do quarto pequeno, quicando um pouco. Nem é preciso esticar totalmente os braços para tocar as duas paredes.

— Certeza que não tem outra cama aqui. Ou um sofá. Ou… qualquer coisa, na verdade.

Jay procura um número no celular e o leva ao ouvido.

— Vou dar um jeito nisso. Vou pedir pra eles… nos mandarem pra um lugar diferente, ou coisa do tipo.

— Deixa quieto! — Suspiro e deixo minha mochila no chão. Estou esgotada pelo absurdo de estar aqui. Não vejo a hora de dormir. — Tá tudo bem.

Ele me encara, ainda quicando um pouco.

— Tem certeza?

— É só que… A gente não vai ficar aqui por tanto tempo. Não é tão ruim.

Ele encerra a ligação e salta para fora da cama.

— Hum, tudo bem. Posso dormir na banheira.

Vamos juntos até a porta do banheiro e acendemos a luz. Enquanto olhamos, uma barata gigante sai do ralo da banheira e eu pulo para trás com o corpo todo trêmulo.

Jay pega um pouco de papel higiênico e a amassa. Com um gesto rápido, a barata se vai na privada.

— Você não pode dormir lá — digo.

Ele me encara, esperando que eu diga onde deve dormir em vez disso. Meu estômago revira e meus braços formigam só de imaginar Jay deitado ao meu lado.

Está tudo bem, está tudo bem. Vai ficar tudo bem, não faça tempestade em copo d'água. Vamos só dormir.

— Tô tão cansada que não vou nem saber que você tá lá.

Nós nos revezamos para trocar de roupa e escovar os dentes.

Quando saio do banheiro com uma camiseta larga e short de algodão, os olhos de Jay se demoram sobre mim por alguns segundos antes de se focarem no chão.

Então nos acomodamos na cama e, na verdade, sei que ele está lá. Estou tão ciente de cada pequeno movimento do corpo de Jay que chega a me doer. Posso praticamente sentir a tensão nos ombros dele pelo jeito como o colchão se mexe quando Jay respira. Ele vira o corpo várias vezes: deita de barriga, de lado, de costas. De todos os jeitos, exceto virado para mim.

— Vou deixar uma avaliação negativa bem severa — resmunga Jay, de olhos fechados e com a mão no peito. Os joelhos dele formam triângulos sob o cobertor.

Meus olhos seguem as luzes dos carros que passam, luzes que deslizam sobre o teto em gotelé. Estou me segurando com muito cuidado, tentando manter a respiração tão leve quanto possível.

Depois de um tempo, Jay pergunta para a parede:

— Tá dormindo?

— Não, e você?

— É, isso não tá dando certo.

Jay suspira e se vira para me encarar, então faço o mesmo.

Ele repousa a cabeça nas mãos dobradas. Por um segundo, parece que estamos em uma festa do pijama, prestes a começar a contar histórias de terror.

O canto da boca dele se curva para cima.

— Você ainda meio que me odeia?

— Difícil dizer.

Mal consigo controlar o sorriso que estica meu rosto e Jay ri.

Sinto uma pontada no peito, vendo-o tão de perto.

— Obrigada por vir comigo — sussurro, embora não haja mais ninguém por perto.

Os olhos de Jay percorrem meu rosto.

— O que você quer agora? — murmura ele de volta.

Parece que tem um talo na minha garganta. Levo uma eternidade para engolir.

— A gente pode se abraçar? — peço tão baixinho que talvez ele não ouça.

— Vem cá.

Jay me puxa para mais perto, de modo que minha cabeça repouse em seu peito.

Sinto um grande alívio e muita tensão ao mesmo tempo, encostada nele, rodeada por seu cheiro. Aquele desejo intenso me toma, mais uma vez o vento passando na grama. Por que pensei que poderíamos fazer isso? Talvez, se eu ficar bem paradinha, se inspirar e expirar, isso passe.

Vou arruinar a vida dele, deste garoto legal que está sofrendo e merece coisa melhor.

— Talvez eu não devesse ter te envolvido na minha bagunça de novo.

— Sei não —sussurra Jay no meu cabelo. — Eu tô me divertindo bastante.

Minha cabeça sobe e desce com a respiração dele, como um barco no mar calmo.

— Você não tem nada a ver com ele — digo, de olhos fechados, sentindo o coração dele bater no meu ouvido. — Você sabe disso, né?

O peito de Jay treme enquanto ele ri.

— Obrigado.

Ele não parece convencido.

Jay desliza a mão sob minhas costas, repousando-a no lugar sensível entre minhas escápulas.

— Tudo bem se eu fizer isso?

— Sim — respondo, com a voz embargada, porque ele se lembrou.

De alguma forma, eu me sinto segura com a mão dele sem fazer nada. Só me lembrando que Jay está ao meu lado.

Caio no sono bem rápido depois disso.

Jay já trocou de roupa quando acordo e está encostado na porta, bebericando um energético.

— Quer ovos? — Ele passa a mão pelo cabelo bagunçado e boceja. — Fui no mercadinho.

Eu me levanto e fico parada perto dele na cozinha. No balcão, vejo uma lata de café preto à minha espera.

Ao lado dela, há uma bandeja de ovos, uma caixa aberta de delivery de um restaurante chinês lá embaixo cheia de arroz branco e um pequeno frasco de molho de peixe.

Aponto para o frasco.

— Você trouxe isso de casa?

— Hum. — As bochechas de Jay coram um pouco enquanto ele procura uma tigela nos armários. — É, eu queria comer isso no café da manhã.

Pego a câmera na mochila e tiro algumas fotos de Jay enquanto ele bate os ovos com palitinhos que também parecem ser dele. Ele planejou com antecedência.

Jay ri enquanto despeja os ovos na frigideira.

— Ok, já deu de fotos!

Sinto um vazio na barriga ao lembrar dos relatórios completos que eu dava para Suzy sobre qualquer palavrinha ou olhar de um garoto que eu gostava.

Agora o garoto de quem gosto está fazendo ovos mexidos para mim nesta cozinha mixuruca que mal acomoda duas pessoas.

E eu dormi na mesma cama que ele.

O que vamos fazer de novo. Hoje à noite.

Jay coloca dois pratos no balcão, com os ovos fumegantes sobre o arroz, e começo a comer. São fofinhos, amanteigados, reconfortantes.

— Então, qual é o plano? — pergunta Jay entre uma mordida e outra.

— Não precisa ir comigo, se não quiser.

— Fico um pouco preocupado com você lá fora, pra ser sincero. Acho melhor a gente ficar juntos. Pra minha paz de espírito.

Nós dois terminamos de comer rápido. Pego o prato dele e começo a lavar a louça. Minha inquietação cresceu muito agora que Jay e eu nos mudamos para dentro dela, e estamos brincando de casinha.

— Talvez depois a gente possa ver a Candace — sugiro.

— Talvez. — Há certa tensão na voz dele. — Vamos ver.

# TRINTA E NOVE

**Nunca estive em um trem** como este antes e sinto as palmas suadas enquanto o vagão sacode e os trilhos rangem. Jay cochila ao meu lado, a cabeça apoiada no vidro arranhado, os olhos fechados e a boca ligeiramente aberta. Ele parece tão inocente, sem qualquer sinal de tensão no rosto.

O trem chega a um trecho elevado e passamos por cima de um cemitério, vendo os telhados das casas e o verde das árvores.

Cutuco Jay e ele acorda com um sobressalto.

Descemos do trem e lá está: um apartamento duplex em um prédio de tijolos marrons, com vista para um largo com uma pequena praça no meio. Tiro o envelope amarelo com as fotos da mochila para comparar e dou um giro, assimilando o cenário.

Lá está o mesmo coruchéu de uma igreja na janela, nesta foto do meu pai na sala de estar. Eles devem ter morado naquele prédio antes de eu nascer.

— Então, o que você acha? — pergunta Jay.

— Acho que esse foi o último lugar onde minha mãe foi feliz.

— *Ah.* — Ele pensa a respeito por um instante. — Você... vai tentar usar aquela chave?

Antes que eu possa responder, porém, a porta do prédio se abre, e uma pessoa sai. Alguém familiar. Todos os nervos do meu corpo se põem em alerta.

Agarro Jay pela mão e corro para o outro lado da rua, me escondendo no mercadinho da esquina.

— Que foi? O que aconteceu? — Ele me acompanha quando me agacho perto da janela, sem soltar minha mão. — Parece que você viu um fantasma.

— É minha mãe! — sibilo enquanto observo ela se sentar em um banco na pracinha.

Jay pisca, atordoado, e espia pela janela.

— Você sabia que ela tava…

— Pensei que ela tinha viajado a trabalho!

Minha mãe está só sentada ali. Recordando coisas, talvez. Sempre penso nela como uma figura imponente, mas daqui parece pequena, perdida, desconfortável.

Jay passa o polegar pelos nós dos meus dedos, fazendo meu braço arrepiar.

— Fiquei surpreso de você não ter trazido binóculos.

Tiro os olhos de minha mãe por um segundo e vejo que o rosto de Jay está tão perto, agachado assim ao meu lado. Seria muito fácil me inclinar e levar meus lábios aos dele.

Ele franze as sobrancelhas.

— Que foi?

Um gato pula de uma pilha de jornais ao meu lado e esfrega o rosto na minha perna.

— Isso é um baita elogio! — grita um homem no balcão. — A Mimi não costuma gostar de estranhos.

Jay se levanta e alonga as costas.

— Acho que vou comprar um coçador.

— Parece um desperdício de dinheiro — resmungo, fazendo carinho na gata enquanto observo minha mãe encarando o prédio.

Com que frequência ela vem aqui para reviver o passado sobre o qual nunca quer falar?

Em algum lugar atrás de mim, Jay pede uma fatia de pizza.

Minha mãe deve ter ficado sentada na praça por pelo menos meia hora. Então ela se move, caminhando de volta para os trilhos elevados.

Corro até Jay e parece que o cara no balcão está lhe dando conselhos amorosos agora.

— Tô te falando, é tudo uma questão de comunicação, entende? Se você e sua namorada...

— Ei! Desculpa interromper, mas...

Faço gestos agitados com as mãos.

— Beleza, chefia — diz o cara, cumprimentando Jay com um soquinho. — Valeu pelo papo.

— Se cuida, mano.

É engraçado como Jay esconde tanta coisa das pessoas mais próximas, mas tem tanta facilidade para conversar com desconhecidos.

— Então agora eu sou sua namorada? — Seguro a mão dele de novo e disparamos para os trilhos, mantendo distância suficiente para que tenhamos tempo de nos esconder caso minha mãe se vire. — Isso é novidade.

— Eu tava... hã... simplificando — responde Jay enquanto corremos, ofegante. — O cara... presumiu... e eu só... fui na dele.

Subimos as escadas com pressa, até a plataforma, e entramos no trem que minha mãe está pegando. Meus olhos estão grudados ao pedaço da jaqueta corta-vento vermelha dela que consigo ver pela janela entre os vagões.

São apenas algumas paradas até ela descer na plataforma outra vez.

— Ah, merda!

Seguro a mão de Jay e o puxo para fora antes que as portas se fechem na nossa cara. Espiando por trás de uma banca de jornais, eu vejo minha mãe escolher uma saída e subir as escadas.

— Seus métodos de espionagem são hilários — comenta Jay, e eu o encaro. — Que foi? Eu vejo séries de espião.

Quando saímos da estação, minha mãe está entrando em uma lanchonete do outro lado da rua.

É um dos lugares das fotos. A mesma fachada de pedra, o letreiro de néon inalterado de anos atrás.

*É egoísmo se entregar aos próprios sentimentos.*

*Não faz sentido pensar no passado, mas de alguma forma você sempre me arrasta de volta para lá.*

Estou fervendo por dentro. O calor no meu rosto poderia alimentar uma pequena usina elétrica.

— Tá com fome? — pergunta Jay.

— Q-q-quê? Espera…

Mas ele já está atravessando a rua e tudo que posso fazer é correr atrás dele e tentar não ser atropelada.

O nervosismo toma conta de mim quando vejo minha mãe sentada sozinha em um canto.

— Não esquenta — diz Jay enquanto a recepcionista nos leva até uma mesa. — Vou sentar virado pra sua mãe. Duvido que ela se lembre de mim.

Ele se acomoda na minha frente e examina o cardápio.

— Quer dividir a cesta de frango?

Eu o encaro, furiosa, com medo de olhar para trás e checar minha mãe, mas também com medo de não olhar.

Quando a comida chega, Jay pede a conta.

— Sabe, pra gente poder sair *num instante.*

— Você tá adorando isso.

— É legal sair da rotina e pensar sobre problemas que eu não causei.

Comemos em silêncio na maior parte do tempo, mas a comida está deliciosa. Melhor do que eu esperava, pela cara do lugar.

Jay olha na direção da minha mãe em intervalos regulares, como se tirasse a tampa de uma panela antes que meu desconforto possa transbordar.

— Alvo em movimento — declara, e saímos pela porta alguns minutos depois dela.

Caminhamos um longo trecho atrás de minha mãe, debaixo dos trilhos elevados. Finalmente, ela entra no cemitério. Sinto a pele da nuca arrepiar.

Sabia que minha mãe tinha enterrado meu pai em algum lugar por aqui, que o trouxe de volta depois do funeral. Mas ela nunca quis me levar para visitar o túmulo. *Não adianta nada ficar remoendo o passado.*

Nós a seguimos, espiando por trás de um arbusto. Ela está agachada diante de uma lápide, conversando com a pedra. Colocando alguma coisa lá: um bilhete.

Enfim ela vai embora, e não me importo mais em segui-la. Eu a vejo desaparecer, um pontinho vermelho que some portão afora.

Preciso ler aquele bilhete. Não me importa se é errado.

— Deedee — chama Jay, a voz carregada de preocupação. — Ei!

Seus dedos roçam meu braço, mas continuo correndo mesmo assim e pego o envelope deixado no túmulo.

— Tem certeza de que quer…

Mas já estou rasgando o papel, com as mãos trêmulas, levando-o para perto do rosto. Jay se vira, como se quisesse me dar um pouco de privacidade.

Há três cartas lá dentro, dobradas com cuidado.

A primeira é dirigida ao meu pai.

> *Finalmente vou vender o apartamento. Os últimos inquilinos saíram meses atrás. Eu sabia que tinha que me livrar dele, mas ainda não tive coragem de fazer isso. Passei um bom tempo lá, apenas me recordando. Parada nos quartos vazios. Olhando-os por ângulos diferentes, tentando me concentrar nos bons momentos que tivemos.*
>
> *Em geral, tento não pensar nessas coisas, porque vou ter muitos arrependimentos. Pelo tempo que desperdicei, sendo de um jeito que eu não quero ser com você. Ainda tenho vergonha de algumas coisas que falei para você. Por ficar tão brava com você, às vezes.*

*Dizia a mim mesma que estava mantendo o apartamento porque é um bom investimento para o futuro da Deedee, mas, na verdade, é porque é o último pedaço de você que me restou.*

*E é tão difícil conversar com a Deedee. Quando eu lia as cartas dela, era como se visse uma outra pessoa. Tinha um vislumbre da vida dela.*

Só consigo rir e Jay me olha de soslaio.

Aquelas cartas!

De um jeito doentio, somos iguais. Estou espionando minha mãe, e ela está me espionando. Violamos a privacidade uma da outra em uma tentativa de nos entendermos.

Então uma tristeza toma conta de mim, penetra meus ossos como a umidade no frio, porque metade do que escrevi naquelas cartas eram baboseiras que pensei que um homem distante e distinto gostaria de ler.

*Mas ela não quer mais as escrever.*

*Ando tão solitária. Não consigo me aproximar de ninguém, sinto medo demais. É difícil não me entregar. Ao luto, à tristeza. Mas não posso me dar ao luxo de sentir pena de mim mesma. Poderia pôr tudo em risco se eu permitisse que esses sentimentos me invadissem. Minha habilidade de fazer meu trabalho. De sobreviver.*

*Pensava que tinha apenas que dar o meu melhor para reprimir essas emoções e seguir em frente, não os deixar entrar. Sou fraca, mas isto é o melhor que posso fazer.*

*Mas talvez eu tenha feito uma bagunça desse jeito.*

*Vivo pensando no que pode dar errado, em todas as coisas ruins que podem acontecer com a Deedee. Mal consigo suportar passar tempo com ela, porque cada recordação que temos só vai causar mais dor se alguma coisa acontecer com ela.*

*Mas aí vejo como ela é com os pais daquela outra garota.*

*Me sinto tão confusa e sozinha. Queria que você estivesse aqui para eu ter com quem conversar.*

Neste momento, acho que entendo alguma coisa sobre minha mãe, como um relâmpago no coração, fresco e ardente ao mesmo tempo. Ela não pode encerrar o luto porque não se permitiu de fato começar. Tem tanto medo das próprias emoções que não consegue encará-las, e acabou se deixando ficar no início do luto para sempre.

*Não suporto a ideia de me livrar da carta que você me escreveu, mas dói me agarrar a ela. Estou tentando seguir em frente agora, então vou devolvê-la.*

Desdobro a carta seguinte.

Há algo de familiar na caligrafia, igual ao garrancho apertado no verso da foto na minha mesa de cabeceira. E o nome no fim. É do meu pai.

É o tipo de carta que você escreve quando fica impossível falar sobre um assunto e o único jeito de abordá-lo é colocar seus pensamentos no papel.

VOCÊ PRECISA PROCURAR AJUDA PARA SUAS CRISES DE RAIVA. SEI QUE VOCÊ PASSOU POR MUITA COISA, MAS NÃO POSSO CONTINUAR DESSE JEITO.

As palavras de Jay naquela ligação ecoam em minha mente: *Não dá para continuar desse jeito.*

Pelo jeito que minha mãe fala, eu achava que a maioria dos problemas dela tinha começado depois que nasci. E, embora esteja ficando mais difícil acreditar nisso agora, não deixa de ser atordoante ver isso escrito.

Ela tinha crises de raiva.

Antes de meu pai morrer.

E outra pessoa notou.

Desdobro a terceira carta, de novo com a caligrafia da minha mãe. Parece uma que ela nunca vai enviar — como se apenas falasse para o vazio, como as que ela me faz escrever.

*Para minha família*, diz a carta.

*Sei que ele ainda me culpa pela morte de Nanay e fez todos vocês acreditarem que era minha culpa também.*

Uma memória vaga me vem à mente, de anos atrás. Quando estacionamos perto da praia e ela estava falando sobre a mãe, ela usou essa palavra. Nanay, mãe.

*Eles colocaram a culpa nela?*

Os recortes de revista amarelados surgem na minha mente. Minha mãe devia ter minha idade quando a própria mãe morreu. Por que pensariam que foi culpa dela? Como poderia ser culpa dela se foi em um acidente de carro? Lembro do jeito que minha mãe falou dela, como se a mãe fosse seu mundo inteiro.

Estou tremendo, e as lágrimas estão vindo. Meus joelhos não aguentam mais, então me agacho.

Jay põe a mão nas minhas costas.

— Ei. Respira. Tá tudo bem.

Então ela sabe exatamente como é. Devemos ser mesmo amaldiçoadas.

— Acho que já deu por enquanto — afirma Jay, baixando a carta com delicadeza para que eu o possa ver. — Por que a gente… não faz outra coisa?

Nesse momento, me sinto muito grata por ele, pelo sorriso reconfortante, pelo jeito que toca minhas costas. Então guardo a carta na mochila e seguro a mão de Jay enquanto caminhamos até o metrô.

# QUARENTA

**Sinto a cabeça girando** durante toda a hora que passamos no trem. Minha mão repousa sobre a perna de Jay, com nossos dedos entrelaçados, enquanto encaro nosso reflexo na janela escura diante de nós.

*Você precisa procurar ajuda para suas crises de raiva.*

*Sei que ele ainda me culpa pela morte de Nanay.*

*Me sinto tão confusa e sozinha. Queria que você estivesse aqui para eu ter com quem conversar.*

A tristeza dessas palavras penetra meus ossos. Entro em pânico, porque a empatia por ela começa a ficar sufocante. Porque, se minha mãe não é tão ruim assim, isso quer dizer que eu sou, e tudo que ela falou sobre mim deve ser verdade.

Fazemos a baldeação na Fourteenth Street e saímos na esquina da Lexington com a Eighty-Sixth. Jay me conduz pela mão como se tivesse vivido na cidade durante anos.

Dentro do Museu Metropolitano de Arte, o pé-direito é alto e há pessoas por todo lado. Suas vozes ecoam nos pisos brilhantes conforme subimos a grande escadaria.

Jay me guia pelos corredores até encontrarmos a exposição de fotografia, em uma série de salas silenciosas com carpete bege. As fotos são fragmentos de emoções cristalizadas, imobilizadas no tempo. Tanta coisa não dita que reverbera para fora da moldura.

Meu rosto está inchado, mesmo eu não tendo me permitido chorar. É um grande alívio estar rodeada de arte neste momento. Jay sabia exatamente o lugar certo para onde me levar.

Ele olha cada imagem com uma postura séria, refletindo.

— Você gosta dessas coisas. — Eu o cutuco no peito. — Você gosta de arte. E de desenhar. Admita.

Jay ri.

— Tá bom, Inspetora Deedee. — Ele volta a segurar minha mão, me puxando para a frente. Acho que agora essa é a nossa piada interna. — Vamos até o terraço, acho que tá aberto.

Entramos em um elevador e as portas se abrem para um jardim, com as árvores do Central Park espalhadas ao nosso redor e os arranha-céus de Manhattan em todas as direções.

— Isso é... Caramba. Isso é incrível.

Ficamos em silêncio por um tempo, parados perto do guarda-corpo, contemplando a cidade. Eu poderia passar horas aqui sem dizer nada.

— Então, você acha que encontrou o que estava procurando? — pergunta Jay.

Uma rajada de vento levanta as folhas no parque, causando uma ondulação no mar de verde.

Não sei o que responder, então aperto a mão dele algumas vezes.

Fitando o horizonte, Jay leva minha mão ao próprio peito, que sobe e desce conforme ele respira por um tempinho antes de soltá-la.

Quando voltamos para o quarto depois de jantar, o cômodo parece ainda menor do que antes. De repente, a questão do que vai acontecer em seguida é ensurdecedora.

Nós nos revezamos outra vez para trocar de roupa e escovar os dentes. Quando saio do banheiro, Jay está sentado na cama, desenhando em seu caderno.

Ele o fecha com tudo quando me vê e o guarda na mochila. Eu me sento a cerca de um passo de distância.

— Tá claro aqui — comento, ao que Jay salta da cama e apaga a luz.

Eu realmente não o mereço.

Jay volta a se acomodar, mais perto de mim do que antes. Seu rosto parece delicado à luz dos postes da rua lá fora. É engraçado como aqui nunca fica completamente escuro.

— Deedee, queria te perguntar…

Meu coração acelera um pouco. Ele vai perguntar sobre sexo? Andei pensando a respeito, no fundo da mente, o dia todo. E sei agora que vou ficar decepcionada se não transarmos, mas ainda meio apavorada se descobrir que Jay quer fazer isso.

— Sobre o que você disse na festa do Ted. Do lado de fora.

Ah.

— Que você estraga a vida das pessoas.

Ah, *isso*. Ajeito a postura, me sentindo tensa no mesmo instante.

— Por que você falou aquilo? — A voz de Jay fica mais baixa. — Não parei de me perguntar… se isso é algo que você pensa de verdade sobre si mesma.

Puxo o ar, trêmula, e balanço um pouco no colchão.

— Quer mesmo saber? — Rio entredentes. — Não é uma resposta legal. Talvez você queira pensar melhor.

— Quero — responde ele, com delicadeza. — Quero saber.

Passei muito tempo com medo de que esse momento chegasse, mas ia ter que contar para Jay em algum momento. Um torpor quente toma conta de mim, um zumbido distante nos meus ouvidos.

Talvez isso vá enfim afastá-lo e assim não vou mais precisar ter medo disso. Talvez seja melhor assim. Vou arrancar o curativo de uma vez só.

— Quando… — Minha voz sai rouca, então limpo a garganta e engulo a saliva. — Quando eu era criança… quando eu tinha quatro anos... meu pai ficou doente. A gente tinha que tomar muito cuidado perto dele. O rosto dele mudou. O corpo dele mudou. Eu fui pra escola, voltei resfriada e...

Estou tremendo um pouco, porque ainda consigo vê-lo na cama do hospital, logo depois. Como meu pai não parecia consigo mesmo, deitado ali, a camisa aberta com um rasgo. Como era óbvio que já não estava mais ali.

Então, dias depois, após o funeral — estou outra vez na nossa sala de estar, cheia de pessoas, e minha mãe está em um canto, escondida perto da mesa lotada de travessas de comida. Vejo flores pintadas em uma delas, o padrão dos veios da madeira na altura dos meus olhos. As veias nas mãos de minha mãe ao segurar a borda da mesa para se apoiar.

Jay está me olhando, preocupado, e preciso voltar para cá e estar neste quarto com ele de novo. Então tento sustentar as palavras com leveza, a certa distância, como se não pudessem me machucar.

— Meu pai ficou mais doente. A doença piorou. Eu o matei, basicamente.

Digo isso a mim mesma o tempo todo, mas esqueço o quão brutal essa frase soa quando dita em voz alta.

Jay leva as mãos aos meus ombros.

— Deedee...

— Foi o que minha mãe disse. Depois do funeral. Que foi culpa minha. Que eu arruinei a vida dela.

— Isso não é...

— A vida pela qual ela trabalhou tanto para ter, sabe? — Estou desabafando, colocando tudo para fora, todo o caos que tento manter escondido. — E agora ela simplesmente tem que viver comigo. Todo dia. Um lembrete, um *castigo*. Seria melhor pra todo mundo se eu só... se eu só nunca tivesse existido.

— Ei. Não diz isso. — A voz de Jay está firme, com uma preocupação diferente da de antes, e ele segura meus braços como se precisasse me impedir de desaparecer. — Isso… Nossa. Isso não é verdade.

Estou tremendo agora, com tudo só se acumulando em cima de mim. De repente, estou chorando. É uma reação tão violenta, esta merda que me rasga por dentro e enfim consegue sair. Tenho medo do que mais ela pode destruir. Quero guardá-la de novo, protegê-lo dela.

Jay coloca as mãos ao redor do meu rosto, virando o desastre todo na própria direção.

— Nunca acredite nisso. Nunca, ok? Olha pra mim. Isso não é verdade.

Estou cobrindo o rosto com as mãos, agora aos prantos. Caramba, é isso. Isso vai afugentá-lo. Vou perdê-lo. Lá se vai ele.

Jay me puxa para perto, a mão na minha nuca, meu rosto contra o pescoço dele, e a sensação é de que horas se passam. Tanto tempo, e ele continua me segurando.

— Você não pode se culpar por isso — sussurra Jay no meu cabelo. — Sinto muito por você… — Ele funga, como se também estivesse chorando. — Parte meu coração você pensar de verdade que a culpa foi sua.

Sinto uma calma estranha neste momento, como se eu tivesse mesmo botado tudo para fora e alguma outra coisa pudesse ocupar o espaço onde antes estava a tristeza.

— Acho que preciso me deitar — sussurro.

Jay não me solta, apenas se inclina para cairmos de lado no colchão, entrelaçados, meu rosto úmido no peito dele, minha perna encaixada nas dele.

Talvez a gente só caia no sono assim. Jay realmente ia passar o fim de semana inteiro sem me fazer sentir um único momento de pressão para fazer uma coisa sequer. Ele vive tão preocupado em me deixar confortável, além de tudo que está carregando. E eu me preocupo com isso, mas…

Uma onda de afeto enche meu peito e transborda. Preciso estar tão perto dele quanto possível. Com a mão no cabelo de

Jay, encontro sua boca com a minha na escuridão, e ele me beija de volta, aquecendo o centro do meu corpo.

Jay recua e me examina à meia-luz da rua. Como se eu fosse algo tão precioso que ele simplesmente precisasse dar mais uma olhada.

— É óbvio que eu fico feliz por você existir — diz.

Eu me mexo para ficar em cima de Jay, e algo se move no short dele... Ah.

— Ei — sussurro ao ouvido dele.

Sinto o peito de Jay vibrar um pouco quando ele ri.

— Ei.

— Eu quero, mas... Você tem...

Jay se inclina para pegar a mochila e volta com uma camisinha, porque é claro que ele tem uma. Não parece ser do tipo que anda despreparado.

Ele a deixa na cama e leva as mãos ao elástico do meu short, puxa-os para baixo só um pouquinho e me beija lá. Sinto um arrepio entre os quadris.

— Tudo bem se eu fizer isso?

Quando digo que sim, Jay puxa meu short até os tornozelos, e eu os chuto para fora da cama. Ele abaixa de leve minha calcinha, beija a pele recém-exposta. Abaixa um pouco mais, observa minha reação, me beija outra vez. Jay se move tão devagar que já estou quase delirando quando ele chega ao ponto que eu estava esperando. E, quando chega, a sensação é tão intensa por um segundo que esqueço as linhas e bordas do meu corpo, todas as suas limitações. Há apenas uma alegria que eu desconhecia, elástica, que cresce para me acomodar por inteiro.

Jay volta a beijar minha boca e tiro a camisa; ele tira as roupas, minhas mãos deslizam pelas costas dele, toda a sua pele contra toda a minha. É um alívio estranho, finalmente estar perto assim quando já disse a mim mesma para não pensar muito no assunto.

Ele coloca a camisinha e parece um pouco nervoso, então se posiciona em cima de mim e nos movemos um contra o outro. Há uma pressão, uma sensação nova que toma conta de mim, me levando a um lugar onde nunca estive. Estou encarando o teto, meus dedos cravados nos ombros quentes dele, ouvindo sua respiração entrecortada ao pé do ouvido. *Não acredito que está acontecendo mesmo*, que não posso ficar mais próxima dele do que isso. Estamos tão perto, e ainda o quero mais perto, mais perto, mais perto, mais perto e mais perto.

Então acaba, e Jay fica deitado em cima de mim por um tempo antes de beijar meu ombro e sair da cama.

E me sinto um pouco vazia, vendo as luzes passarem na parede enquanto ouço Jay matar outra barata no banheiro. Já estou com saudades quando ele volta para a cama e me abraça por trás, e a mudança em sua respiração me diz que Jay enfim pegou no sono.

# QUARENTA E UM

**Jay continua me abraçando** quando acordo de manhã, com o braço ao redor da minha cintura, a respiração na minha nuca.

*Eu contei para ele, e ele continua aqui.*

*Ele continua aqui. Ele continua aqui.*

As palavras em minha mente acompanham a frequência do meu coração enquanto observo a luz dourada do amanhecer na parede, iluminando as linhas da saída de incêndio.

Saio da cama para pegar minha câmera e tirar uma foto dele, com o rosto meio enterrado no travesseiro.

Jay acorda e sorri para mim, esfrega os olhos. Olha para o celular.

Então se levanta com um sobressalto. De olhos arregalados e pescoço tenso. Leva a mão ao cabelo, agarrando um punhado.

Sinto o estômago revirar.

— O que foi?

Um riso fraco escapa dos pulmões dele.

— Você só pode estar de brincadeira.

Jay encara o celular por um tempo, com a mão sobre a boca. Está balançando a cabeça e o rosto vai perdendo a cor.

— Vou matar esse cara.

Ele se joga na cama e soca o colchão.

— Merda! — grita ele. É um som tão violento e dolorido. Parte meu coração.

— Jay, você tá me assustando!

— Dá pra ficar quieta enquanto eu penso?

Ele está segurando a cabeça e o cabelo espetado escapa por entre os dedos.

Tudo que consigo sentir é um pânico incandescente. Na minha cabeça, estou de novo com minha mãe, e algo deu errado, e não há nada que eu possa fazer por ela.

— A merda do meu trabalho... — Jay soca o travesseiro mais algumas vezes — Não existe mais! O desgraçado do Phil foi *descoberto* e *mandado pro olho da rua*. E ele tá dizendo...

Jay arremessa o travesseiro, que bate na parede e cai com um ruído suave no chão.

— Ele não pode nem fazer meu último pagamento! E... e... — Jay está arfando, como se lhe faltasse ar. — E *o que raios eu vou fazer agora?*

Estou o decepcionando, estou o decepcionando, sou um peso morto inútil.

Jay volta a se sentar no colchão, com a cabeça apoiada nas mãos.

— Preciso descobrir o que fazer. Preciso pensar. Preciso... — Jay sai desajeitado da cama e quase tropeça, tirando o short com violência e vestindo calças limpas e sapatos. — Preciso ir. Vou voltar. Só fica aqui.

— Aonde você vai?

— Preciso fazer uma coisa. Vou voltar, só... fica quietinha aqui, ok?

Então ele se vai.

Já são quase nove horas e precisamos sair a uma da tarde. Minha mãe vai voltar hoje e sinto o estômago revirar só de imaginar ela chegando antes de mim.

O pânico cresce no meu peito, apertando meus pulmões enquanto espero sentada na cama, abraçando os joelhos.

O jeito que ele me olhou na cozinha ontem.

O jeito que ele me olhou ontem à noite.

Como pode isso ter sido apenas algumas horas atrás? Como pode isso ter sido na mesma vida?

As horas vão passando. Tomo um banho, troco de roupa, boto o máximo que consigo na mala. Fico sentada na cama, balançando para frente e para trás, sentindo o pânico crescer.

O que vou fazer?

Quero ligar para Suzy, mas não posso. Deus, nunca vou poder explicar isso, o que raios eu fiz?

*Me sinto tão confusa e sozinha. Queria que você estivesse aqui para eu ter com quem conversar.*

Estou com tanto medo agora.

Como minha mãe deve ter se sentido, sozinha, com uma criança que depende dela, tendo que decidir tudo por conta própria?

Ao meio-dia e meia, já estou subindo pelas paredes. Jay não respondeu nenhuma das minhas mensagens.

O carro continua estacionado lá fora, mas ele está com as chaves.

Queria poder falar com alguém, alguém que saberia o que fazer.

O que minha mãe faria? Ela sempre diz para nunca depender de um homem. Ela tomaria as rédeas da situação.

A mochila de Jay continua ali, ao pé da cama.

Quero parar de ser essa pessoa que mexe nas coisas dos outros, mas... talvez um outro dia. Pego o caderno e tento folheá-lo o mais rápido possível.

Há desenhos de mim. Alguns não terminados.

Mas não foi por isso que peguei o caderno. Viro as páginas, tentando não deixar meus olhos repousarem em nada por muito tempo.

Não há nada que eu possa usar. Não sei o que estava esperando.

Então um cartão-postal cai das folhas — datado de alguns anos atrás, com um remetente de Nova York. De *Candace Đình Hayes*. Minha santa padroeira de não falar com a sua mãe.

Por impulso, abro o Instagram e faço uma busca.

Eu a reconheço da foto na escrivaninha de Jay. A pele de Candace é um tom mais escura que a dele, mas os dois têm o mesmo nariz, os mesmos olhos. Ela está com o cabelo escuro preso em um rabo de cavalo alto, com as franjas curtas de um jeito que a faz parecer ser integrante de uma banda.

Vasculho o perfil dela, meio fascinada que ainda possa existir uma vida lá fora para uma pessoa que não fala com a própria mãe.

Há uma foto de Candace em um parque, no outono, sentada em uma toalha com amigos, sorrindo para a câmera. Outra dela em uma praia com uma garota de maiô, que ri e a beija na bochecha, com a legenda *Um ano juntas*.

Em outra, ela está sentada a uma mesa, em um pequeno apartamento com arte nas paredes e pequenos amontoados de objetos em cada superfície. Parece que pessoas *vivem* lá, uma sensação que minha casa não tem.

Candace está rodeada de pessoas, reunidas à mesa. Os amigos, a namorada, passando comida uns para os outros. A atmosfera de um jantar em família. Como se você não tivesse só uma chance de ter uma família.

Estou sem ideias e talvez ela saiba o que fazer. Então clico no botão de "Seguir" e envio uma mensagem.

**Oi! Você não me conhece, mas sou amiga do seu irmão e viemos para Nova York juntos, mas ele está passando por um momento difícil agora. Jay acabou de perder o emprego. Ele meio que entrou em pânico. Saiu correndo para algum lugar. E não responde minhas mensagens. Não sei o que fazer, mas pensei que talvez você soubesse, ou talvez a gente possa pensar em algo juntas. Desculpa pela mensagem estranha. Não sei com quem mais falar.**

E, assim que a envio, uma onda de culpa me atinge, como uma rajada de ar quente no metrô. Jay com certeza não ia querer que eu fizesse isso agora.

Mordo as unhas, vejo mais algumas das fotos dela, olho pela janela.

Uma notificação chega. Candace respondeu.

**Você veio para Nova York com o Jay?**
**Você está bem? Onde você está? Vou te encontrar.**

Mas aí ouço passos do outro lado da porta, a chave virando na fechadura. Então fecho o aplicativo.

Jay está *estranho*. O jeito inquieto com que ele se mexe. A cor do rosto, meio vermelho.

— Ok, mudança de planos. A gente vai ter que pegar um ônibus. Mas posso pagar sua passagem.

— O *quê?*

A respiração dele quando fala... Que *cheiro* é esse?

— Eu fui pago, posso pagar sua passagem.

O jeito como Jay repete isso, agarrando-se à ideia. *É uma coisa que eu posso fazer. É uma coisa que eu entendo.*

— Você... você tá *bêbado*?

Ele esfrega os olhos com os dedos.

— Eu precisava receber meu último pagamento. Tava batendo na porta do Phil, gritando, incomodando os vizinhos. E ele já tava bebendo...

— Que tipo de pessoa bebe a essa hora?

— Um alcoólatra que me dava todo o trabalho dele? É, parece que era isso que o cara queria dizer com "equilíbrio entre vida e trabalho". — Jay solta um riso macabro. — Eu tava na porta dele, gritando tanto que os vizinhos tavam olhando no corredor, e o Phil disse: "Opa, cara, você tá tão agitado, precisa se acalmar primeiro. Bebe um pouco comigo. Aí a gente conversa sobre aquele pagamento." E tudo já tinha ido pelo ralo mesmo, então pensei: "Beleza."

— Você *o quê*? Quanto você bebeu?

Meu Deus, Jay está bêbado mesmo. Pelo cheiro do bafo dele, não tem a menor chance de ter sido só um ou dois copos.

— Foi um copo de uísque ou coisa do tipo, e… eu já tô tão fodido, foi só… — Jay engole em seco, sacudindo cada vez mais a cabeça, em um movimento repetitivo e rápido. As palavras saem atropeladas, como se ele precisasse expurgá-las, tirá-las de dentro de si: — Parecia que não importava mais. Eu não conseguia me acalmar. Era como se, tipo… como se o sol nunca fosse raiar de novo, como se eu nunca fosse me sentir bem de novo. Como se você não fosse…

Jay se interrompe com uma respiração cortada.

— Eu já sinto que tô *falhando* o tempo todo, como se não fosse suficiente, não importa o quanto eu trabalhe, e agora… — Jay encara o chão, incapaz de me olhar nos olhos. — Mas, depois de um copo, me senti um pouco melhor. Então bebi outro. E aí, acho que… e-eu peguei a garrafa e bebi direto.

— Jay, mas que merda, a gente precisa ir pra casa, tipo, *agora*. Minha mãe vai…

— Você pode ir de ônibus, eu posso comprar sua passagem.

— Para de falar isso! Isso não vai funcionar, a gente não vai chegar lá a tempo! — Estou tão frustrada que lágrimas começam a brotar. — Por que você… Você tava só… só bebendo com o seu chefe babaca que *te ferrou* e nem respondeu minhas mensagens?

Jay fecha os olhos com força.

— Não queria ter que *falar* sobre o assunto e responder suas *perguntas* e… — Jay pressiona o dorso das mãos nos olhos. — E por que eu tenho que ser *responsável por tudo*? *Por que sempre sou eu quem tem que consertar as coisas?*

O jeito como a voz dele sai, arranhada, visceral e meio rouca, parte meu coração.

— Você precisa ligar pra Candace. — Tento soar tão rígida quanto possível. — Você precisa pedir ajuda.

— Dá pra parar? — O rosto de Jay se retorce. — Minha irmã é a última pessoa com quem eu quero… — Ele bufa, em pânico. — Eu tava sendo igual a você pra variar, ok? Impulsivo! Pensando em mim mesmo, em vez de em você, por dois segundos!

Lá está aquela coisa na voz dele de novo, como quando gritou no celular. Aquele ressentimento azedo, de tudo que ele reprime.

Estou com muita raiva de Jay, mas ainda estou com medo do que ele vai pensar se eu contar que mandei uma mensagem para Candace.

— Tá bom — digo, a voz ainda dura. — Então vou dar um jeito. Eu dirijo.

Sinto um formigamento, alfinetes e agulhas por todo lado, só de lembrar como me senti da última vez que peguei a estrada. Como segurei o volante com força, pensando: *Ok, ok, quase lá. Você consegue chegar do outro lado.*

Jay me olha, atordoado.

— Talvez isso não seja…

— A gente nunca vai chegar primeiro se eu não dirigir!

Pela primeira vez fico feliz por canalizar o peso aterrorizante da voz de minha mãe.

Ele cobre o rosto com as mãos.

— Ok, ok. Você tem razão. Ok.

— Então *arruma suas merdas* e vamos!

Jay deixa os braços caírem e olha para mim por um longo momento, os olhos castanhos úmidos que se aquecem à luz. Leva a mão ao bolso. Me joga a chave do carro.

# QUARENTA E DOIS

**Não queria que Candace ficasse preocupada,** então mandei uma segunda mensagem enquanto Jay estava no banheiro.

> **Ele voltou. Acho está tudo bem agora. Vamos voltar para casa. Desculpa te incomodar.**

Agora estou no banco do motorista, com as mãos suadas, os espelhos ajustados.

Abro o aplicativo de mapa. *Será que existe algum jeito de eu fazer isso sem pegar uma via expressa?*

Não tem como chegarmos antes da minha mãe.

— Tá tentando memorizar o trajeto inteiro? — Jay pega meu celular. — Eu posso pelo menos te passar as direções.

— Vai dormir — esbravejo. — Pare de tentar me fazer favores.

Jay pisca, magoado, e olha pela janela enquanto aumento o volume do navegador, ligo o carro e entro no trânsito, morrendo de nervosismo.

Demoramos para sair da cidade, até que, *merda, a via expressa*! O acesso me deixa uma pilha de nervos, mas está congestionado, e nenhum veículo anda rápido.

Então o trânsito começa a diminuir e começamos a andar. Meu Deus, são *tantos carros*! Por que essas pistas são tão estreitas, como alguém faz isso? Checo os espelhos, nas laterais, atrás, na frente — estou saindo da pista? — tantas pistas, tantos carros! Será que estou indo rápido demais? Que marcha devo usar? E se eu esquecer a embreagem e o carro morrer?

— Ei, respira.

— Por favor, nunca mais fala comigo! — grito, fazendo esforço para não chorar de raiva, porque chorar ao volante parece perigoso pra caramba.

Mas tudo bem. Ok, ele não está errado.

*Respire. Concentre-se. Respire.*

Como diabos vou fazer isso por quatro horas?

Jay bota música para tocar, e o ruído de fundo ansioso no meu cérebro fica um pouco abafado.

— Você tá indo bem — diz ele baixinho.

Um caminhão buzina e me ultrapassa pela direita.

Eu vou chorar, eu vou chorar.

Por que pensei que isso era uma boa ideia, por que pensei que conseguiria fazer isso? Deveria ter contado para Candace o que estava acontecendo, mesmo sem a conhecer. Talvez ela tivesse vindo nos buscar, nos ajudado a pensar em outro plano. A polícia vai pedir para encostarmos. E aí o que vai acontecer com Jay?

— Não dá pra colocar outra coisa? — berro.

— Dá! Qualquer coisa! O quê?

Jay ri quando eu respondo, mas encontra "City Baby Attacked By Rats" e aumenta o volume quando peço.

Começo a gritar a letra e ele estremece, como se estivesse com dor de cabeça.

— Tá melhor?

Em resposta, solto um misto de grito e grunhido exasperado.

Jay fica em silêncio por alguns minutos, olhando pela janela para me evitar.

— Pelo menos, não preciso mais ter tanto medo de te decepcionar — murmura ele.

— Você não tem o *direito* de me dizer isso agora! — Reajusto as mãos no volante e piso mais fundo no acelerador. — Você não tem o direito de dizer uma coisa trágica dessas! E lamentável! Pra mim! Agora! Porque! EU TÔ TENTANDO DIRIGIR!

Ele ri como se eu o tivesse deixado tão chocado que se esqueceu de como estava se sentindo antes.

Quando dou uma olhada na direção de Jay, ele está me encarando com um quê de admiração, talvez. E acho que enfim me escuta sobre não falar mais, porque fica em silêncio durante a maior parte do caminho por Connecticut.

Dirigir fica mais fácil. Minha frequência cardíaca diminui e me dou conta do quanto minhas costas doem por estar com o corpo todo tenso.

Parece que Jay está dormindo para valer.

Então, de canto do olho, eu o vejo. O carro da minha mãe. Inconfundível.

Aquela Mercedes bege familiar, a placa idêntica, o cabelo curto e escuro dela na janela do motorista. Ela está na pista mais à direita e eu, na esquerda, então provavelmente não consegue me ver, mas acelero mesmo assim, na tentativa de abrir distância.

Jay acorda.

— Ei, eu sei que você é apressadinha, mas… talvez seja melhor ir mais devagar?

Mas não consigo ouvi-lo agora.

Se minha mãe chegar em casa primeiro e eu não estiver lá…

Ela vai dizer que estou arruinando minha própria vida, além da dela.

Vai me trancafiar para sempre. Vai me bater até eu não aguentar mais.

Nunca mais vai querer fazer arroz caldo para mim de novo.

Nós a ultrapassamos e eu a perco de vista no espelho depois de um tempo, embora continue checando.

Jay solta uma lufada de ar e afrouxa um pouco a mão na maçaneta da porta.

— Você vai mesmo passar o resto do caminho sem falar comigo?

— Você tá mesmo bêbado?

— Acho que eu tô sóbrio desde que você quase bateu no para-choque daquele cara perto de New Haven.

— Então vou te deixar aqui, você pode ir andando.

As placas de trânsito passam voando, contando os quilômetros até Eastleigh. Assim que chegarmos lá, estaremos na reta final.

— Ei — diz Jay —, será que dá pra gente parar? Eu… não tô me sentindo muito bem.

Quando entro na saída seguinte e estaciono em um posto de gasolina, ele sai aos tropeços e vomita em uma lata de lixo.

São Cristóvão me encara no quebra-sol.

— Tá olhando o quê? — sussurro.

Jay entra no posto para se limpar e, quando volta para o carro, me entrega um sanduíche.

— Você devia comer.

Estou gritando por dentro, mas bem na hora também percebo que estou morrendo de fome. Então engulo o sanduíche o mais rápido possível, sentindo lágrimas surgirem nos meus olhos.

Depois voltamos para a estrada, que fica mais estreita e sinuosa, um sinal de que estamos quase chegando.

E então viramos as últimas ruas e entramos na garagem de Jay.

Desabo sobre o volante. Conseguimos! Estamos em casa!

Jay ri e afaga minhas costas.

— Bom trabalho.

Mal consigo acreditar. Poderia beijar São Cristóvão neste exato instante.

Giro o corpo e olho para trás, para minha casa, e vejo o carro de minha mãe já estacionado.

Meu corpo todo começa a suar. Ah não, ah não, não deveríamos ter parado!

*Aquele sanduíche! Isso é tudo culpa dele!*

— Deedee… — diz Jay enquanto tiro a mochila do banco de trás.

— Fica longe de mim! — sibilo enquanto fecho a porta com tudo e atravesso a rua em disparada.

# QUARENTA E TRÊS

**Minha mãe vem para cima de mim** no instante em que entro em casa.

— Onde estava?! — grita ela, agarrando meus braços e me sacudindo.

— Eu tava... Eu... Ah, a senhora chegou! — Passo muito tempo me policiando, tentando agir casualmente. Deveria ser capaz de fazer isso agora. — Eu tava na biblioteca! Estudando! Para as provas finais! Perdi a noção do tempo.

Não chore, não chore.

— Por que não atendeu o telefone quando eu liguei?

— Meu... Meu celular tava no modo silencioso! Por educação. Na biblioteca.

Se minha mãe não estivesse me sacudindo, eu estaria tremendo por conta própria, então até que é conveniente.

Ela crava as unhas no meu braço.

— Mãe, a senhora tá me machucando!

— Se alguma coisa acontecer com você, vai ser culpa minha, e não posso viver com isso!

*Vivo pensando no que pode dar errado, em todas as coisas ruins que podem acontecer com a Deedee.*

Ela enterra as unhas mais fundo e quase parece que vai perfurar a pele.

— Mãe, a senhora tá me machucando. Tá *me machucando*!

Você quer tanto me proteger que não percebe que está me machucando?

Minha mãe me solta e eu dou um passo para trás, esfregando os braços.

— Vá pro seu quarto! — grita ela. — Não quero olhar pra você.

Subo as escadas correndo, com algo de imprudente e alucinado no sangue, como se tivesse acabado de enganar a morte.

Talvez eu a entenda um pouco mais agora. Consigo ver a pessoa solitária ali. A pessoa magoada com a qual talvez possa me identificar.

Mas como é que *eu* fico?

Mamãe vai continuar explodindo por coisinhas pequenas. Eu vou continuar ansiosa e alerta o tempo todo. Escondendo meus sentimentos, deletando minhas fotos, mal conseguindo respirar. Tentando não parecer tão triste.

O bolso da minha mochila está aberto, e, quando a largo em cima da cama, o chaveiro de fantasma de Jay cai no chão.

De repente, toda a adrenalina se esvai e fica apenas o cansaço. Só quero dormir.

Relaxo as mãos, desencravando as unhas das minhas palmas macias. No celular, há mais mensagens de Suzy que não sei como responder.

Suzy Jang: ei, vc tá por aí?
Suzy Jang: já saiu do castigo?

É um alívio ela ainda querer falar comigo. Mas não consigo pensar em palavras que soem normais agora. Vou ter que esperar para responder.

Tento dormir, mas, quando fecho os olhos, minha cabeça começa a girar com tudo que descobri.

*Eles colocaram a culpa nela.*

Minha mãe deveria saber o quanto isso dói, mas ainda assim fez exatamente a mesma coisa. Não tentou retirar o que disse depois. Não tentou voltar atrás.

E, quando minha cabeça deixa de girar, não paro de pensar em Jay.

O rosto corado e inchado, meio que cuspindo as palavras: *Por que sempre sou eu quem tem que consertar as coisas?*

Segurando minha mão, correndo pela plataforma.

Ao meu lado quando saímos do elevador, com o Central Park diante de nós.

Como me senti quando contei a ele tudo que tinha muito medo de dizer.

# QUARENTA E QUATRO

— **Então, eu e o Alex terminamos** — anuncia Suzy quando entro no carro dela na manhã seguinte.

— O quê? — Isso me arranca da névoa dos meus pensamentos. — Por que você não...

— Mandou mensagem? Pois eu mandei.

Merda, acabei não respondendo!

— Já tava na hora, eu acho. — Suzy estremece, mas mantém os olhos na rua. — Pelo jeito que eu me sentia quando saía com eles às vezes. Como se tivesse entrado de penetra e devesse ficar grata por não estar sendo enxotada pelos seguranças. E Alex nunca me defendia. — Suzy me olha de soslaio enquanto estamos paradas no semáforo. — Sabe aquelas merdas que falaram pra você? Ele não disse um *A*.

— Sinto muito — murmuro em meio ao torpor de surpresa e culpa. — Que tal *Gremlins* e sorvete mais tarde?

Quando chego ao meu armário, há uma sacola plástica presa ao puxador. Desfaço o nó e olho dentro dela: há três pacotinhos de batata chips e uma lata de café. Com um bilhete.

Meu comportamento foi inaceitável. Você me disse pra ficar longe de você, então eu vou. Me desculpa.

Pisco para conter as lágrimas e enfio a sacola no armário antes que Suzy apareça.

Passo o dia todo sem conseguir me concentrar direito. Mal escuto Suzy falar sobre a banda do pai durante o almoço.

— Meu pai anda mesmo falando com os amigos sobre uma reunião — diz ela. — Talvez fazer um show em Eastleigh em nome dos velhos tempos. E ele não para de falar sobre…

Meus olhos vagam até a mesa de Alex, até Jay, desanimado no banco. Ele ergue a cabeça e nossos olhos se encontram.

Só consigo pensar em Jay me fazendo ovos na cozinha.

Sentado ao meu lado na cama. Sussurrando: *Parte meu coração você pensar de verdade que a culpa foi sua.*

Desvio o rosto, rápido demais, pousando os olhos no pôster de contagem regressiva para o baile de formatura na entrada do refeitório. *Cinco dias.*

— A gente vai, né? — Suzy apoia a cabeça no meu braço. — Eu tava muito ansiosa pro baile. A gente pode só se divertir, nada de pares, sem pressão. Por favor?

De algum recanto escondido nas profundezas do meu ser, extraio a habilidade de sorrir e dizer a ela que sim, podemos fazer isso. Vamos ao baile e vamos nos divertir.

O pôster diz TRÊS DIAS PARA O BAILE.

A aula de inglês é a pior, quando não consigo deixar de olhar para Jay, onde nossos olhares tendem a se encontrar.

Quando a aula termina, saio correndo até a escadaria, a primeira saída que vejo.

Alguém segura meu braço por trás. Giro o corpo, pronta para gritar com Jay, e então — olhos verdes me encaram.

— Ei, preciso falar com você sobre um negócio — diz Alex.

— Se quer voltar com a Suzy, acho melhor você mesmo falar com ela.

Alex solta um riso meio tristonho.

— Hã, na verdade já tentei isso. Mas não, é sobre outra coisa. — Ele passa a mão pelo cabelo. — Eu tô preocupado com o Jay. Ele anda, tipo, diferente. Tem alguma coisa rolando. Ele mal conversa comigo.

— Por que você acha que eu sei alguma coisa sobre o assunto?

Alex me lança um olhar tão indiferente que deve ter aprendido uma ou duas coisas com Suzy.

— Eu falei com a irmã dele — menciona Alex.

— Candace?

Ele parece ainda mais confuso.

— Não, a Gemma.

— Ok, bom, a gente não tá… a gente não tá se falando agora — explico, e tento sair andando. Alex dá um passo para o lado para me bloquear e põe as mãos nos meus ombros.

— Ei. Eu tô falando sério. Normalmente fico na minha, mas… — Ele suspira, exasperado. — Só acho que outra pessoa deveria tentar conversar com o Jay. Quer dizer, vocês foram juntos pra Nova York, então você deve…

*Gemma, sua dedo-duro!*

Suzy aparece no alto da escada e posso ver o momento exato em que ela nota as mãos de Alex nos meus ombros.

Ele dá um passo para trás, o que com certeza não parece suspeito.

Suzy franze a testa, como se estivesse tentando entender a cena diante de si. Então sacode a cabeça e passa por nós a caminho da próxima aula como se nada estivesse acontecendo.

Eu a encontro no armário dela.

— Tem alguma coisa que você queira me falar? — pergunta Suzy enquanto troca os livros.

— Não — respondo, talvez rápido demais.

Não sei nem como começar a contar sobre qualquer coisa que aconteceu. Qualquer coisinha vai ser como desfazer um novelo de lã e morro de medo de descobrir o que vai sobrar de mim.

— Então tá bom. — Ela fecha o armário com força. — Você sabe que eu confio em você. Se mudar de ideia, é só avisar.

Suzy trabalha depois da escola, e eu costumo pegar o ônibus, mas me sinto muito inquieta. Quero caminhar, mesmo que leve... uma hora, talvez? Não consigo lembrar quando foi a última vez que fiz isso.

Tiro a câmera da mochila, sentindo seu peso reconfortante. Fones de ouvido, música tocando. Um pé na frente do outro, o cenário mudando muito mais devagar do que em um carro.

Ao longo do caminho, tiro fotos. Não estou desesperada para preservar as coisas, mas fazendo algo novo em vez disso. Coloco minha perspectiva no centro, como se fosse normal. Os espaços liminares em foco. Minha sensação constante de flutuar sem raízes, capturada como se fosse um lugar.

Corto caminho pelo parque perto da biblioteca e paro no parquinho, então perco o ar por um instante.

Jay está sentado sozinho no balanço, de costas para mim.

Ainda estou brava com ele, mas... o mundo inteiro de Jay acabou de desabar. O trabalho significava tanto para ele, como se fosse a única coisa que fizesse sentido.

A família dele vai perder a casa?

O que vai acontecer com ele?

Jay parece levar um susto ao me ver. Cascas de madeira estalam sob o tênis dele quando se vira no balanço.

Há algo de diferente nele agora, encolhido em si mesmo. Dá para entender por que Alex estava preocupado.

Isso me faz pensar em como Jay costuma agir: levando tudo na brincadeira, fingindo lidar bem com as coisas. Como isso deve ser exaustivo para ele o tempo todo.

— Ei — digo. — Você parece triste.

Jay ri.

— Muito perspicaz.

Cutuco o pé dele com o meu.

— Tá com fome?

— Eu tô sempre com fome.

Com algum esforço, Jay volta a abrir um sorriso.

— Ok. Você dirige.

Então vamos até o estacionamento e entramos no carro dele outra vez. O medalhão de São Cristóvão continua preso ao quebra-sol.

# QUARENTA E CINCO

— **Não sei o que dizer.** Eu errei feio com você. Meio que me odeio por isso.

Jay solta um suspiro trêmulo, sentado de frente para mim na lanchonete. Está de olhos fixos no plástico brilhante que cobre a mesa, os cílios escuros batendo acima das bochechas.

— É, você fez merda. E fico feliz que saiba disso. Mas... — Giro a caneca de café preto nas mãos e suspiro. — Também entendo que... seu trabalho era tudo pra você.

O rosto de Jay está manchado, e o lábio inferior parece machucado de mordidas, como uma pétala de flor esmagada.

— Nem tudo — responde ele, a voz rouca. — Eu deveria ter pensado em você.

Estendo o braço e aperto a mão dele.

— Tenho uma teoria — digo. — Acho que você é muito oito ou oitenta... Você se doa demais, entra em pânico. Parando pra pensar, desde que te conheci... você se esforça pra valer por mim. Reorganiza suas noites, me deixa te sequestrar pra espionar minha mãe. Pega estrada comigo num piscar de olhos.

Jay funga e olha pela janela; as linhas do pescoço dele estão rígidas. Lá fora, uma rajada de vento sacode as folhas, deixando seu lado pálido à mostra.

— Acho que ficar se castigando pra sempre não deve ajudar com essa história de se doar muito e entrar em pânico —

continuo. — Então... talvez seja melhor não fazer isso? E... eu te perdoo.

Ele retrai a mão, cruza os braços.

— Pelo menos um de nós perdoa.

— *Jay*.

Ele passa a mão sobre o rosto e suspira outra vez.

— Sabe, eu tinha tanto medo de a minha mãe... finalmente desistir de mim. Eu pensava assim de verdade. Passei o caminho todo de volta me preparando. Mas, quando contei pra ela, ela só me abraçou e disse: *Você já fez o suficiente. É meu trabalho dar um jeito nisso agora.*

Jay encosta a cabeça no acolchoado rosa do banco, cerra os lábios e os solta de novo.

— Minha mãe falava muito sobre como ninguém se importava com os sentimentos dela quando era mais nova. E eu achava que isso significava que era muito importante que eu me importasse a mais, sabe? Que eu devia isso a ela, pra equilibrar as coisas. Mas minha mãe contou que andava pensando a respeito disso...

Ele fecha e abre os dedos, encarando as árvores lá fora com intensidade, como se elas tivessem as respostas para seus problemas.

— Ela disse que falou sobre isso na terapia e percebeu que não era justo. Que estava colocando muita pressão em mim. E talvez ela tranque a faculdade por um tempo, arranje um segundo emprego. — Jay solta o ar pelo nariz, piscando mais rápido, a boca retorcida em uma linha irritada. — Mas eu... não quero que ela tenha que arranjar outro emprego. Talvez eu devesse ficar aliviado, mas só me sinto... um lixo total. Como se não soubesse mais qual é o meu propósito.

Procuro outra vez a mão dele, que jaz inerte sobre a mesa.

— Você precisa ter um propósito?

Jay solta um riso tristonho e aperta minha mão.

— Preciso te contar uma coisa — diz ele, com a voz carregada. — Tem uma coisa que eu não falei.

Então a porta do restaurante se abre, com um toque do sinete, deixando entrar uma corrente de ar. E...

É Candace, parada na entrada.

Devo parecer ter visto um fantasma, porque Jay se vira e congela, o corpo tenso. Candace parece assustada por um segundo, mas se recupera logo. Ela respira fundo e caminha até nós.

— Mas que porra é essa? — questiona Jay.

— Nossa, eu também senti saudade.

— Como você sabia que eu tava aqui?

— Não sabia! — responde Candace com um riso nervoso. — Foi uma longa viagem e eu tava com fome.

— Acho melhor eu ir — digo, mas Jay segura minha mão.

— Por favor, não vai — sussurra ele entredentes.

Então abro espaço e Candace se senta ao meu lado.

Ela respira fundo.

— Jay, eu sei que você tá bravo comigo...

— Sabe? Ok. Por que você tá aqui, exatamente?

A voz dele está fria, distante.

— Fiquei sabendo que você tava passando por um momento difícil — explica ela com cuidado. — E que perdeu o emprego.

— Ficou sabendo como?

Candace abre a boca, então a fecha.

— Eu contei pra ela — confesso, cansada de guardar tantos segredos. — Mandei uma mensagem. Quando não tava conseguindo falar com você. Em Nova York.

*— O quê?*

Ele solta bruscamente minha mão.

— E... a Gemma também anda me escrevendo — complementa Candace. — Ela tava preocupada com você. Andamos trocando mensagens. E eu já tava pensando em vir pra cá.

— Eu... Nossa. — É como se a notícia tivesse causado uma leve concussão em Jay. — Você simplesmente me abandona por mais de um ano e, no fim das contas, andava *escrevendo pra Gemma?*

— Jay, eu sei que você não entende, mas... — Candace pisca mais rápido, olhando para o teto. — Eu fiz o que precisava fazer. Colocar um pouco de espaço entre a mamãe e eu. Eu tentei voltar, depois do divórcio. Tentei aparecer na casa antiga. A mamãe me mandou ir embora, antes de você voltar da escola. Ela me mandou parar de ligar. E, quer dizer... você falou que não queria conversar comigo.

Jay solta um riso frio.

— Você não tentou tanto assim! Você me ligou, o quê, uma vez? E eu te disse pra me deixar em paz e *você me obedeceu*?

— Eu te liguei outras vezes. Tenho quase certeza de que você me bloqueou.

— Não bloqueei!

— Me dá seu celular — pede ela, estendendo a mão. Jay parece irritado, mas entrega o aparelho, e Candace encontra o próprio número entre os contatos e ergue o celular para que o irmão veja. — Mamãe pegou emprestado? Ela fez isso comigo uma vez. Foi bloqueando pessoas com quem não queria que eu conversasse.

Jay está encarando a mesa agora, muito imóvel, tentando respirar fundo.

— Parecia que você tinha me bloqueado em todos os lugares — continua Candace. — E eu não... quer dizer, o que é que eu devia fazer, te deixar um comentário no GitHub?

Jay ri um pouco disso.

Candace encosta no banco e cruza os braços.

— Eu tentei te mandar um monte de cartas também.

Ele fecha os olhos com força, depois os abre.

— Que cartas?

Candace puxa o ar com força.

— Ahhh, ok. Talvez seja outra coisa pra você perguntar pra mamãe.

Jay suspira, exausto, e se joga na mesa, apoiando a cabeça nos braços dobrados.

— Ei. — Candace estende o braço e repousa a mão na cabeça do irmão. — Seja lá o que tá rolando, eu tô aqui. Posso ajudar. Podemos dar um jeito nisso.

Jay se levanta, se livrando da mão dela à força, e joga umas notas de dinheiro na mesa.

— Preciso levar a Deedee pra casa — anuncia, e Candace olha do irmão para mim antes de se levantar para me deixar sair.

O silêncio é tenso no caminho para casa. Não falamos mais nada até estacionarmos na entrada da garagem de Jay.

— Você não tinha o direito de mandar mensagem pra ela — diz ele por fim, encarando o volante.

— O que você queria que eu fizesse?

Ele suspira e encara a casa através do para-brisas.

— Acho que não posso responder.

Jay fica em silêncio de novo, mas parece que não terminou de falar, então não me mexo.

— Tô tentando não… fazer aquele negócio de entrar em pânico e te ignorar — diz ele, hesitante. — Então vou dizer isso em voz alta, em vez de só na minha cabeça. Isso é… muita coisa. — Jay me fita, com os olhos em um tom de castanho dourado graças ao sol que atinge o carro. — Acho que vou precisar de alguns dias pra ajeitar a cabeça. Mas não vou sumir. Vou voltar.

# QUARENTA E SEIS

**No jantar aquela noite,** minha expressão deve parecer azeda demais.

— Qual é o seu problema? — pergunta minha mãe. — Por que está chateada?

Cruzo os braços.

— Não estou, tá tudo bem.

— Você nunca está satisfeita, hein? Qual é o problema agora? Já falei que pode ir ao baile!

— Eu disse que tô bem!

— Você vai ter uma vida ruim se nunca estiver feliz, sabia? — Será que ela acha que está me ajudando, me dando esses conselhos úteis? — Não é nada atraente. Não é agradável.

Não sei se rio ou se choro. E, por algum motivo, minha mente volta para aquela primeira noite com Jay, quando ele disse: *Talvez você possa tentar fazer perguntas diferentes.*

As palavras de mamãe doem, mas me sinto tão sozinha no mundo. Quero me aproximar dela, de alguma forma. E talvez não possa correr direto para o passado, mas posso me esgueirar pelos lados.

— Como a senhora aprendeu a dirigir?

Minha mãe parece assustada.

— Você vai me atormentar para dirigir meu carro outra vez? Sem chance.

Eu me sento de frente para ela e tento relaxar o máximo que consigo.

— É só curiosidade.

Parece que minha mãe está decidindo se deve ficar irritada.

— Fui obrigada, por causa do trabalho. Arranjei um emprego em que precisava dirigir, logo depois de me casar com seu pai.

Já ouvi pedacinhos da história de como eles se conheceram, em geral no contexto de um sermão. Ela veio estudar aqui com uma bolsa de estudos, trazendo apenas uma mala. Os dois estavam no mesmo programa.

— Foi difícil?

Ela franze o cenho.

— O instrutor de direção tinha algum problema comigo. Meu sotaque era mais forte naquela época. E o sujeito não parava de repetir as coisas que eu falava, tirando sarro delas. Eu ficava constrangida, vivia errando. Ele não parava de rir de um jeito nojento. Homem nojento.

Mamãe nunca fala muito sobre esse tipo de coisa.

— Que coisa horrível.

Ela franze o nariz.

— Sabe o que ele disse pra mim? *Só volte pra casa, este país não quer saber de você.* — Minha mãe ri e sacode a cabeça. — E que país quer? Este lugar cruel. Provavelmente não quer saber daquele cara também.

*E que país quer?* A melancolia da pergunta ressoa em meus ouvidos, quando penso em como ela nunca deve ter encontrado um lugar que a deseja.

E eu encontrei?

*A casa de Suzy, ao redor da mesa de jantar.*

*Com Jay, dentro do carro dele.*

Preciso que minha mãe continue a falar.

— Então, o que você fez?

— Bom, o homem me largou num campo. No meio do nada.

— O quê?

Talvez eu não tenha ouvido direito. Ela está falando com tanta calma que parece estar descrevendo um dia normal.

Mamãe suspira como se eu tivesse lhe pedido um favor.

— Ele me mandou sair do carro e foi embora.

— E o que aconteceu?

— O que você acha que aconteceu? Eu não sabia onde estava. E naquela época a gente não tinha celular como vocês. Tive que voltar andando. — Minha mãe aponta para mim. — É por isso que você precisa ter cuidado. Não pode simplesmente acreditar que as coisas vão dar certo.

— Como a senhora se sentiu? Ficou com medo?

— Senti que precisava encontrar um telefone! — responde ela, irritada. — Que tipo de pergunta é essa?

— Então o que a senhora fez?

— O que eu podia fazer? Acha que essa foi a única coisa assim que já me aconteceu? — Ela suspira outra vez, exausta pela diferença entre nós, talvez. — Seu pai queria processar o cara, mas com que advogado? Com que dinheiro? Enfim, ele era desse jeito. Eu só queria ficar na minha. Me misturar. Mas seu pai conseguiu um reembolso pela aula, pelo menos.

Sinto a pele se contrair ao pensar em minha mãe tentando esconder o sotaque, e por que ela acredita que isso tem algo a ver com sobrevivência.

Odeio isso, mas a história não é sobre mim. Eu não a vivi e talvez tenha que tentar entender.

— Então o que aconteceu?

— A gente não tinha um carro, então eu fiz a prova com apenas uma aula. Passei por pouco. Era péssima em baliza. — O riso dela é meio desconcertante. — Mas eu precisava do emprego, então fiz a prova. Quando fiz aquela viagem de trabalho, fiquei na pista direita o tempo inteiro.

Ela se levanta, alonga as costas e começa a andar na direção do escritório.

— Em casa, eu sempre pedia pro seu pai dirigir.

Talvez mamãe não queira falar sobre o passado porque é doloroso. Mas parece que ele a acompanha o tempo todo, repetindo-se indefinidamente, como as histórias de fantasma que ela conta.

Não é como se aquela dor ficasse contida no passado. Ela transborda pelos lados, molda como vivemos.

No jeito que ela não gosta de Suzy.

No jeito que ela me culpa, talvez. Que diz que não tem como alguém me amar.

No jeito como o rosto dela muda quando vê que estou triste.

Como se seu corpo tivesse uma reação alérgica a isso.

Como se isso a lembrasse de algo específico.

Como se ela parasse de me ver por completo.

# QUARENTA E SETE

**Durante os dias que se seguem,** tenho vislumbres do que acontece.

Jay correndo para fora, furioso, e contornando a lateral da casa. Candace logo atrás dele.

Candace saindo, uma outra hora, entrando no carro e dirigindo até algum lugar. Voltando.

Bem cedo na manhã seguinte, a mãe de Jay está sentada na varanda, e Candace se senta ao lado dela e lhe entrega uma xícara de café.

Enquanto faço meus deveres de casa no quarto, uma porta bate com força lá fora. E lá está Jay, na entrada da garagem. Candace sai logo atrás dele. Parece que os dois andaram brigando, pelo jeito que ele está parado, de braços cruzados e ombros encolhidos.

Candace estende os braços e os dois se abraçam por um longo tempo.

E me sinto triste de alguma forma, desejando que alguém me abraçasse desse jeito. Lembrando quando alguém fez isso recentemente. Mas agora Jay parece tão distante.

Não consigo me concentrar enquanto Suzy fala no caminho da escola, não consigo prestar atenção na aula. Fico procurando na memória outros momentos de ternura como aquele.

É difícil encontrá-los.

O amor de minha mãe é se empenhar e fazer o que pode para me dar uma vida melhor do que a que ela teve. Punhos cerrados o tempo todo, tensa e com raiva. Ressentida pela vida boa que tenho, mesmo que esse tenha sido o objetivo dela.

E ela faz acontecer.

Como quando me ensinou a andar de bicicleta e ficou muito chateada e estressada no final, me dizendo que estava farta de mim. Lembro o quanto eu queria que aquilo acabasse, mas por fim mamãe me empurrou e soltou. E eu consegui, continuei pedalando, fiquei firme.

Minha mãe fez acontecer, no fim. Mesmo que ela tenha se livrado da bicicleta, se eu tentar andar de novo algum dia, provavelmente ainda vou saber.

Ela me deu uma vida boa e sou grata por isso. E o jeito que ela me trata também me machuca.

As duas coisas são verdadeiras.

Depois do jantar, olho lá fora outra vez e Jay está no telhado. Candace está sentada ao lado dele, ambos abraçando os joelhos. Conversando com mais facilidade agora, é o que parece, enquanto contemplam o horizonte juntos.

A voz de Jay surge na minha cabeça, rindo de mim, dizendo: *Fiquei surpreso de você não ter trazido binóculos.*

Então fecho a persiana.

Chega a hora de ir para a casa de Suzy, onde vamos nos arrumar para o baile, e estou deitada na cama. Me levantar parece impossível, mas sinto vergonha ao lembrar da história da minha mãe.

Sentimentos não a detém. Uma determinação sem fundo para seguir adiante vaza de seus poros. Será que tenho um pouco dessa força? Será que sou apenas um caos frágil e inútil?

Eu me levanto e tento me vestir como uma pessoa. Meu vestido verde está escondido na mochila, pronto para ser usado.

Quando piso fora de casa, Candace está lá, enchendo o porta-malas estacionado no outro lado da rua. Ela acena e estreita os olhos.

— Pra onde você vai? — pergunta, fechando o porta-malas. — Precisa de carona?

Hesito por um segundo, me perguntando se isto seria algum tipo de traição.

Mas a imagem de Candace e Jay juntos no telhado me tranquiliza. Então entro no carro e explico como chegar à casa de Suzy.

— Você vai voltar pra casa? — pergunto, abraçando minha mochila no colo enquanto ela dá a partida.

— É, isso aqui foi bem… intenso! Mas acho que foi bom pra todos nós. E eu senti que… tava pronta pra isso, sabe? — Candace se inclina para a frente a fim de olhar o cruzamento. — Dá pra ver que minha mãe tá tentando. Ela pediu desculpas, o que foi bem legal.

— Como… Como é que foi? Quando você parou de falar com a sua mãe.

Passei tanto tempo com vontade de fazer essa pergunta. Me perguntando se essa porta está aberta para mim, talvez. Se não para atravessar, pelo menos para deixar um pouco de ar fresco entrar.

— Não me arrependo — responde Candace, escolhendo as palavras com cuidado —, porque a nossa dinâmica tava me machucando muito. — Ela suspira. — A questão é que ela quer mudar agora, sabe? Mas não dá pra obrigar ninguém a mudar. E a minha mãe não queria fazer isso naquela época, então… tudo que eu podia fazer era me proteger. E houve um tempo em que precisei mesmo.

— Como era a dinâmica de vocês?

Candace tamborila o volante, tentando chegar ao cerne do que quer dizer.

— Minha mãe meio que não respeitava limites quando eu era mais nova. Os sentimentos dela eram meus sentimentos, os rancores dela tinham que ser os meus. E... ela me culpava por um monte de coisas. Por ser o motivo de ela ter ficado com o nosso pai, já que ela se casou com ele depois de engravidar de mim. Toda vez que eu falava com ela, aquela culpa aparecia, sabe? As coisas com meu pai ficaram bem ruins, mas... minha mãe sempre arranjava desculpas pra ele. Acho que era mais fácil me culpar no lugar dele.

O sol aparece entre as árvores pelas quais passamos, se expandindo, se contraindo, se escondendo até encantar meus olhos outra vez. Me sinto muito agitada, como se pudesse encontrar alívio ao final da história que ela está me contando, mas também como se estivesse sendo virada do avesso.

— Eu pedi pra ela largar meu pai, muitas vezes. Tentei falar como eu me sentia, implorei pra ela procurar ajuda. Saí de casa e disse a ela pra pelo menos parar de me culpar. Nessa época, a gente ainda se falava todo dia no telefone.

Candace faz uma pausa, então continua:

— Só... doía demais. Depois de um tempo, senti que, tipo, talvez eu não mereça sofrer tanto assim todo dia. E eu já tava fazendo terapia havia um tempinho naquela época, então tentei estabelecer limites. Disse pra minha mãe que não conseguiria continuar falando com ela se a conversa fosse sempre daquele jeito e ela meio que surtou.

Estamos prestes a virar à esquerda e o clique da seta do carro acompanha o pulsar do meu coração.

— Mas, tipo, eu não a odiava. Faz sentido minha mãe ser desse jeito, ela carrega muita dor. E por muito tempo ela meio que não quis lidar com isso, como se achasse que não merecia. Mas também precisava desesperadamente da gente pra se sentir melhor, o tempo todo. E ela realmente faz você se sentir culpado quando a decepciona.

É por isso que Jay tem tanto medo de decepcionar qualquer pessoa. É por isso que ele tomou minha tristeza para si. Acho que também faz sentido ele ser assim.

— Sabe aquilo que dizem, que seu trauma não é sua culpa, mas é sua responsabilidade? — acrescenta Candace. — Acho que essa é a questão com a minha mãe. Ela acha que é coitadismo demais lidar com o quanto você tá sofrendo, como se fosse possível só sair andando e esquecer tudo. Ela fica guardando essas coisas dentro dela, e aí tudo se repete. Talvez não exatamente do mesmo jeito…

— Mas rima.

Candace ri.

— Pois é. Acho que, quando você cresce num contexto disfuncional, às vezes… você acha que não merece se sentir melhor, então vai deixando pra depois. Mas isso pode te consumir tanto que você não consegue mais ver além de si.

Paramos em um sinal vermelho, com o sol a pino, e um pássaro gorjeia ao longe. Candace sorri de soslaio para mim.

— Então você não vai pro baile com o meu irmão?

— Você vai me convencer de que eu deveria?

Ela bufa.

— Cruz-credo, eu não.

Um riso chacoalha meu estômago. Se eu tivesse uma irmã mais velha, talvez fosse desse jeito.

— Ele fala de você… Quer dizer, não vou mentir, o Jay tá totalmente caidinho por você. — O som do riso de Candace enche o carro, alto e alegre. — Ele… me contou um pouquinho sobre as coisas com a sua mãe. Entendo por que você tá fazendo essas perguntas. — Ela aponta para a casa de Suzy. — É ali?

Confirmo com a cabeça e ela estaciona no meio-fio.

— Só que tem uma coisa… Jay me mataria por dizer isso. E não posso te dizer o que fazer, mas… — Candace respira fundo e solta o ar outra vez. — Acho que, quando você é mais novo e tá sofrendo por outras coisas, estar em um relacionamento pode parecer… uma solução. Mas isso pode causar toda uma gama nova de problemas, sabe?

Talvez eu saiba sim, de um jeito distante. Mesmo que uma parte de mim quisesse não saber.

Candace tamborila os dedos no volante e me dá um sorriso triste.

— Mas é importante lembrar: esta não é a sua última chance de nada, estar num relacionamento bem neste segundo. Pode existir muito mais amor à sua espera, sabe? Que pode ser completamente diferente do amor ao qual você se acostumou na infância.

Meus olhos estão ardendo agora. Preciso sair deste carro antes que eu comece a chorar outra vez.

— Enfim — diz Candace. — Só tenham cuidado um com o outro, ok?

— Acho que entendi o que você quer dizer! — respondo, abrindo a porta para sair. — Obrigada pela carona. Boa viagem!

Do lado de fora da porta de Suzy, olho para trás mais uma vez, e Candace acena.

# QUARENTA E OITO

— **Vai ser divertido** — murmura Suzy baixinho. — Supernormal estar num evento onde o Alex também vai estar. *Tranquilíssimo*. Vai ser ótimo.

Entrelaçamos os braços enquanto subimos o caminho de pedras até o hotel onde o baile vai acontecer, já ouvindo as batidas de baixo mesmo do lado de fora.

Nós nos juntamos à multidão espalhada pelo salão. Beth passa por nós de braços dados com Ted e lança um olhar cheio de ódio para Suzy.

— O que foi isso? — pergunto.

Suzy faz uma careta.

— Acho que, quando eu e o Alex terminamos, ela pensou que teria uma chance com ele. E aí... não rolou? — Ela ri, mais de nervosismo do que por crueldade. — Pelo jeito, a Beth tá tentando deixar ele com ciúmes há meses. Vivia flertando com o Jay, mas ele nitidamente não tava a fim.

Meu coração dá um solavanco, como um elevador antigo tentando encontrar o andar certo.

— E agora... — Suzy sacode a cabeça. — Sei lá, não é problema meu.

A pista de dança está cheia, e, pra ser sincera, este é o último lugar onde quero estar. Eu me sento a uma das mesas, mas Suzy me puxa pelo braço.

— Não seja tímida!

Então tento mexer o corpo de um jeito que vagamente parece uma dança. Até que parece ok por um minuto.

Então vejo Jay, observando minha tentativa meia-boca do outro lado do salão.

Nós dois estamos usando as mesmas roupas da festa de inverno de Kevin. Eu com o vestido verde, ele com o terno emprestado, sem gravata.

Meu coração dói de pensar em como me senti naquela noite.

— Tá tudo bem? — Suzy segue minha linha de visão e aponta com a cabeça para Jay. — Você sabe que não tem problema, né? Se tá preocupada comigo porque ele é amigo do Alex, não...

— Não, não é isso... — Meu rosto esquenta. — Preciso me sentar. Meus... pés tão doendo.

— Ok, valeu o esforço. — Suzy dá tapinhas no meu ombro. — Vamos descansar um pouco.

Nós nos sentamos a uma mesa, então Alex aparece e se agacha ao lado de Suzy, apoiado nos calcanhares. A música muda para algo mais animado e ele mexe os ombros.

— Quer dançar?

— Tô de boa — responde Suzy com um sorriso rígido, sem olhar para ele. — Divirta-se.

Ela espera que ele vá embora, depois se levanta e tenta me puxar de novo. Meus olhos vagam para onde Jay estava, e ele continua olhando para mim. Preciso mesmo de um pouco de ar.

— Eu, hã, preciso usar o banheiro!

Suzy faz um biquinho e vai dançando até um grupo de pessoas com quem andamos nos sentando no almoço.

Corro para fora do salão, cruzo as portas e desço o caminho sinuoso pelo gramado aparado, saindo da área revestida com pedras para me sentar na grama.

Está quente aqui fora e o céu tem um tom profundo de azul, o tipo que eu adoro de madrugada.

— Ei — diz Jay atrás de mim.

Quando me viro, ele está atravessando o gramado, e de repente sinto calor demais, uma coceira no vestido.

Ele faz uma careta ao se sentar, como se as calças estivessem apertadas demais.

— Eu queria dizer… Aquela coisa que eu tava tentando te dizer antes, eu… eu só…

Jay solta o ar, frustrado, como se estivesse perdendo a coragem.

Há uma longa pausa, então eu a preencho.

— Desculpa por ter mandado mensagem pra Candace. Acho que não foi…

— Não, foi… Tudo bem. — Ele passa a mão pelo cabelo. — Quer dizer, sim, poderia ter dado muito errado. Seria bom você checar com as pessoas antes de fazer esse tipo de coisa no futuro, mas… eu deveria ter pedido a ajuda dela há muito tempo. — Jay abre um sorriso tímido. — Foi bom pra mim, no fim das contas. Então, obrigado.

— Você… conseguiu ler as cartas dela?

— É, consegui. Quando perguntei pra minha mãe, ela simplesmente me entregou uma pilha enorme. — Jay me fita, de olhos brilhantes, com algo líquido refletindo as luzes da passarela. — Tem mais uma coisa sobre a qual preciso falar com você. Aquilo que eu tava tentando te falar antes. Andei pensando… se você falou sério, que pode me perdoar…

Jay respira fundo e envolve minha mão na dele.

— Eu te amo, Deedee. Quero ser melhor, por você. E a gente pode ficar juntos de verdade ano que vem, porque… eu não vou pra faculdade.

As palavras de Jay flutuam no ar quente da noite. Levo um segundo para assimilá-las.

— Não vai?

— Foi por isso que surtei tanto quando fiquei sabendo do meu trabalho. Minha ideia era, depois de me formar, ficar só trabalhando. Nem me candidatei pra nenhuma faculdade.

*Se minha mãe já não gostava dele…*

Não pense nisso, não é isso que importa agora!

— Mas a Candace tá me ajudando a pensar em alguma coisa e... — Ele pigarreia. — A questão é: eu posso só estar aqui no ano que vem. Ir te ver em Eastleigh sempre que você quiser.

Enterro os dedos na grama e arranco algumas folhas.

*Não sei mais qual é o meu propósito.*

Será que Jay só vai parar de se preocupar o tempo todo com a mãe para se preocupar comigo? Odeio isso. A ideia é insuportável.

— A gente não teria mais que se esconder — continua ele. — Posso ser seu namorado de verdade. Não um namorado secreto.

Jay não costuma dizer o que ele quer.

E tem o lugar mais terno, mais doloroso no meu coração, mas *meu Deus, não posso ser mais uma pessoa de quem ele vai tomar conta!*

De alguma forma, perdida no bosque desse pensamento, as únicas palavras que consigo botar para fora são:

— Por que eu tava te dando aulas?

— Minha mãe pensava que eu ia me candidatar.

Nossa, talvez seja por isso que ele estava tão disposto a me ajudar a sair de fininho por aí.

— Espera, mas você... Eu pensei mesmo que...

— Não cheguei a mentir — diz Jay, em tom cuidadoso.

Merda, nós somos mesmo iguais.

Ele solta minha mão.

— Quer dizer, não queria te contar porque... Olha só pra você, o jeito que você cresceu, toda protegida, um exemplo na escola. Sua mãe... parece pensar tão *bem* de si mesma. O jeito que ela agiu quando conheceu minha mãe... Acho que pensei... — Outro suspiro brusco. — Pensei que você ia me julgar. Que eu não seria bom o bastante pra você.

— O quê?

— E aí, quando perdi o emprego, pensei que... você ia ver o fracassado que eu sou.

— Não ligo pra isso! Eu nunca pensaria isso de você.

Minha cabeça está girando. Odeio o jeito como Jay deve me ver.

E então sinto vergonha, porque estava tão mergulhada nas minhas merdas, depois que ele falou que tinha estragado tudo e queria consertar as coisas, que não perguntei uma vez sequer onde ele ia fazer faculdade.

— Jay. Isso é tão... zoado.

A mágoa no rosto dele é instantânea. Ah não, ah não, não foi isso que eu quis dizer!

As palavras que estavam na minha mente um momento atrás — *eu me importo demais com você para entender errado, eu também te amo, mas não posso, acho que nós dois merecemos* — estão todas flutuando para longe, para fora de alcance.

— Por quê? — Aquele quê de escárnio na voz dele voltou. — Por que não vou pra faculdade?

— Não, eu só quis dizer que...

Então a voz de Alex ressoa pelo gramado:

— Jay? Você tá por aqui?

Nós dois nos levantamos às pressas, e Alex aparece, com as mãos nos bolsos, rindo um pouco.

— Mano, você vai ou não vai chamar ela para sair? — Para mim, Alex finge que está sussurrando: — Ele é tímido!

Jay está espumando de raiva, mas acho que Alex é muito menos observador do que pensei.

— Tô pensando em passar numa festa de formatura em Ashebrooke — comenta Alex. — Quer vir?

— Ótimo, vamos lá — responde Jay, a voz seca.

Alex olha para mim.

— Você deveria vir com a gente.

Jay está com os braços cruzados e virou de costas, então não consigo ver a expressão dele.

Não quero deixar as coisas desse jeito quero uma chance para que esta noite termine de um jeito diferente.

Então concordo e sigo os dois até o carro de Alex.

# QUARENTA E NOVE

**No banco de trás do carro de Alex,** o brilho do celular tinge minhas mãos de um azul nauseante.

Deedee Walters: ei eu tô muito cansada mas vocês tavam se divertindo, não queria atrapalhar a festa. o jay tava de saída então peguei carona com ele

Suzy Jang: meu deus eu sabia!!! se joga gata

Sinto o estômago revirar quando vejo o emoji de beijinho que Suzy colocou no final. Não a mereço.

Devo soltar um suspiro alto demais, porque meus olhos encontram os de Jay por um segundo no retrovisor antes de ele desviá-los de novo.

Alex não para de tentar manter uma conversa, mas deve perceber que tem algo de errado. Depois de um tempo, ele desiste e liga o rádio.

Isso foi uma péssima ideia. Quanto mais nos afastamos de casa, mais agoniada fico.

Assim que chegamos à casa onde a festa acontece, Alex se deixa levar por um grupo de conhecidos em direção à cozinha.

E agora somos só eu e Jay e o silêncio angustiante entre nós. Ele está massageando a nuca com uma das mãos, olhando ao redor como se procurasse uma saída.

— Jay. Escuta...

— Foi erro meu! Não vou mais te incomodar. Se cuida, ok?

Se não é o "se cuida" mais frio do mundo, meu Deus. Jay se fechou de novo, e estou do lado de fora, feito uma estranha.

— Espera, escuta...

Mas ele já está empurrando as pessoas amontoadas nas escadas e desaparecendo no segundo andar.

Será que devo ir atrás dele?

Gosto tanto de Jay, mas não paramos de machucar um ao outro. Tudo se estraga com tanta facilidade. Aquele velho peso familiar está me puxando para baixo de novo, cada vez mais, e só quero dormir.

Preciso me sentar, então vou até a sala de estar, lotada de pessoas com garrafas de cerveja nas mãos. Alguém deve ter acabado de sair, porque acho um lugar vago no sofá onde posso afundar.

— Brownie mágico? — oferece a garota à minha direita, estendendo um Tupperware. — Receita da Martha Stewart.

Talvez eu não deva, porque nunca usei maconha antes. Mas, nesse momento, as coisas que mais quero são: 1) estar em outro lugar; e 2) ser outra pessoa, e talvez isso seja o mais próximo que vou conseguir. Então pego um brownie com um sorriso e agradeço, continuo tentando acompanhar a conversa ao meu redor enquanto como e, antes que me dê conta, devorei a coisa toda.

A noite se estende, se duplica. As vozes em torno de mim estão mais altas do que eu me lembrava, misturando-se feito o rugido do oceano ou os carros na via expressa. Se eu me levantar agora, vou ficar perdida para sempre nesta casa estranha. Então fico ali, grudada ao sofá.

Vejo um rosto familiar, do outro lado da sala — uma das amigas de Beth, uma garota que reconheço de alguma festa na casa de Alex ou de Kevin, não lembro direito. De repente, fico muito empolgada por ver alguém que conheço, então aceno para ela. A garota me devolve um olhar fulminante, e eu pisco, surpresa.

Fecho os olhos e, quando os abro, alguém está falando comigo. Há um cara ali, onde antes estava a Garota do Brownie da Martha Stewart e parece que ele está falando já faz um bom tempo.

A mão dele está na minha perna.

O *que* é isso?

É como se eu nunca tivesse visto a mão de alguém antes.

Por que ela está *ali*?

— Qual é a sua nacionalidade? — pergunta o cara.

— Hã — digo, com a mente dispersa, feito um rato à procura de migalhas. — Esqueci?

Então não consigo parar de rir. Estou quase chorando. Essa coisa que as pessoas me perguntam, que sempre me incomoda — *de onde você é, o que você é de verdade?*

Esqueci! Hahahahaha.

Pego a mão do garoto e a movo, colocando-a de volta na perna dele.

— Você é engraçada — comenta ele.

— Não mesmo — respondo.

O garoto ri, então volta a colocar a mão no meu joelho.

*Como é que chegou... Estava bem...*

Pânico me sobe pela garganta, então me pego gritando:

— Só me deixa em paz, por favor!

O garoto ergue as mãos, deixando as palmas à mostra.

— Opa, opa, acho que você precisa relaxar.

Ah não, ah não, ele está colocando um braço ao redor dos meus ombros, está me tocando, o que...

— Sai de perto de mim! — berro.

As pessoas se viram para nos olhar.

Alex se senta no braço do sofá à minha esquerda e coloca a mão no meu ombro.

— Desculpa, amor, me distraí conversando com uns caras do time.

Ele me entrega a bebida que estava segurando, como se tivesse ido pegá-la para mim.

O Cara da Mão Boba está nos olhando, confuso, então Alex o encara e diz:

— Posso ajudar?

O cara resmunga alguma coisa e vai embora.

Abro espaço para Alex no sofá, e ele desliza de onde estava para se sentar ao meu lado.

— Você tá bem? — pergunta ele, se inclinando para encarar minhas pupilas. — O que você usou?

Eu me jogo contra ele.

— Meu Deus, achei que aquele cara nunca ia me deixar em paz.

Alex suspira, repousando o braço atrás de mim no encosto do sofá, e afaga meu ombro.

— Você é legal — comento. Sonolenta, deixo a cabeça cair no peito dele, e Alex ri.

— Vê se diz isso pra Suzy, ok?

Sussurro como se fosse um grande segredo:

— Quero ir pra casa, mas esqueci como.

— Ok, beleza, aqui vamos nós.

Alex ajeita minha postura de novo e então nos levantamos, com o braço dele me apoiando. Caminhar é atordoante, então fecho os olhos. O ar está frio. Talvez estejamos do lado de fora.

— O que aconteceu? A Deedee tá bem?

É uma voz que conheço, de algum lugar perto. De cima.

— Vou levar ela pra casa, ela... se divertiu demais, eu acho — explica Alex.

— Espera! Espera um segundo, ok? Espera aí.

Abro os olhos a tempo de ver Jay, no telhado com o terno emprestado, voltando às pressas para dentro pela janela aberta.

Estou tão cansada que meus olhos se fecham de novo, mesmo parada.

Então braços me erguem, uma suavidade de que me lembro, o cheiro de Jay quando ele me pressiona contra o próprio corpo outra vez. Um calor onde quero me aninhar e adormecer, mas não consigo, simplesmente não consigo dormir, preciso acordar. Preciso ficar de pé por conta própria, não preciso? Não foi isso que…

— Desculpa, desculpa — sussurra Jay ao meu ouvido.

Então nos separamos. Sinto um conjunto diferente de mãos nos meus ombros e voltamos a andar.

— Vamos — diz a voz de Alex. — Vamos te levar pra casa.

# CINQUENTA

**Quando acordo,** parece que minha cabeça está embrulhada em um rolo de isopor. Minha língua também.

E, no meu celular, há dúzias de mensagens de Suzy e algumas chamadas perdidas.

Eu me levanto de repente na cama, encarando as fotos que alguém tirou do outro lado da sala na festa.

E são… ruins.

Alex com o braço ao meu redor. Eu com a cabeça encostada no peito dele, de olhos fechados. Alex olhando nos meus olhos, perto do meu rosto. E lá estamos nós, indo embora juntos.

Ah, merda. Droga.

Suzy Jang: O QUE tá rolando nessas fotos??

A mensagem é das 2h32 da manhã.

Suzy Jang: por que você mentiu pra mim?? você disse que ia pra casa?????

Suzy Jang: me explica como você acabou numa festa aleatória com meu ex-namorado em vez de ir pra casa???

Ela também mandou um print de uma DM da amiga de Beth que estava lá ontem à noite.

**Achei bom te avisar! Ouvi ele chamar ela de "amor"!**

Ah não, ah não, ah não, ah não!

Suzy Jang: tô tão chateada que não consigo dormir
Suzy Jang: DEEDEE.

Essa última mensagem é das 6h12.

Suzy Jang: ALÔ mas que porra é essa deedee ME RESPONDE

Essa é a última. Enviada às 8h56.

Já passa das dez agora.

Quero gritar. Ou vomitar. Talvez as duas coisas.

Saio da cama às pressas e minha mãe aparece, bloqueando a porta.

— O que raios está acontecendo aqui? Pensei que você ia dormir na Suzy. O que aconteceu com você?! Olha pra sua cara! — Minha mãe me agarra pelos braços e me sacode. — Sabia que era um erro te deixar ir àquele baile! O que você fez? Bebeu? Ficou fora até que horas?

Está muito claro aqui e minha cabeça está quente demais. Não consigo, não consigo, não consigo…

— Eu tenho que ir! — exclamo e a empurro para fora do caminho.

— Deedee! — grita minha mãe. — Aonde você pensa que vai? Volte aqui agora mesmo!

Enfio os pés nos sapatos e corro para a rua. Não desacelero até chegar à casa de Suzy, ainda usando a camiseta larga e o short que usei para dormir.

— Que cara de acabada — comenta Suzy quando abre a porta, me olhando de cima a baixo.

Meu cabelo está embaraçado e meus cílios estão grudados por eu ter dormido de rímel.

— Vamos subir — diz ela baixinho.

As vozes dos irmãos de Suzy sobem da cozinha, junto com o riso da mãe e as broncas do pai.

Chegamos ao quarto de Suzy e ela fecha a porta atrás de si.

— Então, tem alguma coisa pra me contar?

Eu me sento na borda da cama e olho para minhas mãos.

— Não é o que parece…

Ela suspira e se senta na cadeira da escrivaninha.

— Sério? Porque parece que você mentiu pra mim.

— Eu… Eu…

A ruga entre as sobrancelhas de Suzy fica mais profunda.

— O Alex te contou… — começo a perguntar.

— Me contou o quê? — esbraveja ela. — Prefiro ouvir de você. Por que você não me falou que ia praquela festa?

— Eu não tava fazendo nada com o Alex. Eu tava… tava… — Lá está o fio que andei com tanto medo de puxar, com a podridão amarrada à outra ponta. Mas, se eu não fizer isso agora, vou perder minha amiga. — *Eu tava tentando terminar com o Jay!*

Suzy parece completamente atônita. Ela está boquiaberta, estreitando os olhos para mim, tentando entender o que acabei de dizer.

— *Quê?* Você tava tentando *terminar* com ele? Então vocês tavam namorando?

— Não exatamente.

— Então tavam fazendo *o quê*, afinal?

— A gente tava meio que… A gente tinha um rolo, que ia e voltava. E eu tava falando que a gente deveria parar, mas não consegui dizer tudo que eu queria, e aí o Alex apareceu e os dois iam pra essa festa, e eu não queria deixar as coisas daquele jeito. Então fui com eles.

— COM TANTA COISA INÚTIL, CRUEL E ÓBVIA PRA VOCÊ MENTIR PRA MIM E VOCÊ ME VEM COM ESSA!— Ela arregala os olhos e leva os dedos às têmporas. — Meu Deus, é como se você estivesse fazendo gaslighting comigo o ano inteiro. Por que não me contou sobre isso? Eu tava torcendo por você! Eu teria ficado *aliviada*!

Suzy ri outra vez, um pouco histérica.

— Você poderia ter agido feito uma pessoa *normal*! Em vez disso, você só fez eu me sentir *superestressada* o tempo todo, preocupada com você porque...

— Eu te disse que tinha superado o Alex, e tinha mesmo!

— A questão não é essa! — Suzy solta o ar com esforço. — Então há quanto tempo essa *coisa* tá rolando?

— Hã. Bem. — Não posso mais mentir para ela. — Desde... Nossa.

— Deedee!

— A gente se beijou pela primeira vez em... dezembro?

Ela se levanta, de olhos arregalados.

— DEZEMBRO?!

— E começamos a passar tempo juntos... alguns meses antes disso.

Suzy volta a se sentar na cadeira da escrivaninha e gira um pouco enquanto balança a cabeça.

— É por isso que você andou esquisita esse tempo todo. *Dez anos de amizade*, e você me trocou por um cara e nem me contou.

Todos os meus motivos se desintegram, e sobra apenas uma coisa viscosa e macia no centro de tudo.

— As coisas com a minha mãe tavam... — Faço uma pausa para respirar. — Meio que me destruindo. Às vezes. E as coisas com a família dele não são ótimas, então senti que podia conversar com Jay sobre o assunto. Isso meio que me deu forças. E sobre guardar segredo... Eu tava com medo de a minha mãe descobrir, e você... — Estremeço. — Você podia deixar escapar, sabe?

Há um calor nos olhos dela.

— Então agora a culpa é MINHA?

— Desculpa — falo baixinho. — Eu fiz merda mesmo. Não tem justificativa.

Suzy parece tão cansada, como se algo tivesse sugado a vida dela.

— Acho melhor você ir embora.

Quando chego à porta dos fundos, minha mãe a abre antes de mim.

— Você vai ficar um século de castigo. Esqueça a formatura. Esqueça qualquer coisa no verão.

Beleza. Ótimo. Quem é que eu teria para encontrar mesmo?

— É assim que você me agradece por te deixar ir ao baile? Está ficando louca? — Mamãe está me sacudindo, enterrando os dedos na minha pele. — Eu estava tentando pegar mais leve, mas já vi que você não está pronta para isso! Se eu não for dura com você, como é que você vai dar conta do mundo lá fora?

Ela me solta e eu me encolho, preparada para o impacto. Mas minha mãe só estala a língua.

— Vá para o seu quarto e pense no que fez.

Fico aliviada por subir as escadas e me jogar de volta na cama.

*Você acha que não merece se sentir melhor, mas isso pode te consumir tanto que você não consegue mais ver além de si.*

Sinto vergonha e me odeio. A voz de minha mãe vive na minha cabeça, me dizendo que sou um erro, me puxando para baixo.

Isso não faz de mim uma pessoa ou amiga melhor. Isso me oprime, toma conta de tudo, alimenta minhas decisões ruins.

E lá está aquela inquietação nas minhas entranhas, à procura da pessoa que eu quero ser.

Por impulso, me levanto e pego uma das folhas de papel na escrivaninha onde costumava escrever para Lolo Ric. E começo a escrever uma carta para mim mesma.

É constrangedor. Faço careta o tempo inteiro e suo, com o lápis pairando sobre o papel. É como se algo ruim fosse acontecer.

Mesmo assim, fecho os olhos e tento pensar no jeito como Jay falava comigo. Tento copiar aquela ternura para mim mesma. E, após algum tempo, eu a encontro.

*Você não é tão ruim assim, Deedee.*

É patético, mas estou tremendo de verdade. Sinto um bloqueio tão grande para falar assim comigo mesma — como se o céu fosse cair para valer se eu fizesse isso, como se eu fosse ser castigada.

Mas aprender a dar isso a mim mesma, em vez de depender de alguém para fazer isso... Parece um bom primeiro passo para aprender a ficar de pé por conta própria. Um pontapé para trilhar essa jornada de não cometer todos os mesmos erros de novo.

Você fez uma coisa ruim e pode aprender com isso. Você pode entender por que fez isso. Pode trabalhar nisso.

Você pode ser diferente. Pode mudar, porque quer mudar.

Não é justo dizer a si mesma que você era ruim desde o começo.

Às vezes, problemas têm soluções. Alguns dos seus problemas devem ter também.

Você não é amaldiçoada.

Você é digna de amor. Mesmo que esse amor não dure ou que mude, há pessoas que já te amaram. Você sabe disso. Você estava lá.

Quando termino, rasgo o papel, porque ninguém mais precisa ler isso.

Então escrevo uma carta para Suzy e a encho com todas as coisas que amo nela, as coisas das quais já sinto saudade. Com vários momentos de todo o tempo que a conheço. Quando nós duas caímos no recreio, correndo pelo parquinho, e Suzy pediu para a enfermeira nos dar curativos que combinassem. Quando ficamos acordadas até tarde contando histórias de terror e ficamos com tanto medo que tivemos que construir uma fortaleza de bichinhos de pelúcia para nos proteger antes de irmos dormir. Da vez que minha mãe me tirou da equipe de debate, quando senti uma tristeza tão profunda e pegajosa que mal conseguia falar a respeito. Mas, quando comecei a chorar do nada, Suzy só me abraçou com força e disse que estava tudo bem e ela estava ali.

Escrevo sobre como sei que minhas atitudes a magoaram e como eu quero ser diferente. E, ao final, acrescento:

Sinto muito mesmo.
Amo você.

Mesmo que eu tenha estragado tudo, pelo menos sei, no fundo do meu coração, que essas palavras são sinceras.

Então volto para a cama e caio em um sono vazio e letárgico.

# CINQUENTA E UM

**Ouço batidas na minha janela:** insistentes, regulares. Abro os olhos com um sobressalto. Não sei por quanto tempo dormi, mas está escuro lá fora. E há um rosto na janela.

*Um fantasma?*

Então o rosto entra em foco e Jay acena através do vidro, aponta para dentro. De algum modo, ele subiu no meu telhado, idêntico ao dele.

Pulo para fora da cama e fecho a porta do quarto. Há regras maiores que estou prestes a quebrar.

Meu Deus, com que aparência eu devo estar agora?

Corro para abrir a janela.

— Mas que porra é essa? — sibilo. — Você podia cair e quebrar o pescoço.

— Então é melhor me deixar entrar.

Dou um passo para o lado e ele passa pela janela, depois desliza pela minha escrivaninha.

Jay está no meu quarto.

De repente, me sinto muito cansada. Afundo no chão e apoio a cabeça na parede.

— Você não pode estar aqui — sussurro sem muita convicção. — O que você pensa que tá fazendo?

Ele se acomoda ao meu lado.

— Você não tava respondendo. E eu queria ter certeza de que você tava bem.

— Jay, eu... — Minha voz sai sufocada. Fico com medo de não conseguir encontrar as palavras certas desta vez também. — Mais cedo, não consegui explicar direito o que eu queria. Você precisa saber... — Meus olhos ficam quentes e meu nariz parece constipado de novo. — Você não poderia estar mais longe de ser um fracassado pra mim. De muitas formas, acho que você é melhor do que eu. E quero ser mais parecida com você.

Jay cerra os lábios e parece muito fascinado com os próprios sapatos de repente.

— Você significa tanto pra mim — continuo. — E eu...

*Eu também te amo.*

Talvez ouvir isso agora vá magoá-lo mais, já que sei que preciso lhe dizer adeus. Mas talvez ele mereça saber.

— Eu te amo e esse é o motivo de eu não querer continuar com isso. De eu não poder continuar com isso, agora — digo. — Não acho que você deva ficar aqui por minha causa. Não quero ser outro motivo pra você adiar as coisas, pra não pensar em onde você quer estar de verdade.

Jay parece mal conseguir respirar, de olhos fixos no chão. Sinto que meu coração vai parar, mas preciso continuar, para o caso de não conseguir outra chance.

— A Suzy descobriu que eu passei o ano todo mantendo a gente em segredo, e... o que é que eu tinha na cabeça? Por que eu te pedi pra fazer aquilo? Tenho certeza de que também não foi a melhor sensação do mundo pra você.

Jay balança a cabeça e uma das lágrimas que ele costuma segurar acaba escapando, enfim livre, reluzindo em sua bochecha.

— Eu falei pra mim mesmo que entendia. Porque sei como é guardar segredo. Mas acho que eu não amei *ser* um segredo. Eu sentia que... você tinha vergonha de mim. — Jay volta a encostar a cabeça na parede, e a boca se curva no sorriso mais terno e autodepreciativo possível. — Mas eu podia... ter te contado isso. Falado algo a respeito. Como um adulto.

Penso em como a mãe de Jay manteve ele e a irmã separados, sendo que ele é tão sozinho no mundo que dá para ver a solidão emanando de seu corpo como o calor do asfalto. E na minha mãe, que morre de medo de eu me machucar, mas diz coisas que me machucam da pior maneira.

Na pessoa que eu posso me tornar se não prestar atenção. Se não encarar as coisas que herdei.

— Acho que nós dois estamos meio envolvidos demais — digo, tentando deixar a voz tão carinhosa quanto possível. — E pode ser perigoso pensar que outra pessoa é uma solução. E eu consigo me ver fazendo isso com você. Acho que preciso passar um tempo sozinha.

Jay solta um riso tristonho.

— Então você tá fazendo a mesma coisa que eu fiz. Lá em março.

— Não, não é a mesma coisa. Porque eu tô te dizendo o motivo. E a gente não precisa parar de se falar por completo, a menos que você queira. E porque não é que… eu seja ruim, ou você seja ruim. Sei que isso é parte do meu problema, eu pensar que sou ruim, de um jeito tóxico.

Jay está se mantendo muito imóvel, encarando o teto, sem fazer som algum.

— É diferente — continuo — porque, se você me quiser na sua vida, eu vou estar nela, tá bom? Depende de você. Eu vou estar presente. — Fungo e esfrego o rosto também. — Se a gente tentasse agora, só ia fazer o outro sofrer e terminar de vez. E aí talvez a gente não fosse conseguir conversar um com o outro depois disso. E acho que a gente merece coisa melhor. Quero conversar com você por muito tempo.

Jay ergue as sobrancelhas e respira longa e profundamente, como se estivesse se preparando para dizer alguma coisa.

— Merda, o que eu posso dizer diante disso?

Ele ri, derrotado, e algo no timing das palavras me faz gargalhar.

Então minha porta se abre e meu estômago afunda.

Minha mãe está parada na porta.

— Quem diabos é esse garoto?! — grita ela.

É tão diferente do jeito como ela costuma falar que começo a rir com mais força.

— Qual é a graça? — Minha mãe gesticula alucinadamente na direção de Jay. — Fora daqui!

Ele se levanta às pressas e fica olhando por um minuto, como se estivesse pensando em voltar pela janela.

Minha mãe cruza o quarto e agarra a parte de trás da camisa dele, que solta um grito de espanto.

— Sra. Walters! Oi! Eu…

Minha mãe marcha com ele porta afora e os passos desaparecem na escada. Uma porta se fecha com tudo. Então, com um pavor crescente, ouço os passos de minha mãe voltando.

— É isso — diz ela ao aparecer na porta. — Você está fora de controle. Não pode ficar aqui. Vou te mandar para as Filipinas.

— Ótimo!

Talvez assim eu enfim consiga algumas respostas.

Essa claramente não era a resposta que minha mãe estava esperando. Ela leva as mãos aos quadris, num silêncio furioso.

Então atravessa o quarto, abre meu closet e… ah não, merda.

— Onde está a sua mala?

Então ela para de vasculhar e emite um som engasgado. Quando volta a ajeitar a postura, está segurando o álbum de fotos.

— O que é que *isso* está fazendo aqui? — Todo o ar sai do quarto. — Inacreditável. Isto é *particular*. Não é *seu*.

A decepção dela me atinge e minha mãe me dá as costas, fazendo menção de sair. Por um segundo, parece que isso é tudo, que vamos só nos acomodar nos silêncios sufocantes a que estamos acostumadas.

A parte do meu cérebro que me diz o que não falar em voz alta está gritando. Mas penso em minha mãe segurando o volante, murmurando para si mesma, morrendo de medo, mas seguindo em frente, atravessando a ponte.

— *Eu sei que Lolo Ric não existe!*

Ela se volta pra mim, como se eu a tivesse estapeado.

— Eu sei que meu avô de verdade tá morto e que ele nem se chama Ric, e que tudo que você me contou sobre ele é mentira! Sei que meu pai te pediu pra procurar ajuda pras suas crises de raiva antes de eu nascer. Sei que você pensa que a morte da sua mãe é culpa sua. Sei... Sei... — Meu fôlego acabou, e minha voz se reduz a um sussurro. — Sei muito mais do que você imagina.

Minha mãe se encosta na parede.

— Como você sabe de tudo isso?

— Porque mexi nas suas coisas.

Ela me lança um olhar fulminante.

— Não sei quem é você — diz ela, devagar e impiedosa —, mas não é minha filha.

— Ah, eu com certeza sou sua filha! — Estou rindo agora porque isso é muito absurdo. — Sou igualzinha a você! Invadi sua privacidade, assim como você sempre invade a minha! Porque você age como... como se eu fosse só uma *extensão* sua, sem ter meus sentimentos! A gente é tão parecida que me dá ódio.

Caramba, eu realmente tenho o talento dela de dizer as coisas mais cruéis. E não quero ser assim, mas preciso ouvir minha mãe se explicar.

— Por que você me fazia escrever todas aquelas cartas?

Minha mãe faz uma careta.

— Porque você vive tão *triste*! Queria ouvir você dizer algo positivo!

— Talvez seja razoável viver triste quando você me culpou por *matar meu pai*! — grito, e ela fica boquiaberta.

— E-eu disse isso, mas... não era... — Mamãe sacode o cabelo para fora do rosto. — Eu devo ter dito isso no... no calor do momento. Há muito tempo atrás.

— Você vive falando sobre o quanto eu tirei de você! Não era disso que você tava falando?

Ela está com os braços cruzados sobre o peito, encostada na parede para se apoiar.

— Você sempre fala que é a única pessoa que vê como eu sou de verdade — digo. — Mas você sente tanta dor que não me vê nem um pouco.

E, pelo jeito como a expressão dela desaba, eu penso: *Ah não, ah Deus, eu arruinei tudo.* É como o sonho onde todos os vasos estão estilhaçados no chão.

Ela se vira para sair.

— Eu deveria... Você não quer... me punir? — pergunto baixinho.

— Faça o que quiser — declara minha mãe, desaparecendo corredor afora.

# CINQUENTA E DOIS

**Acordo no meio da noite** — meu celular diz que é 00h53 — e percebo em meio ao torpor que um telefone está tocando já faz um bom tempo.

Uma dor pesada se instala entre minhas costelas quando me lembro de como as coisas estão arruinadas com todas as pessoas com quem me importo.

O telefone continua tocando.

Eu me levanto e atravesso o corredor de chinelos. A porta do quarto de mamãe está aberta, a cama vazia. O telefone está no descanso ali ao lado, tocando.

Meu reflexo na janela escura me encara de volta, fantasmagórico. Pressiono o rosto mais perto no vidro e vejo que o carro dela continua na entrada da garagem. Mas a casa está tão silenciosa.

Belisco a bochecha e mexo no interruptor para ter certeza de que não estou sonhando. O telefone continua tocando. O identificador de chamadas exibe o nome ANDOY.

Então eu atendo.

— Glor? Te liguei de volta assim que recebi sua mensagem. Deve ser tarde aí. Está tudo bem?

— Tito Andoy?

Ele aparece em tantas histórias da minha mãe. Não sabia se era real.

— Deeds! — exclama Tito Andoy. — Meu Deus, faz tanto tempo. Está tudo bem? Recebi a mensagem da sua mãe.

— O… o senhor me conhece? Parece que… Parece que o senhor me conhece, mas acho que eu não conheço o senhor?

Ele está rindo.

— Desculpa, isso foi mal-educado? — acrescento.

— Eu conheço sua mãe, então sinto que conheço você.

Que coisa estranha de se dizer.

— E a gente já se conheceu. Você não parava quieta quando bebê.

O sotaque dele me atinge, musical e afetuoso. Uma coisa da qual eu sentia falta sem saber.

Ele fala como se não tivesse passado tempo algum desde a última vez que me viu e isso faz um nó se formar na minha garganta.

— Aconteceu alguma coisa? — pergunta Tito Andoy. — Sua mãe está bem?

— Acho que ela só… foi lá pra fora.

Meu sotaque norte-americano soa estéril e irritante em comparação com o dele.

— Acabei de ouvir a mensagem dela. Estava em aula quando ela ligou. Estou lecionando na U.P. agora.

U.P., a sigla em inglês para *Universidade das Filipinas*, é o que diz uma memória enterrada no fundo da minha mente.

— Sua mãe meio que… se afastou de todos nós, depois que seu pai morreu. Mas éramos melhores amigos na infância.

Há um sorriso na voz de Tito Andoy.

— O senhor não é o primo dela?

— Primo e melhor amigo.

Vozes ecoam atrás dele. Talvez ele esteja na própria sala na universidade, com a porta aberta para o corredor.

— O senhor… É verdade que o senhor pegou uma aswang? — pergunto.

Ouço o riso dele através da linha outra vez, espantado, animado, encorpado e pleno.

— No seu telhado? — acrescento, como se fosse ajudar.

— Sua mãe adora contar um causo. — Tito Andoy leva um minuto para recuperar o fôlego. — Tita Gabby, sua avó, também adorava. É coisa de família.

Do lado de fora, o vento aumenta e os galhos das árvores batem na janela.

— Foi uma pena o que aconteceu com ela — diz ele. — Ela era tão jovem.

— O que aconteceu com ela?

Minha garganta fica seca.

— Ah, e-eu não sei se tenho o direito de te contar. Você deveria perguntar para a sua mãe.

Ficamos em silêncio por um segundo, ouvindo o ar parado em uma distância tão grande.

Tito Andoy suspira.

— Sabe… há quem diga que as aswang não merecem a reputação que têm — diz ele, fazendo a voz de quem está contando uma história de terror para uma criança. O mundo encolhe até não haver mais nada além dos sons que chegam pelo telefone do outro lado do planeta. — Quando os espanhóis colonizaram as Filipinas, eles as demonizaram. Usaram isso na campanha para assustar as pessoas e fazê-las se converter ao catolicismo.

— Então é só uma criatura mal compreendida.

Minha voz sai desagradável, sarcástica e seca.

Mas Tito Andoy só ri outra vez, como se eu fosse hilária.

Na generosidade desse som, quase consigo sentir como as coisas poderiam ter sido. Uma outra vida onde eu cresci com Titas e Titos e Ates e Kuyas, como as pessoas das histórias da minha mãe. Onde não fui tão solitária, talvez. O calor de um sol distante e desconhecido.

O que mais ela perdeu ao vir para cá?

O que é que foi tirado dela por ter crescido ouvindo sempre que precisava ir embora?

Tito Andoy suspira.

— E a CIA usava histórias de aswang para reprimir os comunistas, depois da Segunda Guerra Mundial. Eles faziam buracos nos pescoços das pessoas que matavam, para fazer parecer que tinham sido atacadas por uma aswang.

— Porra — xingo, e então, quando ele ri de novo: — Ah, desculpa! Pelo palavreado.

— Mas essas histórias são antigas, muito antigas. — Agora Tito Andoy parece estar no modo professor. — Elas mexem com medos antigos. Com a ansiedade de a vida estar fora do controle. De perdermos nossos filhos, de doença e morte. Ou de mulheres exercendo sua independência, talvez, agindo diferente do jeito que a sociedade espera delas.

Seguro o telefone com mais força, tentando absorver o que ele está dizendo, como uma estranha corda salva-vidas.

— Mas eu sempre adorei a imagem, aquelas asas de morcego — continua Tito Andoy, seco. — Ah, essas pernas não estão me servindo bem, vou soltá-las e sair voando.

— Que audácia — comento, fazendo-o rir de novo.

É bom estarmos juntos na linha desse jeito. Ele parece distante, mas próximo ao mesmo tempo.

— Enfim, o que pode parecer monstruoso nem sempre é tão simples assim. Pode ser mais de uma coisa. Pode ser muitas coisas ao mesmo tempo.

Tito Andoy fica quieto por um momento, pensativo. Então conta, em uma voz mais suave:

— Sabe, sua mãe tentou se esconder no meu telhado uma vez.

Paro de respirar por um segundo.

— O pai dela a proibiu de sair de casa, mas ela queria visitar minha mãe, que estava doente. Então saiu escondida para nos ver. O pai dela era... assustador. Cruel. Às vezes, ficava... violento. Ele a expulsava de casa muitas noites e a fazia dormir no quintal.

As peças que eu tinha estão começando a se encaixar.

Todas as histórias que se passam no jardim no meio da noite.

As Damas Brancas indo atrás de vingança contra homens ruins.

As mulheres monstruosas que levantam voo.

Os fios que conectam as histórias dela.

— Ele era bem mais velho que Tita Gabby, uns vinte anos, algo assim. Serviu na guerra. Os japoneses o torturaram. Muitas pessoas não seriam as mesmas depois disso.

Tito Andoy suspira outra vez, como se estivesse considerando o quão mais deve me contar a cada puxada de ar.

— O sujeito estava furioso quando apareceu procurando sua mãe e ela estava morrendo de medo. Eu disse a ele que ela já tinha ido embora e Glor subiu no telhado para se esconder. Mas o pai dela a viu e a puxou de volta pela janela. Fiquei morrendo de medo de a sua mãe cair, pelo jeito como ele estava sendo brusco com ela, e o homem nem parecia se importar.

Minhas palmas suam. Por um longo momento, não há nada além do ar sibilante entre nós no telefone.

— E o que aconteceu depois?

— Ele a arrastou para fora da casa pela parte de trás da camisa, aos chutes e pontapés. Ela não pôde mais vir nos visitar depois disso. Perdemos contato por um tempo. — Tito Andoy respira fundo, depois solta o ar. — É engraçado como as histórias começam.

Penso que agora entendo melhor todas as camadas.

Como minha mãe não conseguia se permitir viver o luto do que perdeu, mesmo enquanto meu pai estava vivo — pelas coisas que o pai dela lhe tirou, pelas coisas que ela perdeu ao vir para este lugar. Como a raiva já estava lá e então, quando meu pai morreu, ela deve ter se transformado, mudado de forma.

Como a raiva que sente de mim deve ser mais fácil para minha mãe do que todos os outros sentimentos que ela evita.

Ouço um barulho lá embaixo e dou um pulinho.

Com o telefone colado ao ouvido, vou investigar. E lá está minha mãe, trancando a porta atrás de si.

— Onde a senhora estava?

Ela também leva um susto, piscando como se me ver fosse difícil demais no momento.

— Fui dar uma caminhada.

Os olhos dela parecem inchados. Talvez estivesse chorando.

Estendo o telefone para ela.

— Tito Andoy.

Mamãe pega o aparelho com cuidado e o leva ao ouvido.

Às vezes, é difícil encontrar delicadeza nas minhas memórias dela. Mas havia algo quando minha mãe contava aquelas histórias. As sobrancelhas erguidas, o riso que ela se permitia, o sotaque aparecendo.

Aquelas histórias antigas que sobreviveram aos anos, que perduraram quando podiam ter sido esquecidas, apagadas. Passadas pelo filtro da imaginação, das memórias e da dor dela.

É engraçado o que dura.

É engraçado o que permanece.

No telefone com Tito Andoy, minha mãe ri. De repente, parece muito mais jovem.

Em geral, não acho que somos muito parecidas. Mas, neste momento, posso ver a semelhança.

Os dias que se seguem são de agonia. É a semana das provas finais e Suzy continua não respondendo minhas mensagens. Eu a vejo do outro lado da sala na nossa prova de física e, quando acaba, ela desaparece outra vez, saindo às pressas.

Em casa, minha mãe pergunta:

— Por que não vai estudar com a Suzy?

É estranho, porque não parece que estou de castigo. Mas, toda vez que tento começar uma conversa, minha mãe apenas responde:

— Termine as provas finais primeiro, depois a gente conversa.

No último dia de provas, caminho até a casa de Suzy depois da escola. O pai dela está na entrada da garagem, com o capô da van aberto.

Ele se endireita quando me vê e abre um sorriso constrangido. Deve saber que Suzy e eu brigamos.

— A Suzy foi só buscar os meninos. Vai chegar daqui a pouco. Quer esperar?

— O senhor pode dar isso pra ela?

Estendo uma fita cassete para o sr. Jang, acompanhada de uma carta.

É uma coletânea de músicas que me lembram Suzy. Minha mãe nunca joga nada fora e havia algumas fitas virgens em um armário da cozinha. Devem estar lá desde antes de eu nascer, mas ainda funcionam.

Escrevi na carta a memória exata que cada música evoca. A primeira vez que fui para um supermercado asiático com a família de Suzy e o pai dela colocou essa música no rádio. A vez que passamos horas ouvindo música no quarto dela e dissecando o que significava o fato de Matt Gilbert ter me mandado uma mensagem separada, em vez de no grupo. A primeira vez que Suzy me levou para a escola sozinha e cantamos a plenos pulmões as músicas das fitas antigas do pai dela.

Na minha escrivaninha em casa agora está uma outra carta. Para minha mãe, mas não sei quando terei coragem de entregá-la a ela.

O pai de Suzy limpa as mãos em um paninho e vira a fita nos dedos.

— Quanto mais as coisas mudam…

Fico ali parada, sem jeito, enquanto o vento sacode as árvores.

— Ok! Bem, obrigada.

— Sabe… — Sr. Jang pigarreia. — Meu pai era bem duro comigo. Na minha infância.

O que Suzy contou para ele?

— E os adultos me diziam que eu o entenderia melhor quando fosse mais velho.

Ele só vai me dar um sermão sobre como eu deveria estar lidando melhor com as coisas. Vai me julgar, posso sentir.

— E eu odiava quando eles diziam isso — completa o sr. Jang.

*O quê?*

— Achava que queriam dizer que eu ia amadurecer, deixar minha personalidade para trás e ficar igual ao meu pai. — Ele passa a mão sobre o cabelo curto e espetado. — Só parecia que eles não se importavam com o que eu sentia. Então cresci e ainda não acho que meu pai estava certo sobre tudo. E também não deixei de ser eu mesmo.

O sr. Jang sorri, e as rugas de riso se aprofundam ao redor dos olhos dele.

— A coisa que me surpreendeu foi: na verdade, não é uma questão de isso ou aquilo. Ter empatia com seus pais ou com você mesmo. Acho que é isso que pode ficar mais fácil. Aprender a fazer as duas coisas. Mas isso meio que desmorona se não começar primeiro consigo mesmo.

Pelo jeito como ele está me olhando agora, com uma preocupação tão paternal, uma pequena parte de mim diz: *Ei, parece que você não é impossível de amar, na verdade.*

— Obrigada — falo, tentando manter o nó na garganta contido.

— Sabe, a gente tem aquele apartamento em cima da loja em Eastleigh — comenta o sr. Jang, com pressa, como se achasse que eu vá sair correndo a qualquer minuto. — A Suzy já ia se mudar pra lá de qualquer forma, no ano que vem. Tenho certeza de que ela adoraria ter uma colega de quarto.

— Se algum dia ela quiser falar comigo de novo — respondo com um riso nervoso.

Ele sorri outra vez.

— Eu sei que ela vai.

# CINQUENTA E TRÊS

**Quando abro a porta da frente,** vejo algo no chão, à minha espera.

Uma carta, enfiada pela fenda da caixa de correio.

Com meu nome.

Deedee Walters

E, no remetente:

Jay Đinh Hayes
Do outro lado da rua

Ponho a cabeça para fora da porta e olho ao redor, como se Jay pudesse ainda estar ali.

E, quando vejo que não está, fecho a porta e me deslizo até o chão, para pelo menos estar sentada enquanto leio.

Querida Deedee,

Sinto o coração acelerar. Estou tão acostumada a enviar cartas para o vazio que é um pouco surreal receber uma.

Sou meio novo nessa coisa de escrever cartas. Mas pelo visto a Candace é uma grande fã. E pareceu um bom jeito de organizar meus pensamentos.

A carta foi escrita com caneta preta e há trechos cuidadosamente rasurados a cada poucas frases. Posso sentir Jay pensando e voltando atrás, reconsiderando. Querendo ser bom, sentindo muitas coisas ao mesmo tempo, lutando consigo mesmo. Debruçado sobre a escrivaninha, rodeado por latas vazias de energético e livros sobre um garoto, seu pai e seu carro.

Primeiro, queria escrever esta carta para te agradecer.

Tópicos frasais. Vou chorar.

Sério mesmo. Passar tempo com você fez eu me sentir mais como eu mesmo, de um jeito que não sinto há muito tempo. Obrigado por

Há coisas riscadas nesse ponto, reconsideradas e ditas outra vez.

me ouvir e entender. Obrigado por me fazer sentir que podia falar sobre coisas que sempre digo a mim mesmo para esconder. Por me ajudar a fazer mais sentido para mim mesmo.

Acho que, com a minha mãe, durante muito tempo eu só conseguia ver como a decepcionava e o quanto não queria fazer isso de novo. E o quão bravo eu estava com a Candace.

Mas acho que, conversando sobre essas coisas com você, consegui ver a situação por outros ângulos. Como se eu não estivesse mais me segurando a isso com tanta força porque tinha que afrouxar as mãos para te mostrar. E pude entender por que a Candace precisou se distanciar, mesmo que eu ainda estivesse bravo a respeito disso. E consegui entender a parte em que

Mais coisas riscadas aqui, encobertas.

eu poderia ficar menos bravo comigo mesmo, ou pelo menos começar. E consegui entender como a pressão de tudo estava me afetando, e talvez esse não fosse o único jeito que as coisas poderiam ser.

Tem uma coisa que eu percebi que faço: mantenho distância dos outros porque morro de medo de dizer "não" para qualquer pessoa com quem me importo. Talvez porque tenha dificuldade de pensar que devo algo a mim mesmo, ou que mereço qualquer coisa. E é fácil só ser engolido pela culpa.

É óbvio que eu estava esperando uma resposta diferente quando você me rejeitou. Mas parte de mim sentiu que talvez pudesse aprender alguma coisa. De certa forma, é meio inspirador você ter sido capaz de me dizer "não".

Em segundo lugar, queria escrever para te contar: tive uma longa conversa com a minha mãe sobre o que aconteceu e como as coisas precisam mudar. E pensei no que você disse, sobre onde eu quero estar de verdade.

E nós decidimos que Gemma e eu vamos passar o verão com a Candace. Viajamos depois da formatura.

Merda, isso é daqui alguns dias. Esta é uma carta de despedida.

Nós concordamos que era uma boa ideia, para compensar o tempo perdido.

E depois eu provavelmente vou ficar lá por um tempo. Ainda não sei bem por quanto tempo, mas vou aproveitar o verão, pensar em um novo plano. Talvez arranjar um emprego por lá e me candidatar para faculdades no ano seguinte.

Meus olhos estão se enchendo de lágrimas e estou mordendo o interior da bochecha, tentando segurá-las.

Então pensei na outra coisa que você disse.

Sobre como depende de mim, o que eu quero fazer agora. Se quero que você faça parte da minha vida, ou se isso é difícil demais.

Ainda me sinto da mesma forma. E dói, mas

Algumas frases foram riscadas nesse trecho. Jay tentou algumas vezes até acertar.

quero continuar falando com você, se estiver tudo bem. Como você mencionou. Por um longo tempo, se possível. Acho que a gente merece isso. Talvez a gente possa escrever um para o outro. Então, se você quiser, vou estar nesse lugar:

Nesse ponto há um endereço no bairro de Woodside — o de Candace em Nova York. E há mais nuvens de trechos rasurados onde ele reconsiderou a forma de encerrar a carta.

Talvez tenha se perguntado como eu me sentiria, se ficaria desconfortável, se ficaria brava. Mas, no fim, Jay se decidiu por:

Com amor,
Jay

Eu me recosto na parede, tomada por uma tristeza dolorosa misturada com alegria, como um céu escuro pontilhado de estrelas.

Leio a carta outra vez, depois outra. Levo-a ao peito e encaro o nada. Leio de novo.

Lá fora, um carro buzina, e dou um pulinho de susto.

E sou tomada por uma sensação de alívio ao ver que é o Civic.

# CINQUENTA E QUATRO

— **Recebi sua carta** — diz Suzy enquanto entro no carro.

O volume do rádio está baixo, e tenho dificuldade para reconhecer que música está tocando.

Ela bate no meu braço com o envelope.

— Por que é que isso parece uma carta de despedida? — A música muda, e então percebo que é a fita que fiz para ela. — Porque, adivinha só, você não vai se livrar de mim.

Solto o ar e relaxo no banco.

— Essa é uma ótima notícia, sinceramente.

— Mas eu ainda tô brava com você!

Suzy olha pelo para-brisas e começa a dirigir. A condensação aumenta, mesmo com o fluxo tímido de ar que sai dos ventiladores.

— Sabia que o Alex veio falar comigo, tipo, dois minutos depois de você sair? — continua ela, virando a esquina. — Pra explicar tudo. Eu sei que ele só tava te ajudando a chegar em casa. A amiga da Beth mandou aquelas fotos pra ela, e a Beth só disse pra ela causar um pouco, eu acho.

Espinheiros-da-virgínia balançam ao sabor da brisa na lateral da rua, batendo na fiação elétrica.

— E, um dia depois, seu boy veio falar comigo.

— O quê?

— Ele tava tentando explicar que foi culpa dele, que ele queria que fosse segredo e que eu não devia ficar brava com você. Ele meio que não sabe mentir.

Não sei bem se quero rir ou chorar.

— E tanto minha mãe quanto meu pai conversaram comigo sobre você. — Suzy ri. — Você tem, tipo, uma aldeia inteira depondo ao seu favor.

Meu Deus?

*Não é impossível alguém amar você no fim das contas, na verdade.*

— Mesmo assim, fiquei muito magoada, sabe? Mas pensei em algumas das coisas que meu pai disse. Talvez haja um motivo pra você ter sentido que não podia me contar nada. — Suzy entra no estacionamento da loja de conveniência 24 horas e olha para mim. — Então me explica. O que você quis dizer quando falou da sua mãe?

— Meio que é uma longa história.

— A gente tem tempo.

Então compramos raspadinhas e nos sentamos no capô do carro, olhando para os veículos que passam enquanto eu conto tudo para Suzy: sobre as cartas, sobre sair escondida, sobre as brigas com minha mãe. Quando ela ouve o que minha mãe disse que fiz com meu pai, Suzy me abraça com força. E, enquanto descrevo todos os altos e baixos com Jay, ela alterna entre suspirar de emoção e ter vontade de ir chutar o traseiro dele.

— OK, BOM, DA PRÓXIMA VEZ ME CONTA! — exclama ela quando termino, me dando um soquinho no braço.

Mas acho que isso não é o suficiente para Suzy, porque ela agarra meus ombros e me sacode.

— Eu te amo, sua cuzona! — diz ela, praticamente gritando. — Saber dessas coisas faz parte da minha função de melhor amiga.

Eu a abraço o mais forte que consigo.

— Também te amo.

Sempre tive muito medo de contar tudo isso para ela. Estava tentando me proteger, mesmo que não dizer nada com certeza não fosse diminuir a dor de perder uma amizade.

— Tô puta por você ter escondido essa história com a sua mãe — diz Suzy —, mas acho que… eu também tava bem mergulhada nas minhas merdas. Me desculpa por ter levado tanto tempo pra entender o que tava rolando com você. Pra sequer perguntar.

Suzy suspira, então continua:

— E desculpa mesmo pela história da equipe de debate. Eu fiz sem pensar. Percebi isso depois, mas… a gente nunca chegou a conversar sobre o assunto de novo. É claro que eu teria te ajudado a manter Jay em segredo, se você tivesse pedido.

— Eu deveria ter te contado. Fiquei com medo de precisar… contar todo o resto. Ainda não sabia como falar sobre isso. Precisava entender algumas coisas.

Suzy bate no fundo do copo com o canudo.

— Acho que também escondi umas coisas de você. Não queria te contar sobre o rolo com o Alex. Sobre como eu estava sofrendo, porque pensei: "Não posso reclamar, tenho uma coisa que você queria e não conseguiu."

— Isso é horrível. — Faço uma careta. — Odeio isso.

— Mas ele foi ao seu resgate depois do baile. — Suzy sorri um pouco. — Então não posso odiá-lo.

— Ele só tava respeitando a sua vontade, sabe? — Me recosto no capô quente. — O Alex foi o seu substituto meia-boca. Uma Suzy fake.

Ela bufa.

— Tipo carne de caranguejo fake?

Rimos tanto que o carro balança.

— Bom, quer dizer, você dirigiu de Nova York até em casa. — comenta Suzy, recuperando o fôlego. — Parece que você mesma se salvou.

Rolo o copo plástico úmido entre as mãos.

— Então, o que tá rolando entre você e o Alex agora?

— Ele queria que a gente voltasse. Mas acho que eu percebi que… Quer dizer, ele é legal. Mas é como se eu tivesse uma obrigação de gostar dele. Tipo um lugar super-hypado, com fila na porta, e aí quando eu chego lá… é só isso? — Suzy ri de si mesma. — Nossa, que maldade!

Ela joga o copo vazio fora e acerta a lata de lixo mesmo estando bem longe.

— O que eu quero dizer é: muito do que imaginei, quando sonhava com ele, era um jeito como eu queria me permitir ser vista, eu acho? Mas, na verdade, de perto, eu meio que discordava do jeito que o Alex me via. Gostava mais da minha versão.

— Eu confiaria mais na sua versão do que na dele sem nem pensar.

— Mas acho que vamos ser amigos. Tipo, aquela amizade simples e entediante. Não isso aí que você e o Jay têm feito. — Suzy acena na minha direção. — Ih, pera — acrescenta ela, erguendo o tronco de repente. — O carro que ele dirige. Você aprendeu a dirigir com câmbio manual?

— É.

Eu rio.

— Que engraçado. Mas você vai fazer a prova com um desses, né? — Ela bate no carro com os nós dos dedos. — Na volta pra casa você dirige.

Uma ideia me ocorre, uma que vem tomando forma enquanto passo as noites insone, pensando nos vasos da minha mãe e na ternura que desejo.

— Ok. — Sorrio enquanto Suzy me passa as chaves. — Mas quero parar num lugar primeiro.

# CINQUENTA E CINCO

**Naquela noite,** minha mãe volta do trabalho depois do anoitecer. Quando acende a luz, todos os vasos estão cheios de flores. Peônias cor-de-rosa, cravos brancos, tulipas laranjas, rosas amarelas, pequenas esferas vibrantes de craspédias. Suzy e eu tivemos de ir a vários supermercados para encontrar todas elas.

— O que é isso?

Minha mãe leva a mão à boca e afunda em uma cadeira à mesa da cozinha.

Atravesso a sala e tento abraçá-la, sem jeito, pelo lado. Nós nunca nos abraçamos e ela fica tensa.

Eu me viro e me agacho para abraçá-la de verdade, apertá-la de leve.

— Ok, está bem, já chega — diz ela, desvencilhando-se, visivelmente desconfortável. Ela arruma o cabelo. — Minha mãe adorava flores.

— Mãe — chamo, sentada ao lado dela, receosa de que isso tudo seja errado —, queria te perguntar umas coisas. Tenho algumas perguntas pra senhora.

Ela passa os dedos por baixo dos olhos.

— E eu te devo algumas respostas.

Isso me surpreende, e é como se o equilíbrio do mundo mudasse de leve. Mas por onde eu começo?

— Eu sei sobre o apartamento. A senhora na verdade vivia indo pra Nova York quando dizia que tava viajando a trabalho?

Mamãe ri e me lança um olhar confuso.

— Não. Não, eu tenho mesmo me exaurido viajando pelo país todo. Bem que eu queria que fosse mentira. — Ela pressiona o dorso das mãos nos olhos fechados. — Aquela foi a primeira vez que eu voltei em anos. Não tinha coragem de me livrar daquele apartamento onde a gente morava. — Ela puxa o ar e o solta entredentes. — Mas não gostava de voltar lá. Contratei uma pessoa para cuidar do lugar.

Ela se levanta, vai até o armário e se inclina para cheirar as flores.

— Mas, depois que você parou de escrever as cartas... depois daquele espetáculo, quando vi você com os pais da Suzy, e-eu sabia que alguma coisa precisava mudar, só não sabia... — Ela engole em seco. — Talvez eu não saiba como mudar. Mas eu te amo. Talvez só não saiba como.

Aquela culpa tenta me tocar, e sinto calor e pressão se acumulando atrás dos meus olhos. Mas ainda tenho tantas perguntas não respondidas.

— Por que a senhora me fazia escrever aquelas cartas?

— Porque você parecia triste e... pensei que talvez fosse porque você não se encaixasse aqui. Você não tinha uma noção de quem somos, da sua família.

Minhas costas tensionam enquanto tento conter a raiva, pensando na diferença entre o que ela queria e o que ela fez.

Estou nervosa, pisando em ovos, mas preciso perguntar:

— O que... aconteceu com a sua mãe?

Coloco a mão sobre a dela, e mamãe permite que ela fique ali.

— Ele disse que eu o provoquei. — Ela sacode a cabeça, e a mandíbula treme. — Os dois estavam brigando, e ele estava... ele estava possesso. E eu não queria deixar quieto, não queria recuar. Todo mundo falou que eu só estava piorando as coisas, deixando-o mais irritado, *pedindo por uma reação*. E minha mãe só... ela não aguentava mais, teve que sair, pegou o carro em pânico. Não acho que era a intenção... Não acho que ela queria...

Mamãe soa como se tivesse dificuldade para respirar.

— A senhora não pode se culpar por isso. — Minha voz é uma surpresa, estranha para mim. — Você não o fez ser assim.

Apoiando os cotovelos na mesa, minha mãe cobre o rosto com as mãos.

— Foi por isso que a senhora brigou com os seus irmãos? Da última vez que a gente os visitou?

— Acho que eles não acreditavam mais nisso quando a gente cresceu. Que eu era responsável. Mas não foi fácil pros meus irmãos a época em que eu não quis falar com nosso pai. Isso causou muitos mal-entendidos. Principalmente no final da vida dele.

A voz dela parece cansada e tímida.

— Ainda sinto tanto arrependimento... Minha raiva dele lançou uma sombra sobre o tempo que tive com seu pai. Cortei relações com o meu pai, mas sentia tanta vergonha. Não queria que você soubesse disso tudo. Pensei que... bem, poderia inventar alguma coisa para você. Uma versão melhor. Um presente que eu não pude ter.

Minha mãe respira fundo, como se estivesse subindo uma ladeira.

— Pensei que se as crianças escrevem para o Papai Noel, se isso é para ser uma coisa legal para elas, por que não fazer algo parecido?

Tenho vontade de gritar: *Isso não faz o menor sentido!* Mas, em vez disso, aperto a borda da mesa.

Mamãe funga.

— Você não sabe a sorte que tem. Ele me dava tapas na cara, me dizia que eu era feia. Agarrava minha cabeça e a batia na parede. — A expressão dela é diferente agora, está na defensiva. — Você não sabe o que é sofrer.

— O que ele fez com a senhora é terrível — falo baixinho —, mas isso não significa que eu não sinta dor.

Ela estreita os olhos para mim.

— Eu fiz você escrever aquelas cartas porque queria que você sentisse *orgulho*. Orgulho da sua família.

— E o orgulho de onde você veio?

Minha mãe bufa, tentando se esquivar do assunto.

— Isso... é importante pra mim — digo. — Passei tanto tempo me sentindo deslocada aqui, me sentindo... errada, feia. Mas não tenho o contexto pra sentir orgulho. Pra dar um sentido às coisas.

Vejo uma expressão de choque genuíno no rosto de minha mãe, a boca aberta, como se isso nunca pudesse ter lhe ocorrido.

— Onde eu cresci, as pessoas viviam falando sobre como as *mestizas* são bonitas. As pessoas fariam de tudo, até matar, para ter a sua aparência. *Típico de você.* — Ela quase cospe. — Ingrata, não valoriza o que tem.

— Ok, bom, eu não cresci lá. — Estou tentando manter a voz calma. — E isso é uma coisa bem merda de se dizer.

— Olha a boca! — grita minha mãe. — Eu só estava fazendo o meu melhor, ok? Não sei por que você tem tanta raiva. Talvez seja uma parte dele que foi pra você.

Cerro os lábios e dou uma boa e longa olhada nela.

— A senhora é bem raivosa — afirmo.

— O que você disse?! — grita ela de novo, ficando de pé de modo que a cadeira vai para trás. Então ela se detém, arrependida, como se estivesse se ouvindo pela primeira vez.

Mamãe inclina a cabeça para trás e olha para o teto.

— Se você já não soubesse que ela morreu, eu teria te feito escrever pra minha mãe.

Parece que estamos deslizando agora, os braços girando, de volta para a terra dos fantasmas.

— Mãe — chamo com delicadeza. — A senhora não pensou em como isso ia fazer eu me sentir?

— O que você quer que eu faça? — Ela continua gritando. — Não posso mudar o passado!

Mas eu sei que não é assim que funciona. O passado não fica onde está, separado, imutável.

— Não é como se os meus sentimentos tivessem importado! — exclama minha mãe. — Na infância! Quando eu vim pra cá! No trabalho!

— E a senhora se conta uma história sobre isso — digo, pressionando os dedos nas palmas. Com as articulações brancas de tão tensas, torcendo para conseguir chegar até o fim. — O modo como pensa no passado molda as suas decisões, o tempo todo, no presente. Por exemplo, qual é o jeito aceitável de me tratar.

Minha mãe cruza os braços na frente do peito. Com a voz dura, continuo:

— Talvez, se a senhora mudar o modo como pensa sobre o passado, consiga tomar algumas decisões diferentes. Hoje, amanhã e depois. Talvez, se puder dizer a si mesma que não merecia aquilo, possa ver que eu também não mereço isso.

Ela está me encarando, a boca em uma linha rígida. Imóvel.

Respiro fundo, tentando canalizar a parte mais calma de mim. A parte que lembra de noites tingidas de azul e conversas no escuro com alguém em quem confio.

Tiro a carta que escrevi para minha mãe do bolso de trás e a deslizo pela mesa.

A carta onde digo que as coisas não estão dando certo e preciso que ela faça terapia.

— Algumas das coisas que a senhora faz fazem mais sentido pra mim agora. — Engulo em seco quando minha mãe pega a carta e a abre devagar com mãos trêmulas. — Mas algumas das coisas que a senhora faz não são legais.

É uma agonia esperar que ela a leia. Observar sua expressão facial mudar, a careta aumentar.

— Então você está dizendo que sou louca — declara ela, olhando para mim por cima das páginas desdobradas. — Isto é ofensivo. Você está dizendo que sou uma péssima mãe.

— Mãe — digo, tentando ignorar a sensação de que isso tudo está saindo do controle. — A senhora falou que alguma coisa precisa mudar. E que não sabia como. É pra gente conseguir fazer as coisas de um jeito diferente, juntas. Pela sobrevivência do nosso relacionamento.

Ela solta um suspiro e parece muito cansada, talvez como nunca vi antes.

— Me desculpe por falar coisas sem pensar — diz ela. — No calor do momento.

— Nunca tem um momento sem calor. — Estou tremendo, segurando a mesa, tentando não gritar. — E essas coisas ficam na nossa cabeça, sabe? Não tenho como saber se a senhora falou sem pensar. Não é legal.

Minha mãe parece estar prestes a dizer alguma coisa, mas se segura e respira fundo em vez disso.

Depois se levanta e vai embora, desaparecendo no corredor.

Então é isso.

Eu a perdi.

Lá vai ela.

— Você vai vir me ajudar com isso aqui? — grita minha mãe do escritório.

Vou até a porta e a encontro no computador, encarando a tela.

— Já que você está insistindo que eu faça isso — ela olha para mim e acena para eu chegar mais perto —, me ajude a achar alguém que aceite meu convênio.

Puxo uma cadeira para me sentar ao seu lado.

— Me desculpe — diz minha mãe baixinho, com os olhos fixos na tela, como se fosse mais seguro. — Me desculpe por ter magoado você. Eu nunca deveria ter te culpado por aquilo.

— Obrigada — sussurro.

Ela se recosta na cadeira e passa a mão no rosto.

— Comprei uma passagem.

— Ok. — Medo e entusiasmo se entrelaçam feito um nó na minha garganta. Parece que vou para as Filipinas. — Quando eu viajo?

— Você não vai. Preciso voltar sozinha. — Mamãe olha para mim de novo e invoca a voz da contadora de histórias. — *Encarar alguns fantasmas.*

— Então eu não vou? Eu... meio que queria ir, na verdade.

— Você vai. Nós vamos outra vez. Mas isso é algo que preciso fazer sozinha primeiro. Vou ficar na casa de Andoy. Temos muita conversa pra botar em dia.

Eu lhe explico como filtrar os resultados da busca, e minha mãe sai clicando, fazendo caretas para a tela.

— Enquanto isso — diz ela, escrevendo alguns nomes em um Post-it —, conversei com o Charlie.

— A senhora conversou com ele?

Minha garganta fecha.

— Ele disse que você pode ficar com eles enquanto eu estiver fora. Talvez seja divertido pra você. E você pode trabalhar com eles na loja.

Mamãe me olha de soslaio, como se tivesse acabado de se lembrar de algo.

— O que está acontecendo entre você e aquele menino?

Quase engasgo com minha saliva.

— Que menino?

Ela revira os olhos e quase consigo ver um vislumbre de mim mesma em sua expressão.

— Eu sei que tem alguma coisa aí. — Minha mãe está entrando no modo fofoca, inclinando-se para a frente, de sobrancelhas erguidas. — Porque você o fez chorar.

Eu provavelmente deveria estar apavorada, mas mal consigo conter o sorriso.

— Não tem nada.

— Certo. — Minha mãe suspira, voltando-se para o computador. — Você não é amaldiçoada, sabe. Nós não somos. Seja lá o que eu tenha dito.

# CINQUENTA E SEIS

**Vejo Jay de longe a princípio,** com a beca verde de formatura balançando ao vento, as calças escuras por baixo. Está com uma das mãos sobre o capelo para que ele não saia voando.

Corro até Jay, então paro com tudo, porque não pensei direito no que queria fazer quando chegasse lá.

— Hã. Recebi sua carta.

— Ah. Que bom. — Jay estreita os olhos diante da luz do sol. — Fiquei com medo de ter mandado pro endereço errado.

Olho por cima do ombro para ver como está minha mãe, sentada ao lado dos Jang. Parece que está rindo para valer de algo que o pai de Suzy disse.

A mãe de Jay atravessa o gramado na nossa direção e dá um forte abraço no filho, fazendo-o sair do lugar. Ele lhe dá tapinhas carinhosos nas costas com a mão que não está segurando o diploma.

— Ah, Jay, estou tão orgulhosa de você! — exclama ela. Deve ser a primeira vez que eu a ouço chamá-lo dessa forma.

Gemma chega correndo atrás dela, com Candace e a namorada vindo logo em seguida. Elas vieram de Nova York para passar o fim de semana.

Quando todos começam a se dirigir ao estacionamento, Jay se deixa ficar para trás, olhando para mim.

Não tenho a menor ideia do que mais fazer, então dou um soquinho de leve no braço dele.

Ele ri, mas é mais ar do que som.

— Já tô com saudades.

— Bom, você vai superar.

— Acho que não — diz Jay. — Mas tudo bem.

Alguns dias depois, vejo Jay da minha janela, enchendo o carro na entrada da garagem. Ele e Gemma se despedem da mãe com um abraço antes de ela entrar no próprio carro e partir para algum lugar. Saio de casa e atravesso a rua, me abraçando como se estivesse frio, mesmo que não esteja.

Jay fecha o porta-malas e fica encarando o carro, de braços cruzados.

— Acho que vou vender. Quando chegar lá. Não vou mais precisar dele.

— Nossa. É o fim de uma era.

Estou com a voz embargada, lembrando da sensação de estar sentada ao lado dele, todos aqueles momentos suspensos do resto da minha vida. Mesmo o terror da viagem de volta de Nova York parece mais suave, tingido de dourado agora.

Jay me puxa para um abraço. Continua sendo o melhor. Inigualável.

Ficamos tanto tempo desse jeito que Gemma bate na buzina.

— Vocês vão passar o dia inteiro assim?!

Rio e me afasto de Jay.

— Dirige com cuidado, tá?

Ele estreita os olhos para mim e me puxa para si mais uma vez, bem rápido, um abraço apertado. Então contorna o carro até o banco do motorista antes que Gemma buzine de novo.

Ela acena freneticamente enquanto o irmão manobra, e eu fico ali observando até perder os dois de vista, atrás das árvores.

# CINQUENTA E SETE

**Não escrevo de volta para Jay** logo de cara.

Quero dar um pouco de espaço para ele e tem muita coisa acontecendo. Estou trabalhando na loja, me adaptando à rotina da família de Suzy. Fiz o teste de direção e passei.

O sr. Jang me consegue acesso ao laboratório fotográfico da Eastleigh mais cedo, já que conhece um cara.

E, quando enfim revelo as fotos de Nova York, vejo Jay, olhando de volta para mim, com os olhos escuros tristes e ternos. Alguém que é como uma família para mim.

Releio a carta dele quando chego em casa e simplesmente não consigo deixar de responder.

> Querido Jay,
>
> Desculpa por ter demorado um pouco para responder. Eu precisava esvaziar a mente.

Eu lhe conto sobre a carteira de motorista e as pessoas estranhas que aparecem na loja. Que minha mãe e eu temos conversado mais desde que ela foi para as Filipinas do que nos últimos seis meses somados.

> Tito Andoy fica no fundo quando ela liga, dizendo "Deixa eu falar com ela!", como se fosse um presente. Ele me conta

histórias sobre engkantos e duwendes e o tikbalang (dá uma pesquisada sobre ele, é muito doido). Tem sido legal.

Estou tentando aprender o máximo que consigo sobre fotografia no meu tempo livre antes de as aulas começarem no outono. Vou estudar design gráfico e fotografia. Estou fazendo uma apresentação de PowerPoint sobre os tipos de trabalho que posso arranjar com essa formação, para mostrar para minha mãe quando ela voltar.

Como está Nova York? Como são as coisas por aí?

Com amor,

Deedee

A resposta dele chega uma semana depois.

Querida Deedee,

Caramba, é bom ter notícias suas. Não posso dizer que não estava preocupado.

Nova York é legal. Tem cheiro de lixo na maior parte do tempo, mas gosto daqui mesmo assim.

Ele me conta sobre os jantares em família com os amigos de Candace e sobre as noites em que fica até tarde no sofá da sala de estar dela, botando o papo em dia com a irmã.

Gemma e eu passamos o dia juntos, enquanto todo mundo está trabalhando. Fomos para o Queens Museum e ficamos olhando a maquete enorme da cidade, tentando encontrar o quarteirão da Candace. Vimos as múmias no Museu Metropolitano de Arte (a Gemma achou assustador). Vamos bastante para Flushing. Gemma já é uma mestra em pedir bubble tea.

É meio surreal simplesmente ter tempo para existir. Na verdade, comecei um hobby que estou tentando não monetizar. Candace tem me ensinado a surfar, nos fins de semana, quando os amigos dela vão para Rockaway.

Também estou desenhando mais. Antes eu tinha vergonha, mesmo quando estava sozinho e não tinha ninguém olhando. Mas estou me esforçando para dizer a mim mesmo que está tudo bem.

Aqui estão alguns rascunhos da nossa vizinhança. Já que você perguntou como são as coisas por aqui, meio que posso te mostrar.

Com amor,

Jay

Depois disso, trocamos cartas toda semana. As dele chegam regularmente, uma pilha crescente no canto da escrivaninha de Suzy que ela separou para mim.

Não consigo mais mandar mensagens. Parece demais com o que tínhamos antes.

Sempre que Jay me manda mensagem, eu digo: *Vou te contar na próxima carta*. E depois de um tempo ele desiste de tentar.

É como se nossa amizade existisse em outra dimensão. Em outro século, apenas em caneta e papel. Um espaço liminar onde as regras do resto das nossas vidas não se aplicam muito bem.

No fim do verão, Jay consegue o emprego de volta.

Ao que parece, no dia em que perdeu o trabalho, ele foi para a sede da empresa primeiro, à procura de Phil.

Conversei com um cara no elevador quando estava lá. Estava meio delirante, tentando explicar a situação. Ele parecia prestes a acionar os seguranças.

No fim das contas, ele ficou bem impressionado comigo. E estava tentando me contratar para valer desde então. O processo levou uma eternidade! E tive que fazer catorze entrevistas com a equipe e uma prova. Meio engraçado já que eu estava trabalhando para eles fazia quatro anos.

Não parava de pensar que não via a hora de contar para você. Eles têm um programa de bolsas de estudo, então também vou me candidatar para faculdades daqui no ano que vem. Sei que tudo estava bem complicado da última vez que falamos sobre o futuro, mas você acha que talvez isso mude alguma coisa para você?

Será que ele espera que eu diga: *Quero ser sua namorada agora?*

Sinto que só hoje estou deixando para trás o que eu costumava ser e, se correr para os braços de Jay, vou retroceder.

Isso é incrível, estou muito orgulhosa de você!

Nunca pensei que você fosse um fracassado, então isso não muda nada nesse sentido.

Ainda estou tentando entender todas as mesmas coisas.

Espero que entenda. E que esteja vivendo a sua vida e não esperando por mim.

Se você ainda quiser me escrever, estarei aqui.

E incluo meu novo endereço, o apartamento em cima da loja em Eastleigh.

Fico com medo de que ele não vá escrever.

Mas, algumas semanas depois que Suzy e eu nos mudamos, chega um envelope, com o endereço de Jay.

Desculpa ter dito aquilo. Foi uma falha de julgamento.

Espero que você não pense que esperar a sua resposta mudar seja o único motivo de eu estar te escrevendo.

As cartas continuam chegando, ao longo do outono e do inverno. Menos frequentes, mas constantes.

Jay me escreve sobre os colegas de trabalho e como é estranho ser mais novo que todos. Escreve sobre sair do apartamento de Candace para morar sozinho.

Quando minha mãe fala com os irmãos pela primeira vez em anos, escrevo para Jay. As coisas com ela estão mudando, aos poucos. Não é perfeito e ainda há derrapadas. Mas ela parece ter menos medo de que pegar leve comigo vá me deixar fraca demais para sobreviver.

É óbvio que é doloroso, algum tempo depois, quando Jay conta que está saindo com uma pessoa.

> Não queria esconder isso de você. Não quero esconder nada de você de novo, como fiz com a história da faculdade. Nossa amizade significa muito para mim, de verdade.

Dói, mas também é um alívio, porque ele merece. Alguém deveria tomar conta dele para variar. E talvez eu possa me sentir menos culpada.

A frequência das cartas diminui, mas elas continuam chegando, a cada poucos meses. A maré vai e vem.

Jay me escreve sobre entrar na Universidade de Nova York e sobre estar bem otimista com a terapia, depois que Candace o convenceu a ir. Eu também tenho me consultado com um psicólogo, por meio de um programa da universidade.

Ele me escreve sobre uma aula de arte que está fazendo só por diversão e como isso o ajuda a se sentir menos como um cérebro desaparecendo em uma tela.

Escrevo para Jay sobre os projetos de fotografia com os quais venho sonhando, além das aulas que estou fazendo no segundo ano. Que minha mãe está se interessando bastante por plantas, frequentando aulas em Eastleigh no fim de semana, fazendo novas amizades. Que o pai de Suzy vai mesmo reunir a antiga banda.

Quando vou a alguns encontros com um cara da faculdade e ele fala uma coisa zoada para mim, lembro de Jay debaixo da arquibancada, dizendo: *Nunca deixe ninguém falar com você daquele jeito*. Então vou embora do restaurante na mesma hora.

Os meses se passam e nossas mães se veem mais do que nós dois. Minha mãe entra no clube do livro da sra. Jang, e por coincidência a mãe de Jay já é uma integrante. Quando conversamos por telefone, minha mãe não para de falar dos famosos sanduíches dela.

Jay e eu, por outro lado, nos vemos muito pouco. Ele tem um dom para me desencontrar, de alguma forma.

Economizo para comprar meu carro e poder parar de depender das caronas de Suzy. Em uma carta, Jay pergunta qual é a cor dele e fico morrendo de vergonha de dizer que é azul-escuro.

**Você vai ver quando vier me visitar.**

Mas ele não vem. Mantém distância.

Alex também está estudando em Eastleigh. Esbarro com ele no campus e ele me conta que Jay estava lá.

— Você não o encontrou por pouco.

Quase fico brava com isso, porque já não passou tempo suficiente para podermos nos ver pessoalmente?

Quase digo alguma coisa. Mas estou namorando uma pessoa agora e, para ser sincera comigo mesma, não sei o que espero que Jay seja, ou como vou me sentir, se o ver de novo.

Então, em vez disso, escrevo:

*Significa muito para mim que você ainda esteja me escrevendo depois de todo esse tempo.*

As cartas continuam vindo, ao longo das estações. Vejo neve pela janela, enquanto a primavera chega a Nova York. Meses se transformam em anos. Termino com meu namorado. Choro com Suzy. Passo horas dirigindo pela cidade à procura de locações para um projeto fotográfico e me perco em devaneios. A mãe de Jay se forma na faculdade. Minha mãe planta flores no jardim.

No verão antes do terceiro ano, saio de Massachusetts, para variar. Consigo um estágio para o qual me candidatei sem muitas expectativas, em um museu de Los Angeles.

Quando alterno entre cinco pistas de trânsito na junção da 110, ouço a voz de Jay em minha mente: *Você tá indo bem.*

Meio que queria que ele visse como estou diferente agora.

Mas sei que Jay está a quilômetros e quilômetros de distância.

No outono, Alex me conta que Jay terminou com a namorada. E, embora já tenham se passado anos, sinto um friozinho na barriga na mesma hora.

A rapidez com que a paixão volta me pega de surpresa.

Mas as cartas continuam chegando e Jay nunca fala nada. Fico me perguntando se está passando por alguma coisa e talvez eu não seja a pessoa com quem ele quer falar a respeito.

Estou dedicando todo o meu tempo livre ao projeto de fotografia, dirigindo até lugares recônditos como aqueles para onde ele me levava. Muitas das coisas de que mais gosto em mim estão entrelaçadas com pequenos lembretes de Jay.

Às vezes, estou dirigindo de volta para casa no escuro e o jeito dos postes de luz e da lua me faz voltar para o carro dele, para uma noite específica, uma conversa específica que estávamos tendo, como se tivesse acabado de acontecer. A emoção aumenta, uma lufada repentina de vento, e me deixa cair outra vez.

Às vezes, penso em um mundo onde eu lhe disse "sim" no baile de formatura. Talvez tivéssemos parado de nos falar há muito tempo e só posso ser grata pelo tempo a mais que temos.

Então escrevo:

Estou aqui se precisar de mim, ok?

Mas quebro minhas regras e vejo o Instagram dele. E noto algo no fundo de uma foto que ele postou, no próprio quarto. Tento aumentar a imagem, *com muito cuidado*, para não curtir por acidente.

Lá está o meu desenho do frasco de molho de peixe, colado na parede da escrivaninha.

# CINQUENTA E OITO

**— Veio bastante gente, hein?** — comenta minha mãe, fazendo aquele gesto carinhoso de pinça com dois dedos no meu braço.

É a noite da minha primeira exposição solo, em uma galeria de arte fora do campus. Estou tremendo de nervosismo.

Mas minha mãe tem razão: o salão está cheio, e as pessoas estão circulando, conversando. Contemplando a arte que eu fiz.

Ela acena para a sra. Jang do outro lado da sala.

— Sabia que a Bo-ra sabe mesmo da vida de todo mundo na cidade? Simplesmente contam *tudo* pra ela, batendo papo na loja.

A tsismosa que vive dentro dela finalmente encontrou alguém com quem conversar.

No canto, Suzy e o pai estão tendo uma discussão acalorada. Ela está tentando ser a empresária dele, porque sempre foi a maior fã da banda. Mas os dois também vivem fazendo o outro arrancar os cabelos.

Suzy atravessa o salão e toca meu ombro.

— A gente já tá indo pra arrumar as coisas. — A banda vai tocar em um bar aqui perto hoje à noite, em nome dos velhos tempos. Ela me puxa para um abraço apertado. — Parabéns de novo! Te vejo lá mais tarde?

— Eu não perderia por nada.

Dou um outro abraço nela antes que os dois saiam pela porta.

Minha mãe gesticula para uma imagem na parede, cujo título na etiqueta diz: ASWANG (PEJORATIVO) / ASWANG (AFETUOSO).

— Não entendo por que você liga tanto pra essas coisas estranhas.

Em outro dia, outra época, isso teria machucado, e não me culpo por isso. Mas agora as coisas entre nós são diferentes o bastante e é mais fácil ver que ela está tentando.

— Porque eu sempre gostei de ouvir suas histórias.

— Certo, tudo bem. — Ela está tentando não sorrir. — Se te deixa feliz.

Minha mãe está olhando ao redor da sala e para, como se tivesse visto alguém que reconhece.

Eu me viro para seguir seu olhar e…

Lá está Jay.

Apenas *aqui*, de repente, mesmo que mal tenhamos nos visto há muito, muito tempo. Neste salão cheio de pessoas que conheço da faculdade, enquanto estou aqui parada em um vestido prateado cintilante e sapatos de salto levemente desconfortáveis.

Os mesmos olhos escuros, o mesmo sorriso sarcástico, o cabelo um pouco menos bagunçado.

Desvio o olhar, olho de novo. Ele sorri e abaixa a cabeça, tímido.

*Meu Deus, o que isso quer dizer?*

— Ali… aquele é o garoto que estava no seu quarto — observa minha mãe. — O filho de Thủy. Jay?

Ela mal se lembra dos meus amigos da escola. Já confundiu os nomes de todos os garotos que lhe apresentei ao longo dos últimos três anos e meio. Mas é claro que Jay sempre vai ser Aquele Garoto Que Estava No Seu Quarto.

— Isso foi há muito tempo atrás — digo, com mais força do que pretendia.

Minha mãe está sorrindo um pouco. Ela olha para ele outra vez.

— Pare de olhar! — sibilo, escondendo a lateral do rosto com a mão.

Ela ergue as sobrancelhas e volta a olhar para Jay.

— É melhor eu ir, antes que fique muito tarde. — Mamãe aperta meu ombro. — Tenha cuidado! Me ligue depois!

Devolvo o aperto.

— Pode deixar!

Então ela vai embora e Jay se aproxima, parando à minha frente.

Ele se arrumou. Camisa social, blazer. Estou encarando.

— Ei. Sou o Jay, lembra? — Meu rosto deve estar inexpressivo, porque ele acrescenta: — Do ensino médio?

Não sei lidar com isso. Meu Deus, tente dizer algo engraçado.

— Ah, sim! O Jay do ensino médio. Meio que sempre tive um crush em você.

— Ah, é? — Ele ri e leva uma das mãos à nuca. — E no que é que deu isso?

— Uns desencontros, eu acho. — A estranheza da situação está mexendo com minha noção de profundidade. — Então, hã… o que você tá fazendo aqui?

— Pensei que… talvez você estivesse com fome.

Ele tira a outra mão de trás das costas, segurando um pacotinho de batatas sabor sal e vinagre.

Caio no riso e lhe dou um soquinho de brincadeira no braço.

— Fiquei sabendo de uma artista talentosa e não podia perder a exposição, sabe? — Jay tira um panfleto do bolso da jaqueta e lê em voz alta: — *Espaços liminares, ausências presentes, fantasmas*. É a sua cara. — Ele me lança um sorriso largo e completamente relaxado. — Tô muito orgulhoso de você.

Meu nariz está esquentando e, de repente, preciso piscar bastante, então abro o pacote de batatas. Talvez os carboidratos me ajudem a lidar com isso.

Há muito movimento ao nosso redor, muitas vozes.

— Olha isso aqui. — Eu o conduzo até uma parede. — Suzy me ajudou com esse.

— Ela é o fantasma?

— É. — Rio. — Suzy adorou. Como se estivesse participando de um dos filmes que ela ama, mas de um jeito menos empolgante. Aliás, a banda do pai dela vai tocar hoje à noite, se... — Eu me atrapalho, procurando as palavras certas. — Quer ir comigo?

— Tá me chamando pra sair?

Ele está tirando sarro de mim. Quase esqueci o quanto gostava disso.

Não respondo, só deixo a pergunta no ar.

A voz da sra. Jang surge na minha mente, fazendo gracinha de Charlie a respeito da banda. *Você vivia dizendo que vocês só estavam à frente do seu tempo.* BOM. *Já se passou um bom tempo!*

E só consigo começar a rir de novo.

— Qual é a graça?

Jay sorri, incerto.

Balanço a cabeça e digo que vou me despedir de algumas pessoas, que ele pode me esperar do lado de fora.

Caminhamos até o bar em silêncio. De repente, me sinto muito exposta e sensível, com uma dúzia de sentimentos antigos voltando à tona.

Não paro de querer tocá-lo para ver se ele é real. Mas não quero estragar nada antes de começar.

No momento que Suzy vê Jay, ela corre e grita:

— O QUE TÁ ROLANDO AQUI?

Olho de soslaio para o rosto dele à procura de um sinal e ele faz o mesmo comigo. Devemos parecer igualmente assustados, porque Suzy começa a rir.

— Ah, vocês dois — diz ela. — Coitadinhos.

Sinto como se toda a superfície da minha pele estivesse brilhando outra vez.

— Ainda não sei — admito —, mas prometo que você vai ser a primeira a saber quando eu descobrir.

— Ok, eu só vou fazer questão de berrar O QUE RAIOS ESTÃO FAZENDO toda vez ao ver vocês dois agora. — Suzy aponta um dedo ameaçador para Jay. — Tô de olho em você, amigo!

Ficamos no bar durante algumas músicas e é um verdadeiro deleite ver o pai de Suzy gritando no microfone. Em certo ponto, porém, não consigo mais me conter, então me inclino e pergunto para Jay:

— Quer dar o fora daqui?

Lá fora faz uma noite agradável. O cheiro de primavera no ar, otimismo servindo de perfume.

— Se você pudesse ir pra qualquer lugar neste exato momento — pergunta ele, olhando para o céu —, pra onde ia querer ir?

As opções passam pela minha mente.

Meu apartamento.

Minha cama.

Mas isso já é demais, acho. Essa conversa precisa de um pouco de leveza.

— O terraço do prédio do grêmio estudantil — respondo, porque o pai de Suzy nos mostrou como chegar lá em cima.

Jay está tentando não sorrir muito.

— Você sabe do que eu gosto.

O campus fica um pouco longe demais para caminharmos, então encontramos meu carro, e Jay ri quando vê o fantasminha pendurado nas minhas chaves.

— Não acredito que você ainda tem isso.

Ele cobre a boca, sorri por trás da mão.

— Não me julgue.

— Eu jamais faria isso.

Ele fecha a porta e voltamos para o nosso mundo particular, com o ar entre nós vibrando com as coisas não ditas.

Fazemos quase todo o trajeto em silêncio. Há uma imobilidade nele, sentado ao meu lado. Isso me faz perceber como Jay ficava nervoso, feito um zumbido de fundo que você não percebe até tudo estar quieto.

Agora há um quê de tranquilidade nele, com certeza. Como se ele não achasse mais que está correndo contra o tempo. Como se pensasse que temos todo o tempo do mundo.

No prédio do grêmio estudantil, subimos a escadaria dos fundos, atravessamos um corredor sinuoso e subimos um lance de degraus de metal questionáveis. Jay segura minha mão e me ajuda no trecho em que fica meio precário.

Então estamos no teto, vendo as luzes da cidade universitária adormecida espalhadas sob nós. Vamos até a mureta na borda e nos apoiamos nela, lado a lado, apreciando a vista.

— Então... ouvi boatos de que você tá solteiro — digo por fim. — Isso tem alguma coisa a ver com o fato de você ter vindo me ver agora? E não antes?

— Tô solteiro já faz um tempinho, na verdade. Parece que a Inspetora Deedee tá meio enferrujada. — Jay sorri. — Acho que... eu vim porque ando me sentindo muito bem ultimamente. Como se eu fosse uma versão de mim mesmo da qual gosto. Meio que tava esperando isso antes de aparecer outra vez.

Ele volta os olhos para mim.

— Quer dizer, eu não vim esperando... Pra ser sincero, só queria te ver. E ver sua exposição. Pareceu a coisa certa quando vi seu post sobre ela, sabe? Só queria te ver bem. — O pomo de adão de Jay oscila quando ele engole a saliva. — Não é como se eu tivesse presumido que ia aparecer pra te fazer cair de amores.

— Então você tá dizendo que isso pode te interessar...

Os ombros dele sacodem com um riso suprimido.

— Pelo visto, eu ainda falo de você o tempo todo. Candace vivia dizendo que eu deveria fazer algo a respeito. É como se vocês duas estivessem conspirando contra mim.

— Ah, sim, deve ser difícil pra você ter mulheres na sua vida que querem que você seja feliz e lide com as suas questões.

Jay me encara com seriedade.

— Você se sente mais perto de quem queria ser?

A calma no meu peito. A forma como falo comigo mesma agora. A ternura que desejo, que carrego comigo o tempo todo. Minha vida não é perfeita, mas...

— Sinto — admito. — Em comparação com antes. Mais perto do que eu estava.

Nenhum de nós parece saber o que dizer em seguida, então encaramos as ruas desertas, uma natureza morta a essa hora da noite.

Então crio coragem para perguntar:

— Tá ficando onde?

— No Alex.

— Quer uma carona de volta pra Nova York? Amanhã. Ou quando quiser. Quer dizer, eu meio que te devo. Já que você simplesmente me levou até lá sem hesitar.

Ele bufa uma risada.

— Você não me deve nada.

— E se eu quiser?

— Deedee, você... — Jay olha para minha mão repousada sobre a mureta e a cobre com a própria. — Passei tanto tempo pensando que nunca ia ter outra chance de fazer isso. Se você tá dizendo o que eu acho que tá dizendo, eu... quero mesmo fazer isso do jeito certo desta vez. E pular direto pra uma viagem juntos é meio que de zero a sessenta. — Ele ri. — Olhando pra trás, talvez eu tenha... apressado as coisas da última vez.

Nossa. Ele disse "não" para mim. Estou orgulhosa de Jay.

— Ok. — Aperto a mão dele. — O que você quer fazer?

— Conversar. Bastante. Vamos nos conhecer outra vez. Fazer uns planos. — Jay sorri e morde os lábios. — E, se estiver tudo bem... agora, eu quero muito te beijar.

Eu o puxo para perto e, quando nossos lábios se encontram, é como se fosse a primeira vez. A sensação percorre todo o meu corpo, como uma onda no mar. De algumas coisas eu me lembro: a maciez dos lábios dele, o cheiro que ele tem. Outras parecem novas: a aspereza da barba por fazer, a forma como ele se segura a mim, com a força do tempo que passamos afastados. Os quilômetros que viajamos juntos e separados, e todas as pessoas que fomos desde a última vez em que nos tocamos. O quanto eu quero conhecer as pessoas que Jay será.

Ficamos ali por um tempo, de mãos dadas, o céu escuro sobre nós, as ruas desertas da cidade universitária lá embaixo. Conversando até chegar o azul profundo entre a noite e a manhã. Sabendo que podemos ficar para ver o sol nascer.

# AGRADECIMENTOS

***Madrugadas com você*** inclui histórias de relacionamentos dolorosos entre pais e filhos. Se você teve experiências similares, espero que consiga ser gentil consigo mesmo enquanto desvenda como o impacto disso possa aparecer em outras áreas da sua vida. Para qualquer pessoa nessa situação, recomendo os seguintes recursos: os livros *It Wasn't Your Fault*, de Beverly Engel, e *Filhos adultos de pais emocionalmente imaturos*, de Lindsay C. Gibson, além do trabalho de Sahaj Kaur Kohli (@BrownGirlTherapy no Instagram).


Para ser sincera, tenho muitas pessoas para agradecer, e me sinto incrivelmente sortuda por poder dizer isso.

Antes de começar a levar minha própria escrita a sério, eu lia os agradecimentos nos livros e pensava: "Puxa, eu nem conheço esse tanto de gente!" Bom, as coisas mudam, e, para este livro chegar às suas mãos, foi preciso mesmo uma aldeia inteira.

Obrigada à minha incrível agente, Amy Bishop-Wycisk — eu realmente não conseguiria imaginar uma parceira melhor para minha carreira de autora, e agradeço minhas estrelas da sorte todos os dias por ter você por perto.

Obrigada à minha editora, Rebecca Kuss, por ajudar este livro a se tornar a melhor versão de si mesmo.

Obrigada também a Jim McCarthy, todos na DG&B e todos na Trellis Literary Management pelo auxílio e apoio.

Obrigada a Dana Lédl e Marci Senders por me darem a capa dos meus sonhos. Vocês capturaram a essência desta história com tamanho cuidado que olhar para ela ainda me faz sentir um friozinho na barriga.

Obrigada a Ash I. Fields, Sara Liebling, Iris Chen, Guy Cunningham, Andrea Rosen, Vicki Korlishin, Michael Freeman, LeBria Casher, Holly Nagel, Danielle DiMartino, Dina Sherman, Bekka Mills, Maddie Hughes, Crystal McCoy, Daniela Escobar e toda a equipe da Hyperion pelo trabalho duro neste livro. Amanda Marie Schlesier, obrigada pela observação que mandou junto com o e-mail de oferta que me fez chorar.

Obrigada a Kate Heceta-Arellano e Teresa Trần pela leitura sensível. Quaisquer falhas são inteiramente de responsabilidade minha.

Zoulfa Katouh e Molly X. Chang, vocês me ensinaram muito sobre contar histórias, sobre desenvolvimento de personagem e voz, e sobre a determinação necessária para revisar várias e várias vezes. Obrigada a todas as pessoas envolvidas na organização do Pitch Wars por tornar tudo isso possível. Hannah Sawyerr e Olivia Liu, obrigada por aquelas observações iniciais que ficaram comigo e moldaram a forma como eu pensava na história. (E Hannah, estou tão feliz por você ter se mudado para L.A.! Vamos comer churrasco coreano de novo em breve.)

Nathalie Medina, sua fé neste livro me ajudou mais do que imagina. Você é absolutamente brilhante, e mal posso esperar para ter seus livros na minha estante.

Emily Charlotte e S.Z. Ahmed, sou incrivelmente grata por ter vocês como parceiras de crítica e amigas. Obrigada por estarem presentes em tantos estágios da vida deste livro, e por salvarem minha sanidade mais de uma vez. Mal posso esperar para o nosso próximo encontro de escrita.

Ao pessoal do grupo baddies: me sinto tão sortuda por conhecer todos vocês, e não acredito que acabei com tantos amigos que leram múltiplos (?!) rascunhos deste livro. Obrigada por me levantarem quando eu caía.

Obrigada a Trinity Nguyen pelos encontros de escrita e desabafos com sopa de macarrão tailandês, por me ajudar a dar um nome para Jay e por topar fazer minha sessão de fotos de divulgação em um estacionamento gigante de shopping.

Amanda Khong, obrigada por fazer eu me sentir tão vista, pelo incentivo e pelos conselhos, e por tudo que você faz por autores racializados no Bookish Brews.

Carolyn Huynh, obrigada por todos os seus conselhos ao longo da minha jornada editorial, pelas risadas e pelas fofocas, e por escrever um dos meus livros favoritos da vida.

Lilly Lu, obrigada por compartilhar seu brilhantismo, por confiar suas palavras a mim (serei eternamente obcecada pelos seus livros!) e por me convidar para falar com seus alunos.

Gayle Gaviola, obrigada pelos encontros de escrita e e-mails, por ler este livro inúmeras vezes e por me apoiar com conselhos sobre divulgação.

Viviann Do, você me deixa boquiaberta! Obrigada por me incluir na Little Saigon Book Street e por abraçar *MCV*.

Alex Brown, Zoulfa Katouh, Grace Li, Ann Liang, Laura Taylor Namey, Randy Ribay, Hannah Sawyerr e Trang Thanh Tran: sou muito grata por vocês terem dedicado um tempo para ler e escrever os blurbs de *MCV* mesmo enquanto lidavam com os próprios prazos e compromissos! Seus livros me inspiram, e ainda fico impactada sempre que leio as palavras gentis de vocês sobre o meu.

Trang: obrigada pela amizade desde os primeiros dias da minha jornada editorial, por sempre ser uma pessoa tão generosa com seu tempo e seus conselhos, e por dar um rolê comigo no Yallfest.

Wen-yi Lee, Jen St. Jude, Page Powars, Birukti Tsige, Sonali Kohli, K.X. Song, Alyssa Villaire, Jade Adia e Sonora Reyes, obrigada pelo incentivo e pelos conselhos, e por me fazerem companhia on-line durante o processo de edição. E Skyla Arndt, obrigada por compartilhar sua sabedoria de divulgação comigo!

Maria Dong e Ysabelle Suarez, obrigada por lerem os primeiros rascunhos do livro, me encorajarem e fazerem com que eu me sentisse vista.

P.H. Low, sua prosa é tão deslumbrante! E como!! Obrigada por ler, por ter empatia e por confiar na minha direção nas vias expressas de L.A. Estou tão feliz de podermos debutar lado a lado.

C.L. Montblanc, você é uma joia. Obrigada por sempre checar como estou, por me fazer rir e ser parte desta jornada louca comigo.

S.C. Bandreddi, seus comentários depois que você terminou a leitura significaram muito para mim, e ainda penso neles o tempo todo. Estou empolgada por tudo que você vai fazer no futuro.

D.L. Taylor, Kelsey Epler, Juniper Klein, Elle Taylor, Cassidy Hart, Rosario Martinez, Sarah J., obrigada pela leitura beta antes da apresentação e por todos os comentários gritados no Google Doc que fizeram meu coração dobrar de tamanho.

Sam Estrella e Jess Gonzalez, obrigada pelos encontros de escrita, as críticas e aquele retiro no deserto no meio de uma enorme tempestade de inverno.

KT Hoffman, Natalie Sue, Mackenzie Reed, Jamison Shea, Sophie Clark, Anna Mercier e Lyssa Mia Smith, obrigada por me manterem sã ao longo dos altos e baixos do mercado editorial.

Obrigada à turma de 2021 do Pitch Wars por todo o apoio, em especial Megan Davidhizar, K.A. Cobell, S. Hati, Gabriella Buba, Tyler Lawson, Valo Wing, Alexandra Kiley, Crystal Seitz, Sian Gilbert, Tracy Sierra, Aurora Palit, as irmãs Mancaruso, Tauri Cox, Evette Williams, Christine Arnold, Hailie Kei, Lily Lai e R.A. Basu.

Eva Des Lauriers, Sophie Wan, Robin Wasley e Jill Tew, tem sido uma grande alegria poder conhecer vocês por meio do grupo de autores estreantes e ler suas palavras. Para todos os estreantes de 2024: meu Deus, rs, que ano! Vocês merecem uma longa soneca.

Obrigada a Kat Cho e Claribel Ortega por criarem espaços de apoio para autores racializados e compartilharem tanto conhecimento por meio do Write or Die. (Kat, nunca vou esquecer de trombar com você e Rebecca no Yallfest e soltar de um jeito vergonhoso: "Você me ajudou a virar uma autora!!" 😅 Mas, ao mesmo tempo, é verdade.)

Raillan, Priya, Maddy, Matt e Laura, Luz e Luis — vocês estiveram mesmo ao meu lado durante toda esta loucura, desde o primeiro: "Hã, acho que estou mesmo escrevendo um romance." Obrigada por me ouvirem reclamar sobre o processo de publicação por, literalmente, anos, e pelas conversas ao telefone e jantares que fizeram eu me sentir como um ser humano de novo.

Brenda, ainda não acredito que você leu aquele primeiro rascunho horrível tão rápido! Seus comentários me deram forças ao longo de muitos falsos começos e becos sem saída. Isso realmente significa muito para mim.

Lauren, obrigada por acreditar em mim, e por ser tão incansavelmente atenciosa e gentil (e pela pulseira da amizade que combina com a capa do meu livro!).

Andi, Lilly, Tara, Alexa, Tita, Michele — obrigada por me entenderem e me ajudarem a me sentir menos solitária. Amo vocês <3

Obrigada, Irene e Ziba, por me ajudarem a curar minhas feridas o suficiente para escrever isto.

Will — obrigada por me encorajar a ser uma escritora desde que éramos adolescentes, por estar ao meu lado enquanto eu amadurecia, e por me acalmar ao longo de todas aquelas rejeições.

Natalie, Susan e Hillary — obrigada por me apoiarem tanto!

Sou grata a dois autores cujas pesquisas moldaram este livro em particular: o trabalho de E.J.R. David sobre mentalidade colonial esclareceu muitas coisas para mim, e os livros de Maximo D. Ramos trouxeram à vida, em detalhes vibrantes, o folclore a respeito do qual cresci ouvindo.

Nick, obrigada por me incentivar a parar de pensar demais e apenas escrever, por fazer eu me sentir segura, por me trazer bubble tea e burritos enquanto eu estava revisando, pelos passeios de carro tarde da noite e idas à loja de donuts, por entender quando eu perdia a cabeça por causa deste livro e por cozinhar o jantar para mim ao longo de anos de prazos. Eu te amo.

Obrigada à minha mãe, pela vida que me deu e por entender por que eu precisava escrever isto.

Este livro, composto na fonte Fairfield,
foi impresso em papel Lux Cream 60g/m² na gráfica Santa Marta.
São Paulo, Brasil, março de 2025.